JOY

享受讀一本好小說的樂趣

# 偷眼淚的天使

張國立 著

# 序——我要的，和它要的

我把人生區分為計畫和意外兩大部分，前者是我希望得到，可能得到，也可能得不到；後者則是我從未希望得到，卻又覺得儘管它意外地來到我面前，似乎應該伸手抓住一下。問題都出現在後者，因為我去抓，住，一，下，沒想到它抓住我很久。所以對此我又有了結論，人生可以再分為兩部分：

我要的，和

它要的

什麼是「它」？想了很多年，始終沒有解答，只能說「它」就是意外。

第一次有這種感覺是大約五歲時候，由於沒進幼稚園，每天在巷子內鬼混，那是人生中唯一的「無歲月」時代。我家住的是公家宿舍，為了增加收入，老媽把其中一間房租給位來自馬來西亞的華僑，他做生意，每天早出晚歸，見到我會摸我的頭，但不會把我抱起來舉在半空中。某日晚上約八點多，他拿個杯子出房問我媽有沒有熱水，他要泡咖啡。當然有熱水，他也泡了那種即溶式的咖啡，這時「它」出現，我迫切地想喝咖啡，和我媽「盧」，最後她被迫向房客要了點咖啡粉來，然後我得到滿足，第二天早上當然也發生老媽的驚叫聲：

咖啡利尿，並且

容易尿床

重點不在尿床，在於咖啡不在我的計畫之中，「它」找上我，並且從此之後始終像影子般跟隨我，變成和空氣、水一樣同等重要的東西。這裡套用我的公式：

我沒有要咖啡，

咖啡要我

雖說是「它要我」，不過我仍然有拒絕的選擇權。五歲的尿床經驗使我強烈地克制自己，用盡一切力量拒絕咖啡，直到十七歲，「它」仍沒有放棄我。那年我在北投的復興中學念書，秋天從台中轉來一個新同學，他家不在台北，因此在校園附近租房子住，成為我們班上第一個不，用，回，家的傢伙，我們當然沒事就窩在他的住處，當然，他有咖啡。「它」終於又找上我，並且從此沒有再離開我。

也是十七歲，那年開始我記錄下每一個意外。

第一個是海明威寫的短篇集《我們的時代》（In Our Time），這本書完成於一九二四年，也有中譯本。我走在街上，上帝在雲端朝我頭頂，砰地，扔，下，這，本，書——上帝不可能送我書，但真實情況也差不多。記憶中，兩個寬寬且燙得中央有突出來線條的深色褲管走過我面前，褲管在末端打了折，下面則是雙擦得啵亮，連鞋帶的蝴蝶結都打得兩頭一樣長的皮鞋。我在公車站牌旁看兩個褲管幌過去，忽然有樣東西落在我腳前，就是這本書，它原來應該落進垃圾桶，沒落準，碰到垃圾桶邊緣，彈到地面。

書要我

面對大學聯考，看課外書籍完全不在我的計畫之內，意外跑來，我有兩種選擇，一是拿去賣給舊書店，說不定能換包長壽煙；一是收進書包，數學課時拿出來看看。我選擇了後者。書如今仍在我的書架上，有時無意義地審視書架，看到「它」，我才心安。別問我為什麼會心安，反正就心情平靜，像把最後一口蛋糕塞進嘴裡般，完成了。

差點忘記，十七歲還有件意外，那時家裡沒什麼錢，但老媽把我安排得很好，幾乎沒煩惱過什麼，不過我心中還是有個標準在那裡：我家沒錢。夏天時在中央日報工作的表姊，偶爾見到我，忽然說，要不要來我們報社送報。一開始好奇，況且為此老媽買輛腳踏車給我，很興奮地上午四點起床，在如今台北車站東側天成飯店附近的報社前領報、套報，再騎上車去劍潭送報。講起來是挺辛苦的事，可是意外再出現，我迷上報紙的那，股，油，墨，味，覺得每天聞到那股味道才會天亮。

油墨要我

大學畢業後一心想做生意，早忘記油墨，沒想到，「它」沒忘記我。生意失敗，我走投無路，全身上下怎麼摸怎麼算，十五塊錢。騎著二手機車在台北市裡到處應徵，有天中午從一家南京西路巷子裡的公司面試出來，等下攤面試要到兩點，見旁邊有間廟，廟前掛著□□□圖書室的字樣，便混進去想找個位子睡午覺，那裡有很多報紙，我順手拿了份看看。在此之前我從沒看過中，華，日，報，有生以來第一次看，而且看到中華日報徵記者的廣告。包包裡一堆空白履歷表，我便填了寄出去，也參加考試，意外成了記者。記得第一天上班，我們新進人員到地下層的印刷廠去參觀，又聞到那麼熟悉的油墨味。

如今回想，也許潛意識裡，油墨沒有消失過，躲在大腦許許多多皺摺的某個角落，一遇到機會便毫不客氣地跳出來。

它要的，

沒人能阻擋

小學六年級起我開始寫日記，老師說能增進寫作能力，寫多了，日記的內容全是流水帳般的日常生活，變得很無趣，十七歲後我便儘可能寫下「意外」。所以，可以這麼說，那是本意，外，日，記。

你們也許不相信，人生中的意外很多，多到後來我懶得寫的地步，不過一九九四年四月二十八日，使我又重新想起「意外」。兩天前華航的B-1816的空中巴士在日本名古屋發生空難，二百七十一名乘客中，僅七人生還。隨即華航安排記者去名古屋出事現場採訪，我是其中之一。那次的記憶很零碎，如今回想，印象裡留下五個畫面：

機場跑道一角帶著焦黑色澤的飛機殘骸

停機棚（或學校體育館）內排得整整齊齊的屍袋

深夜街角的香煙自動販賣機

飛機上坐我旁邊某電視台記者睡覺時張開的嘴

等待進入停屍館的外面走廊

很奇怪，為什麼我對事件本身的記憶如此有限？卻記得當時的一件意外。當時日本記者、大陸記者、外國記者也集中在名古屋，上百個人等在走廊上，忽然有個日本女記者走來，臉色很差，可能她剛從停屍場所出來，她將一個四方形的大包包往我面前一放，說了聲sumimasen便小步跑離開。那時我想她可能急著去洗手間，請我代為看管她，的，包，包，這也無所謂，反正等待中我也沒事。她沒有回來。

我沒有要包包

包包要我

等了將近半小時不見她回來，而我也得進停屍場所了，這時遇難家屬正從裡面出來，哀傷出來的人和焦急搶進去的人擠在門口，很混亂，我沒有多思考，揹起那個「意外」包包隨其他記者進去。晚上我回到旅館，面對陌生的包包，我得「選擇」，一是送去給日方協調人員或華航，由他們去找原主；一是我打開包包，看裡面有沒有身分證之類的資料，再和原主聯絡。

那時我已轉去時報周刊，依然當記者，好奇不會殺死貓，卻絕對壓抑不住記者的衝動，我打開包包。很多東西，有錄音機、小照相機、筆記本、化妝包，也有兩本書，一本是很厚很厚的空中巴士操作手冊，另一本有些面熟，In Our Time 日文版。

日本女記者自己來我旅館拿包包，她一直鞠躬，我指指書，說我也有一本，她立刻兩手將書捧至我面前，但我沒收。

由於熟悉意外，總覺得這次意件應該有什麼意義，第二天發完稿回台北，人陷入自尋煩惱的失神狀態中，結果那則新聞中出了個烏龍，幾天後周刊上市，接到讀者來電更正，搞錯了位當事人，至於使我失神的卻是那時我已很久沒寫小說，幾乎想放棄，卻又見到《In Our Time》。

它，

想要說什麼

還是寫下去吧，寫作不能帶來財富，卻也許能滿足若干百分比的幻想。

年紀漸大，任何意外似乎都不再像意外，「它」仍未離開我，悄悄告訴你們，我又幹起一樁很意外的事，我老婆稱之為神，經，病。我每晚記錄下幾乎每一個做到的夢。

本來我沒什麼夢，大多一覺到天亮，否則就是心裡有些事解不開，根本睡不著。總之，能睡著，便幾乎沒夢，或者有夢，到第二天早上已忘個精光。二〇〇八年開始，我記得夢了。夢這玩意兒，很牛、很閃、很沒規則，它在睡覺的那段期間，非常深刻，一旦醒來，卻能在很短時間內消失，像魔術變出的鴿子，哇，從帽子裡真跑出隻鴿子，又，哇，鴿子不見，怎成了一束花。

二〇〇九年八月中旬我和老婆去東歐旅行，第一站是奧地利，夢來了，每晚都來，是我以前沒做過的那種夢，有劇情，有起伏。接著我們去匈牙利的布達佩斯，住在朋友閒置的一處公寓內，好奇殺死旅行者，我居然把筆記本和筆放在床頭，一有夢，到某個段落，便提醒自己醒來趕緊寫下，以免忘記。以下是那年八月二十三日至二十七日的夢的紀錄：

八月二十三日：回到小時候中山北路的舊家，入夜後房間變成另一種模樣

八月二十四日：又是中山北路，用衣架和偷酒的小傢伙開戰，他住右邊的房間，不願搬走

八月二十五日：昨晚沒夢？期待今晚的夢

八月二十六日：賭國仇城般的劇情，出賣第一組的竟是那個酒女

八月二十七日：陳雄殊？very funny.

即使我大致地記錄下來，白天在火車上也會重新再默思一遍，不過很奇怪，後來再看筆記本，夢怎麼愈來愈淡？

夢像傳真機的紙

上面的字會逐漸模糊

那時我已在寫這本小說，而且寫了大半。回到台北後我大幅修改，把「我要的，和它要的」，都盡量放進去。當然小說仍舊……

本書中所有內容

包括人名和地名均屬虛構

畢竟這還是本小說。

# 目錄

# 一帖藥

「男人都是些瘋子，他們唯一的共同處就是這種表情。他們平時道貌岸然，總有一天他們發狂，絕望地撲向一個女人，然後在女人身上埋下他們因孤獨、黑夜而產生的恐懼。他們這麼做的時候甚至不帶欲望。」

——卡謬（Albert Camus, 一九一三～一九六〇）《不貞的妻子》

一艘私人遊艇在菲律賓南方的民答那峨附近海域失蹤，上面有三個乘員，生死不明。

菲律賓由七千一百零七個島組成，民答那峨？

倪克一個人住在東北角的漁港，他不是漁民，不是農民，他只是窩在這裡一棟三層樓的老透天厝裡安身的廢男而已，一個月租金一萬元，都由姊姊直接匯給房東，他沒見過房東，沒和周邊任何人發生關係，除了福隆火車站旁巷子內的釣具舖阿嬤。早上有時懶得早起，阿嬤會幫他留魚，倪克愛馬頭魚和石狗公。

他唯一樂趣是網路，唯一的專長是記憶，小學六年級時曾在三十分鐘內默背下諸葛亮的〈出師表〉，包括〈前出師表〉和〈後出師表〉；高一時能背下全校的通訊錄，包括所有老師的分機，但這對他的人生沒太大幫助，大學照樣吊車尾。直到接觸網路，凡是他捲動過的頁面，幾乎都記得，因此這幾年他熱中於「人肉搜索」，成了這方面的達人。哎，達人的意思是，既非富人更非名人，玩著玩著，頂多是個無聊的家具人。忽然他發現一封扔在窮民網站的公開信，指名找「泥客」。這天他便坐在阿嬤店旁的網吧，和對方來往數封信，他開始專注於全球所有網站，試圖從裡面搜尋一個失蹤的台灣人。

花了整個下午，倪克留意到菲律賓的這則新聞，失蹤遊艇上的三個人，其中一個可能是台灣人，不過他的姓怎麼拼成「Tiu」？

新的消息一再出現，遊艇是台灣造的，上個月五日由淡水出海，沿台灣東海岸到屏東後往南越過巴士海峽。此行目的在測試遊艇性能，不過到達呂宋島後，連續三天，船和台灣失去聯絡，最後，消失在民答那峨南方海域。

委託倪克的是遊艇公司，兩年前接到的訂單，其間買主曾要求修改船上的電子設備三次，最後一次是交船前，因此即使已交船，台灣方面仍派一名同事隨瑞典買主一起試航，理應到馬尼拉後就折回台灣，可是後來斷了消息。倪克傳去他找到的訊息後，對方希望倪克能代表公司去菲律賓，如果找到屍體，也好在當地處理善後。

「我們的同事姓張，馬來西亞的福建華人，到台灣很多年了。他的姓，用福建話念張再拼成英文就是Tiu。」

好吧，Chang是張，Zhang是張，日本的Cho也是張，馬來西亞的Tiu還是張。

倪克沒去菲律賓，他只負責尋找，認屍或後續的事情與他無關。當然，還有其他原因，他沒有護照，身分證早過期，沒有駕照，沒有健保卡，沒有信用卡，僅有的悠遊卡則什麼也證明不了。

正要下線離開，另一封公開信出現在窮民，也指名找「泥客」。他再花兩分鐘看完信，羅絲？漂亮女孩的名字。走出網吧，倪克才推出機車便被阿嬤叫住，她特別為倪克留了把宜蘭的三星蔥和放養的土雞蛋。忍不住地摟摟阿嬤，照例被推開，阿嬤喊：

「么壽，呷阮老豆腐。」

阿嬤的丈夫已過世，兩個兒子在台北和宜蘭工作，她接手經營阿公留下的釣具店，以前得去挖蚯蚓找魚餌，現在有專人送來寄賣，省去很多麻煩。阿嬤再三交代倪克，蔥和蛋可以蛋炒飯，也可煎幾張蔥油餅，說著，她進屋去，一分鐘後倪克的機車龍頭上又多個塑膠袋，兩大碗白飯的分量吧。阿嬤始終擔心倪克會餓死。

幾個看起來沒睡醒的女體走在馬路正中央的行人穿越道，一個女的大腿上有草蓆的印子，一個比基尼泳裝雖性感，可是眼皮腫著，第三個戴大墨鏡，腳上的拖鞋顯然不成對，兩個穿海灘褲的排骨男孩跟在後面，其中戴洋基球帽的男孩嘴裡碎碎念：

「一個人出來買便當就好，吃便當幹嘛去店裡。」

冰箱內還有什麼？倪克右轉猛地加油門向前衝，蔥、蛋、飯，阿嬤交代，先熱油，再炒蛋，二十秒，把白飯倒進去，最後加蔥——不對，是先加蔥還是最後加蔥？管他，全倒下去，只要熟，就能吃。

前方左手有家水泥矮房，牆上白漆塗著：石花凍。倪克往後看一眼，藍白拖踩踩煞車，野狼減速橫過雙線的北濱公路，停在門上張掛藍紅膠布棚的房子前。

「這個方子很普通，當歸、白芍、白朮、柴胡、茯苓、甘草、煨薑、薄荷、丹皮、山梔。什麼，你只知道當歸？無所謂。中藥裡稱這叫丹梔逍遙散，能夠氣平消火。」老吳晃著他蹺在桌上的腳說，「人都有鬱悶的時候，要平心靜氣呀。說來容易，做起來難。做，這就是我們中醫這行混飯吃的本事，不過失戀的人麻煩，不僅鬱，更有氣。被另一半背叛，引發怒；不如第三者年輕漂亮，莫名的恨；見到自己男人摟別的女人，火攻五臟六腑，滅火器也澆不熄了。

「我的方子光丹梔這些藥草，不夠，得加個藥引子，把藥效給提出來，像夏天去吃日本料理不是先來杯冰透的生啤酒配點小菜；像進川菜館，先來個夫妻肺片配點高粱，意思一樣，把食欲勾引出來，才吃得下、吃得多、吃得爽，逍遙散的功能才能百分之百發揮。」

找倪克的是太白中醫院的吳院長，他大約六十歲上下，兩頰因長年刮鬍子而帶了點青青的顏色。要刮出這種色彩，一天要刮幾次？倪克摸摸自己下巴，兩個星期沒刮了。

「藥引是啥？好吧，我說個故事，明朝末年有位奇俠叫傅青主，他的老師被誣告，要殺頭，沒人敢救，只有傅青主徒步千里去北京上書，最終洗雪老師的冤屈。俠者義也，這年頭給武俠小說搞得好像非得武功蓋世才稱得上俠，兩回事。

「俠也有點天使的味道，暗中保護內心良善，外在軟弱的人；有時也霸道，明明好事，卻常做過頭。

「傅青主也是一代名醫，據說有對夫妻每天吵架，只差沒搞出什麼惡妻殺夫或是冷血丈夫雨夜屠妻之類的社會新聞。妻子兇悍，跟我老婆茱麗有拚，她可能罵老公罵太多，罵出病來。老公不計舊惡、以德報怨，像我，嘿嘿。他找傅青主救妻，傅青主便開了藥方，交代藥引最重要。

「聽到沒，藥引。這藥引透著點玄，是塊石頭，傅青主交代得不停地在陶罐裡煮，直到把石頭煮軟，配藥喝下才能發揮藥效。這個愣頭老公真相信，從早到晚守著火上的罐子，把塊石頭煮呀煮，要是扔隻雞進去，恐怕連骨頭都燉沒。老婆見到總算天良發現，從病床上撐起身子來幫忙，讓老公能去睡睡覺。不過怎麼煮，石頭偏不軟，老公忍不住，跑去找傅青主問究竟怎麼回事。傅青主說，你們夫妻是心病，如今兩人一起煮石頭，心病沒了，不必再煮，把藥喝下去，老婆自然康復。

「玄唄，這就叫藥引，它既沒維他命，也沒抗生素，可是能化氣去悶，建立病人健康的心理，這樣子吃藥才有效果。

「藥引千百種，我這回用種奇妙的，這麼著，倪克，網路上不是說你什麼都找得到嘛，你給我找眼淚。對，我的藥引是眼淚。別擺出那副德行，咧個嘴齙個牙，你以為回到家找他根新鮮的WASABI往眼皮上抹就有淚了？我要的是悲痛的眼淚，既悲傷又痛苦，否則沒用。」

老吳在網路上找到倪克，或者該說是老吳辦公室門口那張桌子後面的可愛護士羅絲找到他的。不是為錢來聽老吳吹他的逍遙散功效，倪克受不了夏天的東北角，到處都是成雙成對的男女，再說冬眠三個月，他也得想個理由離開漁港，眼看他的屁股都長青苔了。

「聽清楚沒，悲痛的眼淚。小倪，初戀女朋友和別人跑了，你可能因此痛過，心痛喲，痛得你幾乎想自殺，但你絕沒悲過，真分辨得出什麼是痛什麼是悲？我說的痛是打從心底發出的痛，悲是無限沮喪的悲，明白嗎？

「我的病人是誰？當然是個女人，年輕又漂亮的女孩。真是，好好的女孩，偏落在要命的男人手裡。小倪喲，當男人也當得體面，別以為你帥就他媽的惡搞。

「報酬從優，論件計酬，先付你五萬，依照你的要求，含稅——什麼，你從來沒報過稅？從沒有固定收入？好，你家的事，我懶得管。有消息和我聯絡，不必透過我門口的護士，她是我老朋友的女兒，得保障她的人身安全。你兩眼紅腫、臉皮泛潮，坐在冷氣房裡也冒汗，看起來慾火炙旺，多久沒碰女人啦，別動歪腦筋。你打我手機，咱們單線聯絡。怎麼樣，有點出特別勤務的味道吧。

「藥引急著要，別喝醉回你東北角窩進被裡一睡三天三夜。想清楚點，幫我做事，幫的不僅是我，還有外面那一長串病人，他們比我急八百倍。

「喂，小倪，你幾歲？三十出頭？那你該懂禮貌呀，我請你喝杯酒可以，不是請你喝整瓶酒，卡差不多，把酒瓶還我。」

這是蘇格蘭單麥威士忌？好香的酒。

走出院長室，太白中醫院的一樓大廳依然坐滿人，有的用草藥袋熱敷，有的背上吸滿玻璃罐，有的上半身露在背心外的地方扎了幾十根針。倪克被角落一個女人吸引住，她身上既沒針也沒罐，兩眼無神地坐在那裡發呆，她有什麼病？

很少見到如此悲傷的女人，她給倪克的感覺像整個人拔罐似的被抽空，離其他人很遠。她悲，她也痛嗎？她會不會失控，流下幾串眼淚？

倪克在巷子內發動機車，正要加油門，那個女人出來，緩緩朝敦化南路的方向走去，倪克輕放離合器，慢慢跟在女人身後。

她大約二十多歲，白色連身裙子，露出毫無血色的小腿，腳則套在銀灰的平底鞋內，每一步彷彿腳跟沒離地被身體拖著走，可能和她左肩上的紅色包包有關，沉甸甸的方形包包，壓得她一邊肩膀往下垮。

陽光從市民大道的西邊射來，停在機車待轉區時，他瞇起眼盯向那雙白得近乎透明得可以看到每根淡綠色血管的腿，他也看到印在裙上的內褲形狀，傳統的三角形，不過為什麼兩個褲腳不一樣長？

不是不一樣長，是左邊的已捲到臀部中央。失神的女人。

女人一路走上市民大道，她既沒停過，也沒轉過頭，一個勁地走。倪克將車鎖在路邊停車格繼續跟，跟進光華商場。花了將近一個小時，女人買了五盒DVD，三盒日劇和兩盒韓劇。她再進舊書舖裡翻，買了五本張愛玲的小說。

來都來了，倪克沒浪費時間，他挑了兩張CD，周杰倫的和R.E.M.的。

糟，女人跳上公車，倪克抓緊背包兩側的帶子跑到野狼旁，解開鎖推出車，其實也沒什麼好急，專用道上的公車跑不快。

她在民生東路口下車，走進西華飯店後面的巷子。應該是她的住處，公寓鐵門在倪克眼前關上。閒著沒事，他坐進旁邊的咖啡館，長久以來，倪克在電腦前修煉出耗的工夫，屁股黏板凳，耗。不常到台北，奇怪，和那個吳院長講話會累到這種程度？或是他長期只用眼睛和手指跟人在網路上聊天，太久沒聽人說話？

還是喝太多酒？

大約快六點，女人出來，她換了衣服，牛仔褲、圓領T恤和拖鞋。倪克再跟上。女人是去買晚餐，她買了五個鍋貼、一碟豆乾海帶、一碗酸辣湯。打包後她轉回來，差點撞到倪克，幸好她的眼睛只掃過去，停也沒停。依舊失神。倒是倪克仔細看了看她，她的頭髮沒整理，好幾根黏在臉上。

公寓內已有一戶開燈，二樓。倪克站在對面公園，女人進去後，二樓有人影閃動，果然她住在那裡。她拉開陽台前的鋁門，手中的長嘴水灑為掛在牆上的花盆加水，其中幾滴落到路過的一個穿整齊西裝的中年男子頭上，他舉手遮住頭，朝上瞄了瞄，快步逃開。

周圍不少房子貼著招租的紙條，倪克按門鈴，有人在。仲介公司的小姐剛送走前一對看房的夫妻，她領倪克參觀，三房一廳，大約三十坪，客廳有張長沙發和空的大型養魚缸，臥室也有雙人床，牆上的轉角處很多地方有漏水的痕跡。這些都不關倪克的事，他磨蹭到陽台，低頭正好看見斜對面二樓客廳的一角，電視畫面映在沙發後的玻璃櫥窗上，茶几鋪著報紙，鍋貼紙盒已攤開，一個也沒動過。女人呢？只看得見她的頭，低垂在她兩個手掌裡，旁邊散落幾張揉過的衛生紙——她抬起臉了，不是二十多歲，變成三十多。不知誰說的，女人不宜悲傷。

那是——眼淚，吳院長要他找的眼淚。

手機聲響起，仲介小姐的，她用高亢的音調說話，不到十句，起碼有八句是「謝謝」。她闔上手機蓋朝倪克鞠躬：

「對不起，這間房子剛剛租出去。」

是喔，恭喜。

幹嘛答應這樁工作？倪克怎麼也想不出該去哪裡找眼淚，但他在民生東路看到眼淚，於是第二天一大早他又坐在小公園裡，臨出門時有點雨，他沒騎車，從福隆坐台鐵的平快到台北。喝了兩杯附近壹咖啡的美式咖啡，快十點才見女人出現。

肩上是同一個包包，頭髮用橡皮筋束在腦後，她踏著慌張的步伐趕到中山國中站坐捷運，倪克跟上，新型流感使不少乘客戴口罩，倪克也戴。他背包內有三個口罩，一個淺黑底的、一個純白的、一個花格子布的，戴淺黑的，大部分人用這種。

在忠孝復興站換板南線到永春，女人彎腰鑽進一家鐵門拉至一半的小店，橫在門上的招牌上沒註明這是小吃店、服裝店或藥妝行，只有英文：Stella。店名是否代表老闆娘叫Stella，她是老闆娘。

十一點整，女人出來升起鐵門，看樣子是服裝店。她換過衣服，黑色皮短裙和底很厚的高跟涼鞋。

倪克決定進店，他幾乎給太陽曬得脫水，吹冷氣去，可是，男人逛女人服裝店？另一個男人早一步先進去，倪克跟著，他喜歡跟在別人後面，沒人注意他。

「陳珊？有。我看看，她租過兩次，同一套，miu miu的彩花洋裝，連同高跟鞋和包包。」眼眶塗得黑黑的女孩對前面那男人說。

她才是Stella？住民生東路的那女人呢？

這間店從外面看起來並不大，屋內一排排淨是橫桿式的簡易衣架，掛滿衣服，若要去挑衣服，看起來得用鑽的。兩邊靠牆處則用角鋼做了隔層架直達天花板，一格格全是各式女用包包和鞋子。

「我想起來，」女孩敲敲電腦鍵盤，「拉拉，拉拉，妳是不是打過電話催那個陳珊還衣服？」

Stella簡稱拉拉，她從衣服堆裡冒出臉，又變了點樣，頭上多了頂黑呢扁帽，上身是黑色的小可愛，露出一截腰，再恢復二十多歲的模樣。

「她的手機不通，我打給她男朋友。」拉拉說。

「你是她男朋友唷？她借的衣服已經過期，不還要罰錢。」

櫃台前的男人一直解釋，他也找不到陳珊，不過押金是他刷的卡。

倪克裝作等候，他站在疊高的紙箱旁仔細打量櫃台後的女孩，她也露出腰，肚臍上怎麼掛兩枚環，一大一小，一金一銀，鼻翼上也有，倪克想到水牛。女孩大約不到一六〇公分，可是身材勻稱。渾身上下僅用兩截布遮住重要部位，裙子很短，露出五分之一個曬得有如加了奶精般色澤的咖啡色屁股。腿細了點。

「曬得不錯吧。」女孩對倪克說，那男人什麼時候走了？「去健身中心用紅外線曬的，一天二十分鐘，花兩個星期才曬出這種顏色。我一個朋友跑去福隆亂曬，東一塊西一塊，看起來很噁心。你要替女朋友借衣服啊。請你喝咖啡，剛煮的。」

倪克點頭，他的意思是替女朋友來借衣服呢，還是要咖啡？

「大家都叫我辛蒂，你女朋友以前來借過沒？有沒有會員卡？喏，你的咖啡，自己加糖，沒奶，用完了忘記去買。」

辛蒂和朋友拉拉最初一起上網買賣二手包，後來也買賣起名牌衣服，事業搞大，她們乾脆辭掉總機的工作自己開店，依然採網購方式，不過得有個地方堆貨也讓人來取貨，湊了點錢租下這個店面，才一年工夫就匯集一批客戶。現金不夠，進貨量有限，拉拉調整經營，改採寄賣式，東西賣出去再跟物主拆帳。

「東西太多，你不知道我們女人多喜歡買東西，買了用不到幾次，退流行，堆在家裡嫌佔地方，加上不景氣，寄賣的人多，每天放在店裡可惜，我想到可以出租呀，先繳錢加入成為會員才行。有五百多會員咧，都是網路上推薦的。男裝很少，西裝和領帶看起來簡單，接觸以後才知道你們男人穿衣服龜毛，光是西裝的領子大小就搞死人，太麻煩。」

倪克喝不慣女人咖啡，淡得跟水也差不了多少。學辛蒂攪進幾匙糖，當糖水喝。攪著，倪克忍不住又瞧裙子下方一眼，還是環，腰帶由大銀環組成，短裙右邊開個小叉，也用小銀環繫住，左腳踝有金鍊，叩叩，十個腳趾頭倒掛了五枚戒指。

「你女朋友哪種型的？你們搞轟趴啊，要角色扮演嗎？我可以幫你挑。你女朋友生日趴？好，我專門，保證讓她驚喜。」說著，兩枚鼻環快晃到倪克臉上，難道她近視？不，她戴了隱形眼鏡，電視上主播戴的那種能把瞳孔放大像洋娃娃似的。「你喜歡護士還是空姐，還有去年聖誕節留下來的天使裝。」

兩個女客人扯動門上的鈴鐺，辛蒂上去招呼，三個人消失在衣服中。倪克等了很久，本想先離去，辛蒂又出現，她拿衣服在客人身上比，不忘記喊：

「你等我一下，要續杯自己倒。」

女孩們呱呱呱，其中一個平胸的問辛蒂是不是戴Nu bra。

「對，矽膠的，妳摸摸看，跟真的一樣。」

兩個輪流摸辛蒂胸部，先一隻手摸乳房下緣，換兩隻手罩住乳房下半部，再往上滑，包住全部。

「真的耶，好軟，悶不悶？人家說戴久容易長痱子。」

倪克看得一身躁熱，她們的冷氣沒開嗎？

拉拉走來，她的右肩、兩隻手臂上掛滿衣服，見到倪克沒打招呼，將衣服往櫃台上一堆，逕自去倒咖啡，她喊：

「辛蒂，奶精沒了唷，又忘記買！」

終於看到倪克，拉拉瞪他：

「你是辛蒂的朋友？」

「不是啦，妳幫他挑衣服，給他女朋友辦趴穿的。」辛蒂從包包架下面傳來聲音。

「你女朋友幾歲？多高？胖的瘦的？什麼罩杯？要性感的還是可愛的？」她又瞪倪克，

「還是你們要ＳＭ的，我們這裡沒有鞭子和蠟燭，旁邊巷子裡有。」

倪克放下咖啡杯，道謝之後說要回去問問女朋友。

「叫她自己來，我們開到晚上九點。」

逃回忠孝東路上，倪克和進去吹冷氣前一樣，渾身是汗。看起來她今天不像想哭的樣子，沒有眼淚。

「什麼是打從心底發出來的痛？你到底戀愛過沒，就是失戀的那種心碎。小倪，就西醫來說，沒心碎這回事，西醫講究科學。我是中醫，不但講科學，也講哲學。凡是戀愛過的人都必然失過戀，這是天理，像人之所以滿足於吃飽的感覺，當然是因為曾經有過飢餓的折磨。男人失戀了還好，頂多喝醉裝瘋滿街見到女人便追，女人不一樣，一下子掉進牛角尖裡想不開，搞出自殺的念頭。憂鬱症可以找西醫，可是內心的痛，西醫沒半點辦法，換心也沒用。來，自己倒。」老吳用腳把桌上格蘭菲迪威士忌的三角瓶往前一頂。

「戀愛的人哪，最麻煩的是那顆心，不是西醫講的心臟，是我哲學上講的心。戀愛人的心會慢慢慢慢，逐漸變得透明，愛得愈深它愈透，最後透得像玻璃水晶，讓人打老遠一看全明白。問題呀，心如果透明，和玻璃水晶一樣，它當然容易碎，不小心摔了下，碎得滿地都是，連用吸塵器都吸不乾淨。你到底聽懂了沒？然後人就又鬱又悶，怎麼辦？我給病人來帖逍遙散，其中的山梔性寒，能去熱涼血，丹皮也性寒，能清熱活血。心碎跟心炸了也差不多意思，熱引發炸，得去其熱性，逍遙散的作用便在於此。

「要眼淚做什麼？我不是說過它是藥引嗎，更像膠水，能讓碎了的心，一塊塊重新黏回去。

「不過，小倪，心碎了固然能補回去，但不再是以前那顆完整的心囉。按照我的理論，補好的心會變得老變得硬，好處是，變得比較禁得起摔；也有壞處，像口香糖嚼久，想吐掉。到了我這把年紀，心哪，已經是個黑色柏油球，誰也看不透，砸在牆上，別說碎，它還蹦蹦彈回來。我常說，四十五歲以後的男人很難戀愛，心成了刀槍不入的金鐘罩外加Gore-tex，愛情滲不進去。

「哎，不受傷也未必是好事。你知道有種人的神經反應遲緩，不會痛，你揍他捶他刺他砍他，都不痛。聽起來不錯是吧，錯，身體上破個口裂個縫，血流得一地也沒感覺。痛是老天給人的警報器，人才曉得受傷患病，得去找醫生。感覺不到痛，完了，等到發現受傷，血都快流乾，和玻璃人沒什麼兩樣。像你這種男人鐵齒，絕不戀愛？騙自己吧，表面上沒神經，遲早有天血流得滿屋，才忽然醒悟，戀愛了，來不及喲，我的逍遙散只能救有心的人，沒心的人——噢，去夜市吃豬心豬肺？小倪，你這是死抬槓，朽木不可雕也。

「我剛才不是說四十五歲以上的人很難戀愛，因為根本對戀愛沒感覺，也是這個道理，不痛就不會愛。我和茱麗呀，趁她不在我說老實話，我和她已經由當初乾柴碰上烈火的『愛』，變成『戀』，相依為命是『戀』，彼此傾訴也是『戀』。兩人湊在一起純粹是伴，『愛』少，『情』多。別老喝我的酒，你倒是聽懂了沒？

「還沒搞懂什麼是藥引？再說個故事，以前有個秀才進京考試，順利中了狀元，皇帝老兒把女兒嫁給他，這下子翰林兼駙馬，富貴至極。他也孝順，每年都送禮送錢去南方老家給他的母親。很多年之後，狀元成了宰相，他的兒子也考中進士，這在中國人叫老天能賞賜的最大福氣，老子宰相兒狀元。老媽媽幾十年沒見到兒子，想呀想地生重病，消息傳到北京，宰相痛哭一整夜，可是他工作繁忙，沒辦法請假回去，就請御醫代替他返鄉看老媽。行前宰相問御醫準備什麼藥材，還缺什麼沒？御醫說，樣樣皆備，但缺宰相大人鬚一撮——上鬍下鬚，這你該懂吧——因為老媽見不到兒子，能有一點鬚當藥引也是好的——你還不懂？糞土之牆，哎，算了。」

「懂不懂也沒關係，你就給我去找眼淚，又悲又痛的眼淚。別打混，委託人急得很。我這病人，可憐唷，人長得像年輕時候的林青霞，小號的，瘦點、矮點。一個女人家自己開店做生意，不求家裡，不求男人，偏偏什麼不好幹，談個鬼戀愛，結果男的腳踏兩條船，你們年輕人說的劈腿。上個月她急著想打聽出劈腿的對象是誰，要和對方談談，把男朋友搶回來，怎麼也找不出是誰，又不敢問男朋友，怕他面子掛不住地跑了。事情全悶在肚子裡，她的肝火為之上升，身體變得很虛，生理期大亂。

「她媽住在五股，特別帶她看病，西醫說很好，沒病。不放心，再帶到我這兒來，要我想法子找出病因。一把脈，不得了，虛得緊，連吃幾副藥也不見好轉，幸好我跟她熟了，把她騙開口，她呀，掙扎，該不該戳穿男朋友劈腿的把戲？一戳穿，可能男朋友沒了。不戳穿，耳朵聽的是男朋友來電話說要加班不能見面，腦袋想的是他跟那個女的去吃法國菜、去陽明山賞夜景，心痛哪。

「小倪，這個階段最煎熬，想像那個第三者長什麼樣，想像男朋友和她在一起有多親熱，想像男朋友家她買的萬把塊義大利床單上躺個別的女人。男女間的事，要是都能直接開口問，世界太平許多喲。下回介紹給你認識，不是叫你和她談戀愛，是讓她知道不論戀愛多痛苦，身為人，就不能不去愛，刀山油鍋也得走一遭，否則像你，沒愛沒戀的，一具殭屍。我的話前後矛盾？不矛盾。大膽面對愛情，小心應付愛情——還是矛盾？你他媽的是來打工的，還是來找我麻煩的！」

咳咳，倪克趕緊放下酒杯。不要錢的酒，果然喝不得。

店裡沒人，辛蒂爬上爬下調整架子上的包包，這女人閒不下來。沒見到拉拉，從老吳的院長室出來，依稀有個女人剛離去，很像拉拉，她沒回店？

「喂，帥哥，沒見到我搆不著，快過來幫忙。」

倪克爬上梯子，把上面幾個包包移到下面，再把辛蒂遞給他的包包補進去。

「你到底要給女朋友什麼驚喜？算了，別搞趴，挑個包包送她，要不然鞋，每個女人都需要鞋，我叫這是一、二、三、四、五，女人腳上基本五條件：一雙慢跑潮鞋、兩雙靴子、三雙高跟鞋、四雙便鞋、五雙涼鞋。其中高跟鞋難挑，所以送高跟鞋，沒女人不高興。帶女朋友來這裡挑，你只管刷卡，超完美。」

再重新算一次，辛蒂身上一共有十一個環，鼻子上兩個、左耳五個、右耳兩個、肚臍兩個。「妳到底穿多少個環？」

「你管——身上有沒有兩千元？」

倪克掏出錢。

「衣服錢，我受不了男生穿這種灰不拉嘰的夾克，你上次穿這件，這次又穿這件，遜咖。哎唷，汗臭味，你們騎機車的都有這股味，請常洗澡。」

她走進衣服堆，很快出來，手上多了件外套，深咖啡色，手肘地方有皮革的補靪。

「來，試試這件。有個阿北以為我們什麼都能賣出去，拿來寄賣，美國貨，萬寶路的，他們家做的衣服專給你們這種不像牛仔偏要裝牛仔的男人穿。本錢賣你。」

倪克被迫試穿，合身，在鏡子前他彷彿變了個人，可怎麼看起來像跟老吳一國的。

「記得刮鬍子，我最受不了男人自以為帥的不刮鬍子，看起來髒兮兮。你用不用刮鬍水？抹一點很香唷，你女朋友聞到愛死你。臭夾克拿去扔掉，放在我店裡，驚死客人。」

辛蒂又煮起咖啡，這次有奶有糖，也有餅乾。倪克掏出鈔票，老喝她的咖啡，不能不買衣服。

「為什麼不帶你馬子來？客人老見你這個男的在這裡喝咖啡，很怪，我們又不是咖啡館。」

「妳有男朋友？」倪克問。

「別想追我，早名花有主——」

辛蒂煞住她的話頭，倪克回頭，拉拉來了，她站在門口冷冷望向他們。今天的拉拉又是三十歲，她為什麼離開店就不打扮？

「沒人找我？」拉拉走進衣服堆。

「沒。」

「沒電話？」已在衣服堆裡。

「沒。」

拉拉走出來，她換了小短褲和雙綁帶子的涼鞋，皮製的帶子從鞋面往上纏，蛇似的纏在白淨的小腿上。牛仔背心配一頂黑色的牛仔帽——不，這叫藤編網狀紳士帽，倪克昨晚K了五個女性網站，她們的名堂不少。拉拉的背心內看起來沒穿胸罩，實在太瘦了。

收到遊艇公司的來信，Mr. Tiu的屍體已被吉隆坡趕去的家人確認，沒錯，經火化後隨家人回去。倪克傳去用姊姊名字開的帳戶號碼，請對方直接匯款。雖然仍未找到眼淚，卻已經開始有收入。新生意出現在信箱內，署名胖妹，向「泥客」打聽台北哪家醫院的減肥門診最有效，如果她試了果真能減掉十公斤以上，每一公斤付「泥客」一千元的感謝金。

刪了吧，可是倪克仍打電話問老吳，這是他的職業精神。

「小倪，我這兒正派經營，不搞那些譁眾取寵的把戲——等等，有，前陣子小劉，我那個新來的醫生，以前在大學修過食品營養的學分，設計一套健康飲食菜單，可以幫助慢性病患攝取有效的養分，又不會吃得太營養，這算不算？什麼，針灸減肥？別找我，針灸的用處不在這裡。伏羲創九針，九種不同的針，各有用途，能加速氣血運行，打通經絡，連美國都認可。一旦經血暢通，消化自然好，廢物不積在體內當然有點減重效果，不過針灸可不能把人弄得不吃不喝，沒這道理。喂喂，你到底搞什麼，我要的是眼淚。」

刪掉胖妹。

另一封，要找小時候的玩具桶？大概是女孩子，她十二歲那年搬家，許多當寶貝的玩具收在一個方形的蛋捲桶裡，從此下落不明，包括三個芭比娃娃和十幾套配娃娃的衣服。從何找起？倪克不如去垃圾場找幾個破娃娃交差。還有幾封，沒時間理會，答應老吳的事得先做到。且慢，最後一封吸引倪克的注意，要找她的男朋友？倪克好奇，男朋友不會不見，只會落跑。

回了封信過去，沒想到女孩在線上，馬上回覆約倪克見面，兩個小時後在民生東路Gabee見。記得，上次進去喝過咖啡。也好，去看看，說不定能遇到二樓的拉拉，希望她的心情不好，賞倪克一點眼淚。

騎進西華飯店後的巷子，到早了，探頭進Gabee，沒見到單身女孩，應該還沒到。倪克繞到裡面的公園找地方停車，一個熟悉的人影坐在公園的椅子上，是拉拉。

「你就是泥客？」

對，我是倪克。

「你不是在追我們的辛蒂嗎？」

她太多環，要是兩人動作激烈點，恐怕連肉一起扯下來。

沒喝咖啡，他們在公園曬太陽吸取維他命D。下午四點了，陽光穿過樹葉，地面一片金澄澄的，伸在黃金中的是四條腿，兩條細白，兩條黑呼呼帶毛的。

拉拉沒有用句點，一路逗點，講的幾乎是她整個人生的故事。聽到男人的名字，倪克已經明白，他悲，這個癡心女孩仍固執的期待之中，她以為男人跟另一個女人走了；他痛，該不該告訴她事實不是這樣，把在菲律賓海上發生的事說出來？既悲又痛，他為何流不出眼淚？老吳誆他。

沒說。倪克答應拉拉的委託，等她進鐵門後，倪克抓起手機撥上樓去，把菲律賓民答那峨的事故快速地說出來，他也沒用句點。聽筒內沒任何聲音。他受不了無聲的電話，接著說他等一下請遊艇公司的人打來，匆匆掛斷，到公園那頭牽出機車，心裡仍惦記拉拉，坐在車上他望向對面的公寓，幾分鐘後，拉拉出現在陽台，她先澆花，再拿掃帚，又曬衣服。

停下了，拉拉倚在陽台的鐵欄杆點起一根煙，仰頭看天空，煙也吐進天空。她沒有哭。知道男朋友有外遇時她哭得那麼兇，為什麼男朋友死了，她卻沒有眼淚？她只一個勁發愣、抽煙、發愣、吐煙。

網路上能看得出來，每個孤獨的人都有相同的習慣，回到家便打開電視。倪克沒有電視，他打開電腦從i-tunes的資料庫內選了首歌，音樂從外接的喇叭傳出，刀郎的〈二〇〇二年的第一場雪〉。他唱說這年的雪來得晚些，這年的感情則留在烏魯木齊。沒去過烏魯木齊，台北不下雪，倪克甚至從未離開過台灣，不過那無所謂，由刀郎略帶沙啞的沉厚聲音引領，體會一下輕柔無聲的雪。

不能辜負車站阿嬤的好意，他將網路上抓下的蛋炒飯做法記得很清楚，打三顆蛋趁油熱時倒下去，炒菜鍋要左右搖搖，糟，火太大，關小。趁蛋黃仍未熟，白飯趕快下鍋，拌、攪、混。不對，他怎麼把二大碗白飯全倒進去？加點鹽，鹽罐呢？沒鹽，管他，吃淡點。對，還有蔥，撒進蔥花。剩下一個問題：該把蛋炒飯吃光，還是留點當明天早飯？

香。吃光。

從陽台可以看見傍晚的昏暗太平洋，即使才八月，風捲著海水襲來，仍帶些涼意。住在海邊有千萬個好處，卻有個大壞處，孤獨配寂寞。小漁港不分季節、不分早晚，人不變、景致不變，遠遠看去只有利洋宮前還有兩三個人影圍在那裡，可能繼續他們未完的棋局。橘色海巡署制服的兩個阿兵哥，在港口前和一艘剛進港的海釣船船長聊著天。

吃完晚飯，倪克得到滿足，躺在窗前的長椅上，拿起手機撥給老吳。

「這麼快就找到眼淚，不簡單，你以前到底幹哪行，情報局還是安全局，神祕兮兮。收好沒，宣紙吸水性強，沒問題，把塑膠袋口再檢查一下，千萬得封好。我給你的宣紙是生宣，吸水性挺強。唐朝就流行用宣紙，紙質的纖維密，不論畫圖寫字，毛筆下去不沾纖維，畫的品質才好。用宣紙擦眼淚是嫌硬了些，不過它抓得住眼淚。

「拉拉沒哭？那你眼淚哪兒來的？別告訴我是賣蚯蚓阿嬤做菜切到手指，疼出來的？

「辛蒂？這關辛蒂什麼事？她是第三者？」

沒騎車出來，倪克坐捷運彎去永春站的Stella，他可以從那裡走幾步路到松山站坐火車回家。星期天沒什麼生意，拉拉和辛蒂輪流休假，本週輪到辛蒂，她正蹲在地面整理十幾雙看上去剛送來寄賣的鞋，很平靜的樣子。

「你去看過拉拉？我剛跟她聯絡過，有個劉經理來電話到店裡找她。」辛蒂拿起一隻紅鞋看了又看。

倪克差點忘記，之前他將拉拉的事，用簡訊傳給遊艇公司的劉經理，這傢伙週末不接電話，請他打電話給拉拉，留了拉拉手機和店裡的電話號碼，看樣子劉經理已經打來店裡過。

「新來的貨，」辛蒂抬起頭，「我試給你看。」

她穿上每一雙鞋擺出pose，倪克點頭的分。

「我男朋友說我的腿好看，我說拉拉的比較細，他說他喜歡有點肉的，你呢？」

倪克喜歡，細的有肉的，倪克都喜歡。

「你等等。」

辛蒂在衣服堆裡發出窸窸窣窣的聲音，幾分鐘後一條光溜溜的腿伸出來，跟著是白色紗裙，辛蒂慢慢露出上半身，肩膀上有兩個掛了成串LED燈泡的翅膀，她穿天使裝站在倪克面前。

「好不好看？有沒有cute？」

好看，她該穿給老吳看，讓太白中醫院的護士換下她們的藍衣藍褲，病人更需要天使。

「你再等等，我換護士裝。」

辛蒂又鑽進衣服堆。

沒有窸窸窣窣，也不見她出來。

倪克喊了幾聲，辛蒂沒回。他說，我進去囉。他走進兩排衣服中間僅幾十分寬的走道，辛蒂蹲在那裡，兩隻翅膀無力地垂在地上，她的頭夾在膝蓋中間不停地抖，發出有如喉嚨卡住東西般的聲音，哦，哦，哦哦，哦。倪克抽出宣紙手巾從辛蒂腋下塞進去。哦，哦哦哦哦，哦。他也蹲下，想摟住辛蒂，翅膀擋住。

他抽出另一張宣紙塞到辛蒂手裡，換回原來那張，小心收進塑膠袋內封上口。

「問得好，」老吳在電話中說，「為什麼拉拉沒哭，辛蒂倒哭得要死要活？嗯，好問題。你有答案嗎？他媽的你沒答案我該有答案？在現場的是你不是我。

「小倪，你沒送辛蒂回家？你沒陪她、好好安慰她？你把人家小女孩扔在舊衣堆裡一個人去坐火車？你他媽的，酷，小倪，你酷，不當醫生可惜。為什麼？因為你留下也幫不上辛蒂的忙，她一個人痛快哭個夠說不定反而好，可是，你呀，無情唷。

「我可麻煩，眼淚是有了，不過我能拿情敵的眼淚給拉拉當藥引嗎？嗯，說不定更有效……得去翻翻祖宗留下的祖傳祕方。什麼是什麼，小倪，你真傷腦筋……

倪克沒回答，電話冷了幾十秒，老吳換成開朗的口吻：

「晚飯自己做？你倒挺自在的，為什麼不乾脆在阿嬤那裡包飯。一個人住得找點事情做？你來我醫院當伙頭軍好了，二十一個人的午飯全包給你──每人飯前先發兩枚解毒丸。什麼地方不好住，單身適婚期的男人躲到海邊吃蛋炒飯，等你哪天開竅想找個女人，可以求我，我病人裡面有不少美女。要求不多，上等眼淚三斤。

「說真的，你該去追辛蒂，聽起來挺不錯的女孩，怎麼愛上好朋友的男朋友。這不是道德批判她，而是，感情這玩意兒，說煩還挺煩的，不敲門隨便闖進來，躲也躲不掉。劉經理的電話陰錯陽差，也好，要不然多個女孩的心情被吊在半空中，說不定又上網要你幫她找失蹤的男朋友。

「忘記曬衣服，茱麗在罵人，明天來我那兒交眼淚，剛弄到瓶十八年的好酒，等你來開瓶。

「你真住在海邊呀，都能聽到風聲。小倪，年紀輕輕的，該多跟人接觸，別搞得像個宅男似的。晚上去喝喝酒、唱唱歌。如果你是我的病人，真擔心你想不開，哪天朝海裡跳，連個打電話通知我的劉經理都沒有。記得來我這裡之前去看看辛蒂，要是她情況不對，送來醫院。我，我啊我，除了逍遙散，還能怎麼辦。年輕人，談什麼戀愛！──來囉，不就曬衣服嘛。」

海風呼呼吹進屋內，倪克腦中浮出陽台上抽煙的女人，也浮出埋在衣服裡、埋在自己兩腿間的天使。

不能再想，該睡了，明天一早得上老吳的醫院交貨。

# 二枚腰

「我接著等死又等了十五年，五臟六腑幾乎都不靈，偏這顆心到現在還活蹦亂跳，你說，我要是能伸手進肚皮一把掐死心臟，該有多輕鬆。」

——孫思漢（一九二二～二〇〇八）

才剛過七點，八月底，台北上空的太陽彷彿被行星撞爛，刺眼的光線灑得連榕樹上的葉片都承受不了地下垂，孫伯伯戴上夜市裡一副一百元的墨鏡出現在公園口，他輕快地走到涼亭內打招呼：林伯早呀。石桌上已擺好象棋，不過所有棋子都蓋著集中在左半邊的方格內，今天怎麼一開始先下暗棋？其實無所謂，孫伯伯和林伯已經下了五年的棋，每天上午，風雨無阻，星期天則除外，因為林伯得照顧他那半植物人的老伴，讓兒子跟媳婦和兩個孫子回娘家去。

「賽伊娘，兒子替別人生。」

林伯一天至少罵兒子三次，但誰都聽得出來，罵的不是兒子，是媳婦。孫伯伯勸他，媳婦也不差，一星期五天既上班又得忙家務，星期天回娘家也應該。

「連外傭都放假，你媳婦回家難道有錯！像我，兒子去美國念書回來過幾次，我連媳婦、孫子長什麼樣都沒見過。再說你家兩個小鬼不僅是你的孫子，也是別人的外孫，小孩有愈多的大人愛愈有福氣。」

林伯聽不進去，他照樣賽伊娘。

下暗棋看起來很簡單，也挺有學問。孫伯伯便說，整個暗棋的關鍵在砲，先翻到砲，贏面就大，因為有火力有攻擊力，但先翻出砲，對手必定翻砲周邊的棋，只要出來個小小的馬，砲就壯烈殉職。他和林伯下了這些年的棋，兩人玩起暗棋來，培養出相同的哲學，儘可能不要翻，讓對方翻。

「和明棋不同，暗棋講究守勢，絕不能莽撞。」

起早到公園來的人不少，有的剛爬完山在公園喘口氣順便和鄰居聊聊天；有的要去買菜，先在公園內坐坐，說不定湊上幾個伴，若是其中一人開車，幾位阿媽就去內湖民權大橋下的大賣場。凡是女人沒有不愛大賣場的，她們先在一樓的餐廳分吃幾片披薩配三十元的咖啡，交換一下五十六巷錢先生是不是和錢太太已經離婚的情報，所有人都疑惑，怎麼一連三個星期都沒見到錢太太，而錢先生更愈穿愈年輕。

「夭壽唷，伊咧錢太太歸歲了，擱穿短裙高跟鞋，每天不知去哪裡，伊討客兄？」

「記得是三十八還是三十九，比我們年輕。錢先生也厲害，你們以前聽過沒，他們愛早上做，也不關窗戶，錢太太愛叫，我老公說她叫得讓人神經錯亂。」

「當心妳老公，男人都說反話，我看妳老公很哈錢太太。」

兩位穿薄麻汗衫的老先生站在涼亭內看孫伯伯他們下棋。

「幹，又是暗棋，這有什麼好玩。」

「林伯，別老一隻兵在四個格子走來走去，你練平甩功呀。翻呀，說不定翻出砲。」

不翻，林伯死也不翻，等老孫翻。老孫不能不翻，如果他有空格走，他也不翻。兩個老頭子可以走空格耗個一上午。孫伯伯對倪克說，拚的不是愚勇，是拚誰有耐心，誰的氣長。

大約五年多前眷村最後一批拆遷，孫伯伯在兒子的安排下一個人搬來這個社區，他是山東人，遠離以前眷村的老鄰居，一度不能適應，況且住到傳統的閩南人社區，語言都不通。

「人呀，一條命、一根屌，卻有一千萬種調整人生的方法。」

這是孫伯伯說的，他很得意，因為他交了原來只說台語的林伯這個朋友。雖然兩人看起來都是老人，市政府每個月給他們一張老人票，可以坐六十趟公車，坐捷運則半價優待，於是拿到敬老悠遊卡的都屬於老人，卻不知孫伯伯大了林伯二十歲，一個一九二二年生，另一個一九四二年生，理論上應該有代溝，可他們什麼都能聊，六十五歲以上，年齡已毫無意義，拿敬老卡的人一樣大。

林伯不姓林，本姓陳。兩人第一次在公園見面時就下棋，那時孫伯伯禮貌地問：「貴姓？」林伯沒好氣地用台語回答：「你爸啦。」從此恁伯就成了林伯。孫伯伯見到林伯的老婆時也喊林太太，鬧得她在公園大罵林伯是不是外面有女人，否則她怎麼變成林太太。不幸三年前林太太在公園裡散步時突然血壓高，好好的人送進醫院，出來卻半身不遂，搞得孫伯伯每次催林伯早點回家照顧他老婆，林伯總說：有她媳婦，我在又沒用。

下棋是他們最重要的事，清早下完棋這天才算開始，像倪克非得喝下一杯沒糖沒奶的咖啡，人才醒來，意思相同。有年夏天颳颱風，七點半，兩個老人居然穿雨衣準時出現在涼亭，給別的老人看到，從此喊他們「二枚腰」，這個綽號原來是在日本下圍棋的華裔高手林海峰的，形容他韌性十足，愈戰到後面愈勇，用在這兩個老人身上倒也很搭。

「二枚腰」今天沒韌性，因為孫伯伯翻出的第一個棋就是砲，林伯努力想翻個馬或車把這砲給吃了，沒想到翻出對方的兵。輪到孫伯伯翻，他朝右手掌上哈口氣，加了「看招」的音響效果，在砲的火力範圍內翻出林伯的將。呵，呵，呵呵呵呵，孫伯伯爽歪了，不料林伯把棋子一攪，完全不認帳，他喊，不算，重來重來。孫伯伯大好的興致給破壞光。他對倪克說，最恨不守規矩的人，這樣的棋，不下也罷。

兩個老人為盤暗棋大動肝火，孫伯伯站起身對坐在一旁的倪克喊，走，我們回去。那邊林伯也喊，賽伊娘，去就去，賣蹬來。

一路上孫伯伯念個沒完，他說以前每個月的敬老車票他沒用，送給林太太，她愛回社子的娘家，一趟要兩段票，不夠用，老人家又省，孫伯伯就說他兒子在美國，敬老卡坐不去美國，把票讓給林太太。他還說，燉雞湯總先分出一大鍋送去給林伯，擔心林太太每天躺在床上沒營養。倪克充好人不停說也許林伯有心事才賴棋。老人講話有個共同的特色，他們拚命講，卻從不聽別人講。單一主題、單一目標。這也是孫伯伯發明的：

「我們當兵的，要就給我們命令，單一主題，單一目標，我們誓死達成目標，別弄一大堆亂七八糟的文言文來，混淆主題、目標不清。」

倪克的工作是尋找眼淚，他對沒有眼淚的人也充滿好奇。怎麼可能有人說不落淚就不落呢？孫伯伯在他五十五歲那年退伍，開了家小麵館。孫伯伯說他做麵食的手藝全台灣第一，可是那年他的妻子死了，他一個人把才兩歲的小兒子孫大同帶大。孫大同和倪克是小學同學，大家都叫他孫大頭。孫伯伯的前兩個兒子留在大陸，年紀很大才有孫大同，當成寶，省下每一張新台幣送他進大學，再送去美國念書，沒想到兒子從此留在美國。他有時自嘲：

「我一個兒子送給蔣介石，一個送給毛澤東，最小的送給柯林頓，操他祖宗十八代，到頭來老子一個人堅守台灣。」

公園旁的巷子內有一排老舊公寓，四層樓沒電梯，中央是樓梯間，用鏤空的磚砌成，陽光能透進去，一九六〇年代的設計。孫伯伯住二樓，雖然快九十，身體好得很，爬起樓來絲毫不費力。倪克很怕去他家，十來坪大，一房一廳，雖然收拾得很乾淨，卻始終有股去不掉的霉味，不，應該說是老人味，也不知孫伯伯多久洗一次澡，屋子內全是他的味道。不，更是衣服的味道，孫伯伯很少用洗衣機，他省電費或水費？

一進門有張三人座的籐編長椅，上面鋪著紅色繡有蝙蝠圖案的椅墊和背墊，牆上則掛著印刷版「如意」兩字橫匾，另有四張照片整齊地靠在飯桌貼攏的牆壁，一張是孫伯母，另三張都是孫大同。孫伯母年紀不大，是屏東的客家人，替孫伯伯生了孫大同。她在世時一直堅持他們家只有一個兒子，另兩個不算數，所以她死後孫伯伯才有機會和大陸的兒子聯絡，但他沒聯絡，還有孫大同得養。

「顧一個算一個，不能讓老太婆在墳裡頭罵我。」他說。

小時候倪克愛去孫家吃麵，尤其愛看孫伯伯拉麵，變魔術似的拉呀拉，麵變長、變細。孫大同在美國念到博士做了事，孫伯伯也收掉小麵館，不過他仍然做麵，給自己吃，他可以一天三餐都吃自己拉的麵。

孫大同很少回台灣，他老婆和孩子更從沒回來過，孫伯伯只能跟兒子生悶氣，反倒是倪克每隔三個月半年來一次，送水果、點心，然後拖幾斤孫伯伯塞給他的麵條回家。

「孫伯伯，您身體真好，現在還擀得動麵。」

「我呀，這輩子就壞在身體好。大同他媽走了多少年了，三十一年。馬了個B，我一個人過了三十一年，死都死不掉。」

「活著總好。」

「好個屁，兒子每兩三年回來一次，就記得算我的終身俸，擔心我沒錢活不下去。你看看，他幫我換房子，一間比一間小，說什麼賺價差，我手上能有更多的現金，活得更好點。這叫孝子？他不養他爸，就會要他爸住得跟豬似的。林伯說的也沒錯，生兒子沒用，花二十多年養出個不缺手腳還有博士文憑的兒子送給不知哪裡鑽出來的女人。馬了個B，他連回台灣的飛機票錢都是私底下接設計賺的外快，不敢讓老婆知道。沒出息的東西。」

「孫伯伯，您一個人過日子，不容易啊。」

「小倪，你也一個人，我教你，要省，銀行得有存款，床底下得有現金，出門口袋裡至少有兩千，我們誰也不求，日子也能過。」

兩年前吧，有次孫伯伯清了桌子拿起紙筆，把他的生活之道又加又減的教倪克，那時倪克才知道孫伯伯平均一天花不到一百元。他每星期天會自己做麵，如今拉不動，用切的。把麵條放在竹籃裡撒上麵粉，上面蓋塊紗布放在陰涼處，接下來一個星期就吃這些麵條。有時他燉雞湯，有時燉牛肉湯，平常再每天買一小把青菜，其他的錢幾乎不花。

「老子和這條老命拚了，沒老婆沒兒子，那麼點餓不死人的終身俸，看老天能拿我怎麼辦。」

進了房，孫伯伯在小瓦斯爐上忙他的早飯，簡單，一碗麵疙瘩湯，上面加點青江菜、肉絲。他煮了兩碗，倪克愛死麵疙瘩。

這次他帶來花蓮的台粳九號米、金華火腿、鼎泰豐的八寶飯。孫伯伯不客氣，見到八寶飯就笑了。

「這個好，年紀大，愛吃點甜的。」

兩人稀里呼嚕喝起麵疙瘩湯，一頭汗，孫伯伯電扇也捨不得開。倪克沒話找話：「孫媽媽死的時候，你一定很難過。」

「怎麼不難過，她小我二十歲，現在想想，作孽，讓個小姑娘跟我苦一輩子。哎，早走早去享福，免得見她兒子變成這副窩囊樣。」

「她死的時候你哭了沒？」

「哭？我活了快九十年，哭三次，第一次是離家去當兵打抗日，那年我十六歲，抱著我娘哭呀，哭得好幾年心都打不開。第二次是韓戰，軍隊裡傳說我們要在仁川登陸一路再打回大陸，老蔣和美國人講好，他們向我們借兵打北韓，要是順利，任由我們打回東北。操，根本沒這回事，我們在基隆港等候上船，晚上命令來，解除狀況。我哭，我蹲在碼頭上哭，沒機會回家了。第三次是退伍，一夥老兄弟在營裡的福利社辦桌酒送我，每個都哭，哭完了你孫媽媽抱著大同來接我回去，營長派軍車送我。最後一次坐吉普。哭到家門口我抹了淚告訴自己，以後沒政府養，沒空再哭，從此就沒哭過。」

「孫媽媽也是那年過去的？」

「年底。麵館忙得緊，我正擀麵，鄰居劉大嬸跑來喊說大同他媽在醫院裡不行了。我連圍裙都沒脫的趕去，來不及。我送走她，再回館子繼續擀麵、揉麵、拉麵。我對不起她，我們這群老兵害了多少女人。」

「你沒哭？」

孫伯伯停住筷子，空洞的兩眼望向窗戶上陽光裡的浮游物——他停在那裡很久，「沒哭，我抱著懷裡的大同說，你媽不用再受苦，去享福了。」

「是個老朋友告訴我那種宣紙很特別，能立刻吸收水分，所以我用它做成紙巾，柔軟又舒適，還有面紙工廠想來買專利，我沒答應，到時候全台灣的宣紙都被你們拿去擤鼻涕、撿狗屎，不環保，我的罪過可大了。放心，只要放在塑膠袋內密封好，我可以把宣紙上的水分再抽出來，不會損失任何一滴眼淚。

「來，十八年上好威士忌，不加冰也不加水，純的才能喝出味道。

「好吧，你知道為什麼老美愛喝波本，老英死也得威士忌不可？波本是雜糧蒸餾的，很嗆很烈，有點克林．伊斯威特西部片裡的滄桑味。蘇格蘭威士忌的那股勁則是慢慢上來，帶點冰天雪地的溫暖感，比較深沉。三十歲以前，男人要喝啤酒，爽。四十歲以前要波本，烈。四十歲之後就得威士忌囉，有股成熟的舒緩感。喔，你說紅酒，任何年齡都適合，不過紅酒屬於餐酒，得來塊牛排，眼前坐個美女，賞心悅目地喝。

「當然還繼續要眼淚。用儀器分析不出它裡面的成分是否屬於最佳的藥引，要是能分析出來，就能做得出來，不必花錢請你這種人，懂我意思吧。別懷疑我的眼淚理論，它的好處正是它無從分析起，病人非相信我這個醫生的專業，否則不用找我——你是衛生局的？管的事情不少。我要眼淚，既痛又悲的眼淚，反正你也閒著，不想多賺點錢嗎？

「最佳的眼淚？我想想……有了，我老媽的，蔣經國在一九八七年宣布開放探親，之前我媽雖然想念她在上海的家人，可是既不敢說，也不願意說，說了徒然難過。那年小蔣開放探親，她興奮得不得了，寫信回老家，說一旦聯絡上她馬上回去。差不多三個星期後她接到一通電話，上海她妹妹打來的，一個月前她爸走了。那天我老媽捧著電話哇呀哇呀哭，喊著『就一個月，為什麼不能多等一個月。』從小到大，我第一次見她哭。那種眼淚便是既悲更痛，可能是眼淚的極致了。

「你年輕不懂，男人要有點年紀，才有味道——什麼味道？笨，人生的味道，有些男人靠風霜味迷死女人，有些靠淒涼感騙女人的同情，要是我沒結婚，光是我的書卷氣息，保證吸引成串的女人。你？不行，明明也有三十了，卻不牢靠、欠缺風度、沒涵養，更糟的是，窮光蛋一個。

「怎樣能有味道？誠乃大哉問也。簡單地說，要了解人生，卻能用輕鬆的態度處理人生。不懂？如果你懂，豈不白比你多活三十年。這麼說，珍惜人生，卻不會死命抱著人生不放。還不懂？所以我說，每天窩在電腦前根本浪費人生，要喝點酒、做做菜、讀讀書、追追女孩。沒錯，風花雪月才是人生，但得搞清，花和月簡單，有錢有閒有興致，自然能鏡花水月一番，風和雪就有學問，需要歷練，才能明白什麼時候喝酒能撫慰心情，什麼時候抱個美女在懷裡仍能詠詩彈唱。別打呵欠，這話除了我，網路上找不到的。

「再來一杯，剩下的酒你帶回去，免得被我老婆搜出來倒進洗手間。如今回想，我有個推論，從沒哭過的人，哭起來的淚最珍貴。我們中醫相信人體自身循環出來的東西對健康最有幫助，就是現在人說的環保、有機。可惜的是，有人存臍帶血、存精子卵子、存DNA，偏沒人存眼淚。委託人要我代她先謝謝你，她等著藥引，好吃我給她的第一帖逍遙散。等一個星期囉。來，我們舉杯祝她早日重整那顆破碎的心。」

擺出棋盤，孫伯伯開始他未完的棋局。倪克先走，他照例上馬。

「嘿，小倪，你永遠改不了這招。象棋有四種起步，第一種，舉砲，這種人充滿幹勁，老想往前衝，火力足。第二種是上馬，保守、顧家，絕不輕易做沒把握的事。第三種是上兵，不會下棋，見兵多，弄幾個去送死也無所謂。第四種上象，更保守，恨不能開戰前先縮回娘胎去。我說的對吧，你上馬，大同上馬，我也上馬，嗯，老堅持舉砲的是林伯。

「大同每個月都來電話，來信。我懶得接他電話，老急著問我要什麼，說長途電話很貴。嫌貴不會不要打。我跟他提到你，他竟然想不起來，人要是沒良心，連狗都不如。我說愛吃麵疙瘩的那個小倪，他才恍然大悟，說沒想到你會來看我。我說呀，養兒子不如我們巷尾收寶特瓶的陳阿嬤，見到我都問呷飽未，一天見三次她問三次，兒子呢，一個月問一次，還說電話費貴。」

前幾步棋兩人走得很快，上完兩隻馬，接著把砲衝出去，再挪車，陣勢得先擺好，直到孫伯伯的馬殺進倪克的第一道陣線，情況才起變化，他硬生生用一隻馬拚掉倪克的一門砲。

「下次來別帶東西，你孫伯伯過得很好，偶爾想到老太婆，難過配米酒也能換個夢。最近我夢到老太婆，還是剛娶她時候那麼年輕漂亮，你不知道你孫媽媽以前是咱們村子裡頭號大美女喲。她坐在一間四周全是光禿禿連漆也沒上的水泥牆屋裡，中間有張床，老太婆坐在床上玩麻將，她一個人怎麼玩得起來？我問她要不要我去叫隔壁李太太她們，老太婆說不要，她說你陪我玩就好。小倪，看樣子我日子剩下不多，你孫媽媽來招我啦。

「別安慰我，死不可怕，我第一次想死是七十二歲那年，老太婆離開我十七年，大同進大學，我想責任已了，再活下去沒啥意思。偏偏死不掉，你看看，我接著等死又等了十五年，五臟六腑幾乎都不靈，偏這顆心到現在還活蹦亂跳，你說，我要是能伸手進肚皮一把掐死心臟，該有多輕鬆。好死不如賴活，我懂，活得像新疆的木乃伊。

「過了七十老收到老戰友、老鄰居的白帖子，去參加公祭嘛碰上老朋友，個個都說我身體好，兒子有出息，老來福。天曉得。慢慢訃聞沒了，我連公祭都沒得參加，坐公車經過民權東路殯儀館，總覺得少了什麼東西。馬了個B，我是天下最多餘的人，盼到個孫子在電話裡對我講英文，叫我割卵趴——哈哈，林伯不會念grandpa，他說根本是割卵趴。

「林伯還抱怨他媳婦每星期天要回娘家，說要是以前，這種媳婦一定給趕出門。人在福中不知福，要是他換成我，恐怕早給氣死。林伯樣樣好，偏脾氣不好，牛，台灣水牛的蠻脾氣，非得給人做成牛肉麵才曉得以前的日子多好。他也苦，老婆躺在床上不能動、不能說。我去看過他老婆好幾趟，唉，當初你孫媽媽走得急，比較起來，到底是我命好，還是林伯命好？人啦人，福禍難斷定。」

上象，先擋住車——才一秒鐘，孫伯伯睡著了。倪克把茶重新添加熱水，坐下抽根孫伯伯的長壽，五分鐘，孫伯伯醒來，他不記得剛才睡著，揉揉眼，話頭仍能接得下去。

「下星期我得去六張犁，可能老太婆怪我沒去看她。清明我腰不好，沒去；她的忌日，下雨，也沒去，一拖半年過去。給她買副紙麻將燒燒。真是的，不趕快去投胎轉世，當個鬼都成天想麻將搭子。

「小倪，不知道你要來，孫伯伯沒多做點麵條，你將就點，孫伯伯幫你包了幾斤放在飯桌上，你愛的寬麵條。別愁我的麵不夠吃，你送了我米，也該吃幾天米飯了。」

兩隻車逼倪克的老帥東閃西躲，到底還是將軍，怎麼解呢？倪克每回陪孫伯伯下棋從沒結果，因為下不完，孫伯伯又睡著，倪克最後總悄悄把鍋碗洗好，輕輕關上門離去。下次再來看孫伯伯，他記不清上回的事，總說，小倪，上回你不該急著用車吃我馬，要沉得住氣，先用你的砲憋住我馬腿，這樣我非得來救馬不可，反中了你的計，這叫圍魏救趙。倪克想，那應該是孫伯伯和林伯的棋局吧。

倪克正打算要走，電話響了，滴鈴滴鈴，孫伯伯到現在仍用會發出這種聲音的電信局老話機，頗令人懷念。孫伯伯睜開紅通通的眼睛伸手拿起話筒：「胃，胃，你哪位呀，胃，我老孫，你哪位？老劉？哪個老劉？喔，公園裡教太極拳的老劉呀，你講太極拳我當然能想起來。怎麼著，林伯，林伯不在我這裡，早上下完棋我就回來了——什麼，什麼？林伯怎麼了？好，我馬上過去。」

孫伯伯醒了，他忽然間徹底醒了，一拍桌子站起身。

「林伯出事進醫院，我得趕去。你不用陪，攔輛計程車五分鐘到台安醫院，你不用——好，那咱們走。等會兒——」

在汗衫上套件襯衫，孫伯伯臨要出門又鑽進臥房，幾秒鐘後手中握著一把千元大鈔出來。

「林伯小氣鬼，我看他住院不會捨得花錢。這把年紀，要好醫生，要看護，要買好的藥，健保的藥哪能吃，連胃乳片都有股怪味。」

兩人坐上計程車，孫伯伯不停看著駕駛的儀表板，他看的不是車費，是旁邊那個電子鐘。車內冷氣很強，孫伯伯卻滿額頭淨是汗。倪克遞去紙巾，當孫伯擦汗時，倪克才發現拿錯紙巾了，遞去的竟是老吳的寶貝宣紙手巾。幸好他平常出門總帶個兩三片，他接回紙巾，習慣性地小心收進塑膠袋，用拇指和食指捏著封上口，正要收進衣袋才明白，他可能患上職業病，什麼紙都回收進塑膠袋。

幾個老人圍在急診室前，卻沒見到林伯。其中一個顯然是老劉，他臉色灰白用力拉住孫伯伯的襯衫說，來晚了，林伯已經驗過屍送去停屍間，葬儀社的人來過，建議先布置靈堂。孫伯伯不知何時挺直他的腰桿，神情嚴肅皺起眉頭。

林伯是在涼亭內突然間倒下，才上午八點多吧。旁邊幾個老人原以為他不小心摔倒，上前扶他時才發現林伯叫不醒，有人打一一九送來台安。醫生說心肌梗塞，急救幾次都沒反應，林伯悄悄走了。

倪克陪著來到停屍間，林伯躺在一張病床上，白色床單蓋滿他的身子，臉則露在外面，仍睜著眼。孫伯伯站在他旁邊看了許久才說：

「林伯，放心不下你家老太婆啊，還是放心不下我們那盤沒下完的棋。是我不好，不過一盤棋，犯不著鬥氣。人老了，朋友少了，結果你死前我都沒讓你贏一盤。我對不住你。

「闔上眼，要等你兒子幫你闔眼？算了，兒子不如老友，我幫你闔上吧。」

孫伯伯伸出手，很輕柔地蓋上林伯的眼皮。

「放心上路，沒什麼不知足的，你當我不知道你說你叫林伯存心佔我便宜！無所謂，沒你陪著下棋，這幾年的日子恐怕更難過。有空我會去看看你家老太婆，她大概不懂你已經走了，也好，省得難過。」

收回他的手，倪克覺得閉起眼的林伯變得慈祥許多，彷彿正做好夢。

林伯兒子趕來，神色慌張喊著，阿爸阿爸，我阿爸呢。

一老一小，一前一後走出醫院在大門前坐下，孫伯伯掏出他的長壽：「來，抽根煙。你孫媽媽死了以後我幾乎不抽，只有心情特好或特糟時才點上一根。手頭上沒香，我們倆點根煙送送林伯，祝他早日轉世早日投個好人家。」

他們坐在花圃前的水泥擋泥牆上慢慢抽煙，老劉那幾個老鄰居也走來，大家低頭沒說話，好久，其中一個說要趕回去做飯，這才散去。

「你瞧瞧我們這些老傢伙，每天等著做晚飯，吃完飯，一天才捱過去。吃三百六十五頓晚飯，一年過去，搞不清能吃到什麼時候，等到什麼時候。

「七十歲那年市政府每逢九九重陽節託里長送禮來，我從沒打開過，全堆在衣櫥，哪天我一口氣喘不過來，那個不肖兒子還有良心知道回來，記得告訴他，我的房子和那點錢全捐出去，給他的遺產就是市政府送的禮物，叫他別嫌，萬一我活到一百歲，恐怕有三十盒，即使肥皂，也夠我孫子用到他兒子出生。

「哼，也讓他慚愧點，兒子不送老爸禮，要政府送。」

說著，倪克發現孫伯伯擺在膝蓋上的右手微微發抖。他拍拍孫伯伯肩膀，他不知道能怎麼安慰老人，因為老人悲嘆的不僅是朋友的去世、不僅是兒子從未好好照顧他，更悲嘆時光的無情，老呀。倪克想起以前看過一部日本電影「楢山節考」，故事是說某個日本的小村莊將老人揹上山自生自滅，倒不是無情，而是大家都窮，無力負擔老人的糧食。村中老人倒是對此抱持宿命的胸懷，很高興被兒子揹上山。至少是兒子揹上山。孫伯伯感嘆的應該不僅是林伯的過世，更感嘆在最後的歲月裡，如此孤寂。

「小倪，你看，又一個好命人對不對，心肌梗塞。醫生說前後不到一分鐘人就過去，死得爽利，前世修來的。我不難過，替林伯高興。難不成也要熬個八、九十歲，先來個糖尿病，再來個中風，躺上床再睡個十年等著當人瑞不成。嘖，能死是福氣。」

沒有叫車，他們慢慢沿八德路往東行去，孫伯伯背著兩手，倪克跟在左邊。接近下班時間，路人都行色匆匆，倪克得小心看緊孫伯伯，免得給人撞上，不過孫伯伯怎地愈走愈快，完全不理會周遭的一切。他們走過台視、走過民視，走過社教館、走過寧安街口，默默走著，背後火辣辣的夕陽掛在遠遠的長安西路盡頭處。

巴士的班次多，不過倪克除非不得已，否則一定坐火車，晃呀晃的從松山車站晃過八堵、瑞芳、雙溪到達東北海岸。他在福隆站下車，傍晚海風吹來，綜合著鹽、碘與炸雞的味道，能讓人的毛細孔不自覺地張開。每年夏天這裡擠滿人，女孩們穿著比基尼上衣和短褲，男孩則打著赤膊，有的還不忘腋下夾塊大衝浪板。

車站附近的釣具行阿嬤替他留了把青菜和條石狗公，倪克沒忘將甜甜圈紙盒遞上，阿嬤跳著摟住倪克脖子。她再三交代，石狗公抹點鹽放進烤箱烤，青菜配著蒜頭炒。

把裝菜的塑膠袋掛在龍頭上，催催油門，騎著他的破骨董野狼回家。野狼令人愉悅，他口中喊著一二三四，換檔，再來一圈，二三四。輕輕踩右腳下的循環檔，看著泳裝下一雙雙細長稚嫩的長腿在眼前閃過，夏天真好。

愛上孫伯伯的麵是因為那股咬在齒間的韌性，無論義大利麵或中國麵條，煮得七、八分熟時口感最好。以前倪克喜歡爛麵，方便，咬兩口就吞下肚，自從嚐到孫伯伯的手拉麵，這才明白麵條迷人的地方。麵團要揉完一次再一次，不斷地用手勁把裡面的空氣擠出去，而且每揉一次，麵條就多一分的韌。寬麵又比細麵更有嚼感，麵疙瘩更好。倪克把昨晚阿嬤分他的雞湯熱熱，一把麵甩進去，該煮多久呢？阿嬤沒講，大概跟煮水餃也差不多，浮上來應該就可以吃。

烤石狗公也得感謝阿嬤送他的小烤箱，放在平盤上推進烤箱，等「答」的一聲，用筷子朝魚肚裡戳戳，戳得透就是熟。老吳說的，要喝點酒、做做菜，的確，一天在外煩躁的心情頓時平靜下來。倪克滿足地躺在長椅上。他也想到孫伯伯說的，吃完晚飯，一天又捱過去囉。

「你的老伯伯還好吧，下次分點麵條給我，別小氣。」老吳在電話中嚷著，「你小子倒不虐待自己，什麼時候介紹釣具行的老太太給我認識，下次她有好魚也留幾條給我。你怎麼死也不肯請人去你家，豪宅呀，怕我把地址公開上網，黑道來綁架你？

「什麼酒搭中國麵條？我前陣子和朋友去吃林森北路的龍都烤鴨，六個人帶去六種酒，我們想試試哪種酒最配烤鴨。你猜結果怎樣，哈，高粱酒最好，一股衝上腦門的酒精嗆味，並且很快揮發掉，口腔變得清爽，鴨肉的感覺也就強烈。不信？那你下次試試，告訴我你的結論。麵條咧，我看也是高粱搭，你家有高粱吧，去，喝一杯，我等你的答案。

「我同意，酒精濃度高的酒，什麼菜都配，不過這樣一個人喝沒意思。

「也別太難過，年紀大的人遇到低潮期的時間會很長，我倒是沒想過如果活得太久，周邊的朋友都先走，那種孤獨的日子該怎麼過。讓我算算，要是我活到八十多，首先，愛不能做了，人生少了一項樂趣。眼睛不行，也看不了診，連自己的病都看不成，又減去一項。酒不能喝、肉咬不動、見到年輕人嫌煩、遇到老人家嫌礙眼，真的，到時我剩下什麼？有了，你去學做麵條，我買輛小貨車，咱們四處賣麵，車上現拉現煮，沒定價，放個大錢桶在車上，吃完麵的人隨便給，十塊五十塊都成，順便遊遍台灣。有趣。

「他在醫院裡有沒有掉眼淚？你留下沒？什麼，沒眼淚，好個硬骨頭的老傢伙——我要他的汗幹嘛？酒喝多啦——好吧好吧，汗也給我，老天，我怎麼能把八十多歲老人的汗當成藥引給委託人，被她知道，我的招牌穩砸。西醫忌諱人體的排泄物質，中醫比較能接受，但沒聽過汗能幹什麼。

「老人都這樣，你的孫伯伯算好的，起碼不會把情緒隨便加在別人頭上。你沒見我老爸，十年前我媽過世以後，他見到我們五兄弟鐵開罵，說什麼就因為生了我們五個，我媽的身體連一輩子當中醫的我爺爺也沒能調理好。奇怪，我們又沒自己找上門，全是他下的種。上個月請他去吃飯做生日，才吃兩個菜他話也沒說甩下筷子回家，我老三說不該在外面吃飯，我媽做菜從不放味精，我爸受不了味精，半夜起床幾次猛灌水。

「也沒什麼好抱怨，七個孫子全由我爸我媽帶大，他們那一代的毅力和耐力嚇死人，而且能把關心平均分配在七個搗蛋鬼身上，我們就辦不到。

「汗？嗯，有意思的看法，或許你的孫伯伯把感情發洩在他的焦慮上，而不是感傷上。有淚還是比較好，可是也要時機對，硬擠出來的眼淚沒用。

「要命，我從手機裡都能聞到你家的麵香味。」

倪克倒了杯高粱走到陽台的躺椅，漁港離福隆才五分鐘的距離，景象卻完全不同。福隆像個活潑的小孫子，卯澳漁港則已經是望著晚霞感慨人生的祖父。

搬來卯澳是七年前的事，母親在父親走後一年多也跟著去，倪克先搬到深坑，有天姊姊焦急地打電話給他，父親以前交的壞朋友找上她，說他們有東西在父親手上，倪克想起母親臨終前交代的：「搬到人家找不到的地方去，誰也別相信，你爸就毀在他好朋友手上。」

雖然母親從未說明原因，倪克感覺得出她的緊張，從此他徹底封閉人生，學習一個人過日子，最初相當艱苦，他換來的則是，人生幾乎不受任何人的掌控，全是自己的。

No connection, No relation.

孫伯伯昨晚過世，他用一柄抗戰時期的舊左輪手槍朝右邊太陽穴開了一槍，子彈橫貫腦中央，再擊中孫媽媽的照片，深深嵌入牆壁中。誰都不知道孫伯伯有這把槍，警察也不相信這麼舊的槍竟然還能擊發。飯桌上除了竹籃內的麵條外，還有顆擦得油光的銅彈殼。

倪克趕到時救護車正準備把屍體送去醫院，公園內的老人再次大集合，圍在舊公寓樓下面色凝重壓低嗓子交談。教太極拳的老劉攔住倪克：

「你是小倪吧，老孫的遺書提到你名字。」

一個中式信封，毛筆寫著恭整的三個大字：敬啟者。

我活夠活膩，該走了。我的房地契、存摺和現金在抽屜，房子給收寶特瓶的陳阿嬤，她老睡垃圾場不是辦法。錢捐給巷口的圖書館，我沒好好念書，吃虧一輩子，叫孩子多念點書。桌上的幾斤麵是我剛做好的，連竹籃子、麵棍都送給小倪，教太極拳的老劉見過他。請小倪打個電話給我兒子大同，說全是我的決定，叫他少囉嗦。把我燒成灰送他一小罐，其他的埋在公園，養養那些陪我下棋的樹。

孫思漢留

看完信，倪克點點頭進屋去。孫大同的電話號碼抄在門後的米店月曆上，倪克撥過去，大同正在睡覺，他花了十多秒才想起倪克是誰。倪克把孫伯伯的事簡單說了，也把那封遺書念了，他聽到電話那頭發出哽咽的聲音，可能哭了。太遠，沒法子把宣紙手巾送去。大同說一早趕飛機回來，要倪克把遺書的事先別說出去，他回來再處理。

寶特瓶阿嬤不知何時進來，坐在飯桌前掉淚，倪克順手抽出張紙巾遞去。他在電話裡對大同說，他爸留了東西給孫子，早都打包好。倪克望了望疊在廁所前的十多盒香皂、毛巾禮盒。他說：

「你爸上山去了，不過沒人揹他，他一個人勇敢地走上去——到錄影帶店租日本片，『楢山節考』，看完你自然明白。」

掛了電話，一個警官隨老劉進來，倪克把信還給老劉，老劉則回過身將信又交給警官。倪克問能不能把麵條和竹籃帶走，警官聳聳肩沒做明確的指示。倪克找出個很舊的華航旅行袋，將麵條小心放進去，再用紅尼龍繩穿過竹籃斜揹在背上，手提擀麵棍。這時他才發現阿嬤紅著兩個眼睛，手巾看起來濕答答的。倪克摟摟阿嬤的肩，取過濕宣紙手巾，仔細封進塑膠袋內，再抽出張新的手巾給阿嬤。

「她不是撿垃圾的阿婆嗎，和孫北北是什麼關係？」警官好奇地問。

「我也不知道，」老劉說，「公園裡有時候看見他們會聊天，一個山東話，一個台語，也搞不清他們聽得懂對方說什麼沒……」

倪克悄悄離開公寓，穿過人群，在南京東路上他看見自己的身影映在大樓的玻璃上。經過一家連鎖咖啡店前，落地玻璃後的沙發上坐著一位白髮老人，他正謹慎地就著盤子喝湯，應該是咖啡館的中午套餐，另個盤子還留著一撮馬鈴薯泥球。老先生孤單且安靜享受午餐，他為什麼也一個人？他的人生是不是也經過一連串的刪減，最後剩下這個套餐？

人生，No connection, No relation.

「寶特瓶阿嬤的淚？有意思，到最後替你孫伯伯流淚的是個每天打打招呼的收破爛老太太？人與人的感情，不花時間無法發酵。好吧，你給我，不悲不痛，沒人會替老鄰居掉淚的，她一定有很深的感觸。

「你做事倒是讓人放心，先有孫伯伯的汗，再有阿嬤的淚。哪種做藥引好？我得試試才知道——別問我怎麼試，我有我吃飯的本事，你也有你找眼淚的功夫，我不問你，你也少煩我。

「那個不孝子明天到台北？對，不必理他，這種半調子中國人以為全世界都想佔他的便宜，要不要打個賭，我說他見到你穩追著要你付麵條錢。

「人呀，最後不都如此，什麼都帶不走，留給活著的人一點懷念和遺憾。你猜我老爸現在有個什麼樣的口頭禪？他只要一不高興就說：你媽在，不罰你們跪才怪。他忘記以前罰我們跪的只有他，不是我老媽。他想我媽呀，五個兒子和七個孫子都抵不上。

「告訴你個家族祕密，我老爸在內政部做了四十二年的公務員，嚇死人，而且他告訴我其中的三十一年都待在同一棟樓的同一間辦公室，他的長官來來去去，唯有他始終不變。小時候常聽他抱怨時運不濟，最初抱怨出身不好，如果是浙江人，他說不定早當上常務次長。後來抱怨學歷不好，新進部裡的年輕人不是美國碩士就是台灣博士，幾年工夫職位便超過他。我爺死後，他再抱怨我爺從沒愛過他，就因為他不肯學中醫。最後的十多年他改成抱怨老天，說老天沒眼，不公平。幾杯酒後他發神經對天空喊：『你答應我的人生呢？』有意思吧。

「老天不是沒聽到他的聲音，也不是沒照顧他。幾年前我爸得了攝護腺癌，他認命，交代好後事，進醫院檢查、開刀，沒想到開完刀醫生對他說，腫瘤很小，也是良性的，拿掉就好。他還說我爸至少能活到九十。好消息唄，我爸回家後起碼幾個月沒跟任何人講話，我們擔心他得了手術後憂鬱症，幾個兒子輪流回家陪他喝酒，灌得他七、八分醉，有天老爸怎地又發起瘋，他對天上的月亮喊：『你總算想到我，八十幾年後才想到我，你能不能乾脆忘掉我，把癌細胞還給我。』你懂我爸的意思吧。醫生說開刀時大家都不樂觀，見到是良性腫瘤，他認為這是奇蹟，因為腫瘤以前很大，居然自行萎縮，而且絲毫沒有擴散的跡象，一刀就割得乾淨。奇蹟發生在我老爸身上，雖然來得晚，畢竟也是奇蹟。從此之後我爸就變得奇怪，不愛跟我們講話，每天喝酒。我猜，他恐怕急著把奇蹟扔還給老天。」

倪克站在陽台望向海，他高高舉起手中的酒杯朝著天空鞠了三個躬，就在那個當口，他再也控制不住眼睛，淚水嘩啦啦往下流。他哭得大聲，把憋了一整天的聲音對著太平洋放出來。哭了很久，哭得海上都出現漁船的燈火。他放下杯子往口袋裡掏，拿出一塊宣紙手巾擦拭眼角，再把手巾慎重地收進塑膠袋內。進屋去，將三個塑膠袋再裝進一個信封。

老吳發了，他有三個袋子的眼淚和汗水。

海浪一波波打在防波堤，剛搬來時覺得吵，如今像搖籃曲，在節奏的旋律中沉沉睡著，似乎連續做了好幾個夢，但他相信明早一個也想不起來。

# 三次面

「I love to travel, but hate to arrive.」

——愛因斯坦（一八七九～一九五五）

「第一次見到她是三年前的冬天，一月左右，在捷克南方的小城特奇。漂亮古典的小鎮，人口不到六千，但因為鎮上全是文藝復興與巴洛克式的民宅，保存得又好，一九九二年被聯合國教科文組織列為世界遺產，我拍了很多照片，明天傳到你信箱。不好意思，朋友都叫我小乖。要再來杯酒嗎？」

老吳口中靦腆、不多話的男人，才見面便講個沒完。倪克想，老吳不會糊弄他，應該是酒精關係，小乖顯然受不了酒精的煎熬。

這是家簡單的小酒吧，推開玻璃門進來，右手邊是吧檯，此時零星坐了三個客人，全是單身男性，看起來彼此並不熟識，每個人之間都刻意留下空位。數數桌面上的酒瓶，這裡的酒客以威士忌愛好者居多，況且吧檯後的牆上也掛滿各種牌子的威士忌酒瓶。至於左手邊，有五張小圓桌，每張頂多能坐三人，全沒人，可能時候還早，才九點半。小乖坐在吧檯最裡面靠廁所的高腳椅上，倪克一進去便認出，是他。

握過手後，倪克坐在小乖旁邊的位子，沒來得及喘氣，小乖已經紅著臉迫不及待講起他的故事：

「吳院長跟你提過我的事吧，他說我這叫鬱氣壅塞，血脈不通，得試著放鬆心情，如果放鬆不了，他要我找你。想喝什麼？」

酒吧後空空的，沒服務人員或酒保？

有，一個女孩突然從吧檯下伸出頭來：

「坐，要喝什麼？」

該喝什麼？來瓶啤酒，或像其他三個男人，來杯威士忌——

「那瓶是Maker's Mark，美國的波本威士忌，瓶口用類似十七、八世紀封信的紅蠟封住，帶點陳年的褐黃，喝進嘴裡，歲月的味道。」吧檯後的女孩朝倪克眨眨眼，她繼續說：「它是美國肯德基州一個一八八九年老酒廠出的波本，後來換了老闆，無所謂，酒不變就好。這個牌子的第一瓶酒是一九五八年出廠的，酒精度四十五。」

四十五％。

「或是你要另一種？」她的眼神朝中間客人面前的酒瓶瞄了眼，「Glenfiddich，格蘭菲迪是蘇格蘭單麥威士忌，一九五七年換成三角瓶，酒精度四十。」

四十％。

「你呢？剛才聽到，你叫倪克？」女孩單手喬了喬幾乎三分之一露在T恤外的胸部，「三十一到三十五歲，單身？標準的台灣紅標米酒？我看酒精度大約五十八。嗯，五十八％的男人，喝多會上頭，做燒酒雞最好，稀里呼嚕往鍋裡倒，再轟地一把火，滾它個十幾二十分鐘，有酒味，卻沒勁。第一次來？」女孩抹著桌面問。

「我叫Joe。既然第一次來，小店做東，先來杯進門酒，Tequila Sunrise，龍舌蘭日出，聽過老鷹合唱團的歌沒，同名。」

女孩熟練地從架上拿出一瓶貼黃色標籤的酒倒進金屬量杯內，再從冰箱拿出紙盒裝的橙汁，她邊調酒邊晃動幾乎彈跳出來的胸部。

「別老盯我的咪咪，不禮貌。來，」她把一杯由淺到深的金黃液體送到倪克面前，「歡迎光臨小店，喝了進門酒請切記兩件事：一，本店不賒欠，二，不要勾引老闆娘，就是我。我的酒精度九十八，純酒精，雖然很容易點著，但喝進肚，哼，燒爛腸子。」

九十八％。

三個男人都笑了，也都舉起杯子敬倪克。喝吧，先吞最上層的金黃色朝陽——不好，辣，嗆。

「左邊喝Maker's Mark的老帥哥是唐北北，中間的福山雅治是彼得，還有，小乖，他約你來的吧。」

小乖將酒杯朝Tequila Sunrise杯上一碰：

「來，倪克，我們敬球球Joe。」

球球？忍不住又看了Joe的胸部，喝。

「我喝的是純Tequila，這種小酒杯叫shot，一槍斃命。」Joe揚揚手中小小胖胖的杯子說，「酒精度三十八。」

三十八％

所以，每個人愛的酒精度不同？

「喝酒和心情有關，與酒精度無關。」Joe插嘴。

「酒精度還是有點意義，年紀愈大，經歷愈多的老頭，愛酒精度高的，他們耐熱、耐燒，不過，」Joe湊過來朝倪克又眨起她煙燻過後捲起假睫毛的左眼小聲說：「照樣醉。」

那麼酒精度代表了人生？

「當然，我是純酒精，因為我的人生裡有七個EX，包括一次離婚，而且這些紀錄導致一個結論，永遠不要相信男人。小乖，我說的沒錯吧。」

小乖沒回答，只齙出他兩顆門牙傻笑。

「別裝無辜，說說你的紀錄。」

「我喝酒，今晚保證把這瓶酒喝完，就是別老問我的紀錄。」小乖再喝乾一杯。

倪克的人生有什麼紀錄？仔細回想，除了生日之外，沒有任何一個日期或數字能從腦袋裡跳出來，難怪他才喝了幾口加了果汁的龍舌蘭就頭昏？

「我的一生裡，有十七個女人、四次婚姻、五個孩子，六千零五十六次的性交、三十二本書、賺過一億六千五百萬，但沒留下半毛給我的孩子，或至少足夠給自己買具棺材。」網路上有個外國作家在他的部落格裡這麼形容自己，儘管看完後讓人挺沮喪，不過他畢竟有十七個女人。倪克呢？

「零呀。」

Joe對中間穿整齊西裝專注在電視上美國職棒轉播的彼得說：

「酒精度零也是飲料，就像你三十五歲還沒女朋友，零，也是人生。」是酒精或小T恤裡跳動的胸部？倪克的頭更昏更脹。

小乖三年前生意失敗，付不出銀行貸款的利息，向地下錢莊借的錢更連幾個月沒還，腰間掛把槍的黑道兄弟找上門，差點把小乖架去七號水門灌水泥。指望近期內能進帳的錢，則接二連三全跳票，公司薪水也沒著落。那天晚上小乖和他兩個合夥人攤開帳簿，沒人說得出話。小乖最後離開，拉下公司的鐵門，到街角的提款機領出即將被銀行扣押的十二萬六千五百三十八元台幣，在松山機場搭上去中正機場的巴士，只剩下最後一班飛出去的飛機，用信用卡刷機票錢，登機後吞下藥盒內僅存的七顆安眠藥。

「這個計畫不錯吧，在接近天堂的地方做了斷，上帝不能退貨。」

十三個小時後小乖被喚醒，他沒抵達天堂，卻到了維也納。也差不多，不是很多愛音樂的人說維也納是天堂？

七顆安眠藥沒要成他的命，卻搞得他始終睜不開眼皮。也不知怎地，一天後他在間小旅館醒來，頭痛欲裂，手機閃現藍光，七十六通未接來電，和22:13，天還沒黑，不，這是台北時間，維也納才近黃昏。

「以後我寧可喝酒，宿醉固然讓人頭昏，可是滿嘴酒味比安眠藥的苦味要好一點。那種苦，連啃五天巧克力才消失。」

由維也納輾轉到匈牙利的布達佩斯，手機的電話簿內有個當地的號碼，五、六年沒撥過，高中同學的，他在布達佩斯開家中菜餐廳，回台北的同學會上留給小乖這個號碼，沒想到能撥通，他就當起跑堂兼洗碗的黑工，在歐洲流浪。

Joe的臉又冒出來，她兩手掌撐住臉頰貼在吧檯上。

「小乖以前都不講話，很酷，勾引他送我回家從沒成功，今天難得，第一次聽小乖講故事耶，好聽的話，酒錢算我的。」

流浪有個基本原則，不能有感覺。小乖說，要是有感覺，不自覺地愛嘆氣，天黑了便後悔，流浪不下去。這是他在布達佩斯兩年來學到的。同學有間空房子，雖然很小，可是打開窗，通往多瑙河對岸的鏈橋就在眼前，尤其在夜晚，面對山頂陰沉的王宮和掛滿燈泡的鏈橋，人變得更渺小，也就更沒什麼好想的。

「看過一部叫『憂鬱的星期天』的電影沒？棒，有個鋼琴家在布達佩斯某家餐廳彈琴，做了首曲子〈Gloomy Sunday〉，很多失戀的人沒聽完就自殺。下了飛機後，我再也沒自殺的念頭，不過我們那家館子裡的洋琴師很喜歡演奏這首，老外客人付的小費多。」

「我看過，」Joe插嘴，「匈牙利好美唷，那時我怎麼不認識你，否則我早收了酒吧去投靠你。」

小乖臉紅氣喘額頭冒汗，仍張嘴發出一串呵呵呵的笑聲。

「同學做人上道，從沒問我發生什麼事，準時付我工資，館子打烊後沒事，找我喝喝酒。直到一年多後的冬天，春節前同學請員工提前吃年夜飯，酒喝了不少，他和我去門口抽煙，天空飄著雪，冷風從河面上灌來，我們縮起脖子吐煙，他對我說了幾句話，意思是不管我發生過什麼事，也快兩年了，是回台北面對現實的時候。如果再待下去，同學也不會趕我，是我，人的腦袋偶爾有清醒的時候。那晚喝的是匈牙利東北部Eger葡萄區的紅酒公牛血，Joe，妳想知道公牛血的酒精度吧，十三點五度。」

Joe聳聳肩。

「我們館子過年休假一禮拜，大家都回家，我沒地方去，不能再像前一年窩在多瑙河邊吃泡麵，幸好匈牙利那時已經申請加入申根，國境沒有什麼管制，我就提起行李，跟著火車走。大年初一的傍晚，我在一個小車站下車，順路標往舊城，東兜西繞，見到一個低矮的小城門，往裡頭一鑽，對，倪克，特奇，在雪裡，那個小鎮的廣場像童話書裡的插畫一般，雪把所有畫面塗成白的，可是每棟房子的正面卻塗滿各種色彩，特奇變得更豐富。」

小乖那張東方人臉孔在東歐不常見，也許每個人都以為他要去觀光景點，因此當他用英語問路時，捷克人沒聽懂，卻都指指地圖上的特奇，小乖也就莫名其妙地走進這個童話小鎮。倪克想，當初他也是這麼走進東北角海岸，原來這麼多人忙著尋找把自己藏起來的空間。

「特奇，凍得讓人起雞皮疙瘩，也美得讓人再起一次雞皮疙瘩。」小乖說。

他沒馬上找旅館，往廣場旁的長木椅上一坐便起不了身。

「那是我到過最夢幻的地方，不是觀光季節，天又冷，廣場上幾乎見不到人，我坐到天快黑，忽然有人用中文問我：『你是不是台灣來的？』」

「是女生對不對？」Joe 趴在吧檯上，整個上半身湊過來，咪咪拖地。「林小乖，我以為你在室，搞半天，你已經在捷克失身，我的低胸T恤白穿了。」

是個台灣女孩在維也納學音樂，不久前和男友吵了場架，一氣之下獨自跑來捷克，沿路聽說特奇很美，因此她比小乖早到幾個小時。

「我們聊了很久，其實不算聊，都是我聽她說，說她的男朋友，說她的失望，說她不知該怎麼辦——」

「然後你趁人之危，」又是Joe，「晚上假惺惺，先安慰她，再替她擦眼淚，又摸她頭髮，然後把她騙上床？小乖，這招，賤。」

「沒上床。喂，妳以前受過什麼打擊？我沒訂旅館，睡到她訂的一家民宿，別急，她睡床，我睡地板，開了瓶酒，整晚一直喝，一直聽她不停地說，到天亮——信不信隨妳，我客。

Joe嘟嘴將抹布甩在吧檯上，轉頭對唐北北說，唐北，要不要來片起司烤吐司，小店請

「我想她在維也納一定沒人可以講話，見到我，能用國語說，才說不停，把心情垃圾全扔到我頭上。沒關係，我沒事，兩年來唯一成就是心情淨空，裝得下很多垃圾。」

第二天兩人睡得很晚，然後在小鎮閒逛，女孩接著講，似乎想把她失戀的不滿、驚慌，和對未來日子的期望統統說出來。

「我們在一起兩天兩夜，第三天中午她先離去，在城門前她抱住我不放，那一刻我才發現自己有戀愛的感覺，好久沒這樣了。她說謝謝我聽她講話，講出來後她覺得舒服多，回維也納也該處理那段感情。我呀，我又再住兩天，想通不少事，決定回台北，反正年輕，欠的債遲早能還清。」

「那個女孩後來呢？」Joe什麼時候又回來？

「我們分手時留了E-mail信箱，也收到她的信，不過變得很客氣，她沒提和男朋友怎樣，我也不好意思問。本來一個星期一封信，幾個月後變成一個月一次，再變成好幾個月沒聯絡。我忙著賺錢還債，她可能忙著談戀愛和念書吧。」

「有點無聊。」Joe拎來一瓶酒，「正好留了瓶匈牙利國酒Tokaj，分你們一點。這是甜白酒，據說配生蠔最好，不過沒生蠔。」

「酒精度呢？」倪克問。

「這瓶是Tokaj Aszu，十二%，可是，新同學，甜酒不能看酒精度，半瓶能讓你明天

早上起不了床。」

「兩個月前我還清地下錢莊的債，剩下銀行的，也談好分期攤還，想給自己放個假，突然收到她的信，她說人生遇到另一個重要時刻，希望能再見見我——」

「所以你就飛去維也納，不還債啦。小乖，你是爛好人，值得發你五百張好人卡。省下機票錢來我這裡喝酒，有性感的大咪咪美眉看，而且你要是陪我打烊，說不定有更好康的。」

「我們約在特奇，也不曉得為什麼，因為我得先飛維也納，再轉火車去特奇，乾脆在維也納見不是很好？沒有，那時我腦袋裡只有特奇，好像我和她非得在特奇見面，穿玻璃鞋的灰姑娘只能在半夜十二點前出現。我坐在廣場上同一張椅子，幾分鐘後她出現在我身後。她說她要結婚了，是另一個男人，可是又很猶豫，想跟我聊聊——」

「都是她講話對不對，你又睡在地板上對不對？我不信，當好男人也沒有當到這種作踐自己地步的。」

依舊沒人理她。

「聊了兩整天，我也把我的情形講了講，在間叫老兵帥克的餐廳，她瞪起眼說，難怪，小乖，你身上有流浪的氣味。她不能體會，流浪的人多希望安定下來。到第三天她才消失，本來我要送她去火車站，可是她說到城門就可以。對，在城門口她抱住我，抱了很久，她還說，她說——」

「她說你是個爛人，愛吊人胃口。她到底說什麼？」

這是家什麼酒吧？女酒保負責干擾酒客情緒的嗎？

「她問我怎麼都已經飛到捷克，卻不肯說我喜歡她。」

「那你快說呀。」

「說完她就鬆開我，拉著行李走了，我來不及說。」

「小乖，你唷，急死人，去追呀，你不知道女人得追才有，你媽生你兩條腿幹嘛，踢足球啊。」

倪克終於明白他的工作，小乖希望能找到這女孩。

「再寫E-mail去，她都沒回。如果已經結婚，至少我得親口祝福她，如果沒結婚，我想——」

「不用想，」Joe把兩人的酒杯斟滿，「你這種男人我見多，遇到她你還是不會開口。你們全有病，女人不主動開口，你們男人裝聖人，剩飯剩菜的大剩人。」

她氣呼呼走了。關她什麼事？

「我愛喝酒，不過量。至於酒精度嘛，不講究，只要是好酒就成。酒精度和我人生的關係？沒關係，我喝我的酒，在喝的過程裡，人生照常進行而已。」老吳搖晃杯中的冰塊。

「考試從沒失敗過，這算紀錄吧。考大學中醫系是我的第一志願，繼承家業。畢業後考中醫執照，也是一次就通過。雖然沒出國去念書，托福考過，大三那年，六百一十多分，輕鬆過關。

「我的婚姻也沒失敗，你來診所見過我老婆茱麗呀，她是我大學時認識的，我當兵在金門，一年多，她沒變心，退伍後就結婚。我們生了兩個孩子，一男一女，也都按照計畫，兒子在美國念博士，女兒去年嫁到法國，眼看我又要順利升格當外公。至於診所，原來是我爺爺開的，你都看到，生意興隆，十多年前由診所擴大為醫院，有十三個醫生，我閒得當院長。紀錄很不錯是吧，這和酒精度更無關。

「還有什麼紀錄？除了我老婆外，沒有和其他任何一個女人談過戀愛，多忠貞的紀錄——你說這叫沒酒精度的人生？我沒有嫖過妓，沒洗過泰國浴，我只和一個女人做過愛，也是我老婆，也是完全不含酒精的人生？我從沒出過國，連女兒在法國的婚禮我都沒去。不是刻意不去，也不是怕坐飛機，工作太忙，抽不出時間。我老婆也不是那種愛旅行的人。對了，我還沒看過妖精打架的A片、沒吃過兔子青蛙、沒進過總統府、沒騎過機車、沒穿過三角內褲。

「喂，不是你問，從沒想過我居然是個這麼無趣的人。讓我想想看，我為什麼不吃兔子青蛙？可能我小時候養過兔子，青蛙又長得太醜，可是我為什麼不唱KTV？按照你的理論，或那個什麼大胸部酒保的理論，我是不含咖啡因的咖啡、是代糖、是可口可樂零熱量的ZERO、是素菜館裡的素雞素火腿、是蠟像館的布萊德．彼特、是時速五十公里的電動汽車、是健身房那種騎五天也跑不出半步的自行車？小倪，你到底看我什麼地方不順眼？

「明白了，我心中只有事業，忘記人生中還有些其他的事——廢話，我人生裡有的東西你曉得？你是我肚子裡的大腸菌？我的酒呢？還給我，這二十三趴的酒精度是老子花錢買的，我的人生不含酒精？老子把它灌滿酒精！

「我對人生滿不滿足，老話，干你屁事。要你去找眼淚，不是找我麻煩。人生沒滿不滿足的問題，人生是雲霄飛車，順著軌道高高低低，看起來有時候挺刺激的，能搞出心臟病，可是，車子永遠在那條不知多久沒上油、快生鏽的軌道上，每天上上下下跑個幾十趟，習慣了，也就如此而已。

「小乖就是例子，擔心這，擔心那，到頭公司照樣挺不住。見著女人也是，不敢開口。這種人，照我的理論，自尊心強，又沒安全感，怕受到傷害。你，小倪，你也是這種人。即使坐雲霄飛車也挑別人介紹的，還得朋友陪你坐，熟悉的軌道才安全。不怪小乖也不怪你，我何嘗不也如此，開車走中間車道，既不會被右轉車道的車卡住，也不會跟著左轉車道的車非左轉不可。進餐廳點認識的菜，牙齒痛得先問遍三等親內所有人的推薦才決定找哪個牙醫。天才剛有點陰，馬上到處找雨傘。十一點的高鐵，十點就到車站，不提早到，擔心有人把高鐵偷了。這種人根本叫陰天，三分鐘看一次天空，覺得隨時隨地要下雨。

「逃不出軌道，我勸小乖三千遍，他才聽我的話決定去找那個女孩。人生能有幾次遇上對的人，不去試怎麼知道結果——我只會說？喂，我是醫生，得對病人提出良心的建議，如果我也陰天，我去找別的西醫看病，可以嗎？倪大駭客，費心幫小乖好好找找他放掉的那個女人，網路上不是說你沒有找不到的東西嗎？秀一手呀。

「沒咖啡因的咖啡勸零熱量的可樂去騎沒後輪的健身自行車環島？嘿嘿，小倪，看你人老實，原來也伶牙利齒。不同，我滿足於我的軌道，他成天自怨自艾，能不叫他趕緊離開軌道一下嘛。

「軌道啊軌道，小乖出軌一次，到歐洲流浪，最終依然得回到軌道上，可是他早忘記當時出軌的感覺，遇到女孩才不知所措。誰不如此，你看看我，家學淵源，世代中醫，到我爸才中斷，可是我又去學中醫，回到我們吳家DNA的軌道。你，不也因為爸媽，才窩在東北角看海，美其名為宅男，我看倒像是牢男，把自己關進牢去的膽小男。

「別擺出臭臉，幫助小乖那個沒出息的男人走出去是好事，說不定你順便想通，搬回台北，跪在我醫院前面三天三夜求我幫你介紹女朋友。哪天你結婚，嘿，當你們的介紹人，還是當你男方的主婚人？

「想太多？」

有名字的人沒找不到的，這是倪克的信條，因為他不能讓人找到，所以他學會隱藏自己的方法，絕不和任何人發生關係，即使在電腦網路中，只有泥客，沒有倪克。

女孩叫黎瞬。倪克騎車到中山北路、忠孝西路交會口，根據地址，黎瞬住在這棟老舊大樓內。記得小時候路口有圓環，靠中山南路這邊是舊市議會，另一頭是監察院，緊靠登山友旁的則是這棟大樓，應該有四十年歷史，掛滿補習班、律師事務所、徵信社、房屋出租公司的招牌。拿出地址問樓下賣蔥油餅的老闆。

「哦，黎瞬啊，當然認識，我和她家幾十年鄰居。上星期她才回來，要結婚囉，聽她媽說新郎是外國人，這兩天到台灣。你是她朋友？她家在——咦，你看，她不是在天橋上？」

天橋的中央有個女孩，倪克看到飛揚在風中的長髮。

很少有人再利用這座天橋，市議會舊址尚未改建，空著。橋兩頭，東邊走十分鐘有捷運善導寺站，往西走五分鐘有台北火車站，以前集中在路口的人潮往兩邊散去，留下的天橋冷冷清清。

「我小時候就有這座橋。」

倪克趴在黎瞬旁的欄杆，還沒開口，倒是她自言自語起來：

「以前，很久以前，我爸說的，」黎瞬沒回頭，她理理吹到臉上的髮絲，「最早是木橋，這個地方就叫天橋，橋下有家天橋飯店，做廣東菜，後來聽說搬去華陰街，我爸帶我專程去吃，做客家菜的，好像不是同一家，他說以前的記憶再也找不回來。」

「妳很久沒來這裡？」

「好幾年。」她終於轉過臉看倪克，不過她瞇起眼皺著鼻頭，「對不起，我以為是另一個人，和同學約在這裡。請問你是誰？」

「剛好經過。」

「你以前也常來這裡？」女孩將臉又轉開，面對忠孝東路的中間車道。

「好多年以前，雖然一直都住在台北。」

「愈近的東西愈陌生，像看中國字，對一個字看很久很久，字漸漸變得很奇怪，好像不認識似的。」

「我不知道以前這裡有木橋。」

「以前也沒有地下道。」

忠孝西路直行往忠孝東路的車子，排隊進地下道，雖然避開紅綠燈，依然塞在雙車道的出入口。

「小學時候沒有地下道，我們站在橋上，下面全是車子，很吵，所以不管喊什麼，下面的車子和人都聽不見，男生常故意喊，黎瞬愛葉星，大家跟著怪叫。長大以後有時也會來，把沒人可說的心裡話朝下面喊。」

「妳叫黎瞬？我是倪克。」

「你也喜歡天橋？」

「沒什麼喜歡不喜歡，這裡風大，涼快。早知道可以對橋下喊出心裡的話，我應該來試試。」

「現在也可以呀。雖然車子少很多，不過沒人聽得到，我把耳朵遮起來。」黎瞬摀住兩耳。

倪克吸口氣，用盡氣力朝橋下快速通過的車輛喊：

「小乖愛黎瞬。」

黎瞬背對倪克，仍摀著兩耳，難道她沒聽見？再喊一次？但倪克喊不出來，很奇怪，剛才他能死命喊，此刻聲音凍結在喉嚨，出不來了。也許沒緣分，他該回去告訴小乖，黎瞬仍在維也納，而且結婚，預計婚後幸福快樂，計畫生三個孩子？他對黎瞬的背說：

「喊出來了，的確很舒服，可惜不是替自己喊。謝謝妳告訴我天橋的用處。」

當倪克打算離開時，他看見黎瞬的脖子上接近耳後的地方，有根血管不停地抽動。突然之間黎瞬轉過身對橋下，她也大聲喊：

「小乖在哪裡？」

風颳得黎瞬眼角飄出淚來，倪克趕緊遞上口袋裡的宣紙手巾。

💧

「就這樣唷？好吧，看你工作努力，再請你一杯酒。」

沒多久一杯亮晶晶，滿是小碎冰塊的酒杯朝倪克滑來。

「Scotch Mist，裝在old fashion威士忌杯子裡，酷吧。我大方，用的是約翰走路，上面捲捲的金黃檸檬皮削得多美。霧裡的威士忌，霧裡的小乖人生。」Joe 沒有預備動作，往倪克左臉頰飛快地親了一下。

霧裡的威士忌，冰涼冰涼。

「小乖有沒有機會？」

不知道，倪克的工作是找到黎瞬，至於接下來他們兩人會怎樣，不關倪克的事——不能說沒關係，至少倪克一個人跑來喝酒就表示他的心情也受到牽連。八點多，酒吧內沒客人，晚上十點以前喝的酒是酒精，十點以後喝心情——這是誰說過的話？管他，來點酒精。

「我沒去過那座天橋，要不要哪天帶我去，我們都把心裡最思念人的名字喊出來。」

Joe眨著兩眼問，「你喊誰？」

誰也不喊，倪克沒人可喊，或者他可以喊：「你們有人想痛快哭一頓嗎？」

「那天聽完小乖的故事，回去我一直想，覺也睡不著，還上網去查捷克的特奇，真的好漂亮，要是以後有人想追我，他得先帶我去特奇，否則免談——你說小乖的故事很空？喂，浪漫的事情就這樣，一生能碰到一次，死都可以。」Joe抓起話筒，「要不要找小乖來，嚴刑逼供？」不過她又放下，「搞不好人家正卿卿我我。」

沒這麼快。當倪克把黎瞬的電話和地址告訴小乖，手機內沉默很久，才換來句：「謝謝。」

「記不記得上回你見過的唐北，老老、頭髮用油抹得啵亮、打領巾那個老帥哥？他也有故事，你要不要聽？反正現在不會有客人，等我一下。」

Joe去翻冰箱，拎出兩瓶小小、肩膀細窄的啤酒，「義大利的Birra Moretti，清淡爽口，適合講故事時喝。」一瓶放在倪克面前，「這瓶開始，你都得付錢，小店不能老請客。」

唐北今年六十多，在台灣念完大學和女朋友去美國，兩人在那裡結婚就沒再回來。唐北打工時進了家做彩色鑲嵌玻璃的工坊，沒想到做出興趣，中途書也不念，乾脆窩在那裡，由做燈罩到設計圖樣，成了美國老闆的乾兒子，一做二十多年，繼承了那家公司。

「看到我的小天使沒？」

她從身後的酒櫃拿出一個馬賽克咖啡杯高度的天使像，用帶著淺淺粉紅線條的彩色玻璃鑲成，背後能插蠟燭。Joe關掉吧檯上方的嵌燈，點上蠟燭。

「很夢幻的天使對不對？唐北是很夢幻的男人，現在瀕臨絕種。」

三十三歲那年唐北的妻子因病過世，沒有孩子，之後有親戚朋友幫他介紹女人，也有他無意間認識的女人，不過沒有再結婚，三十年後他仍孤家寡人，忘不了亡妻，他想再回味當初和妻子在台北交往時的情景，毅然決然退休回來。他住在福華酒店，有天晚上在街上閒逛，見到復興南路上有家小酒吧，進去喝杯酒，就這樣認識酒保Joe。

「誰說我不喜歡老男人，他們比你這種不懂喝酒、不懂女人的小鬼要有意思多了。酒愈陳愈香，男人也是，有時喝晚了，他二話不說幫我關門打烊，送我回家，我請他上樓喝咖啡，他都不肯，說不方便。」

他找到當年戀愛時的情緒嗎？

「當然找到，你沒見他每次來喝酒都笑咪咪的，一副很滿足的樣子，而且他還找到我這麼美麗性感的女酒保。他說回到台北等於又戀愛一次，走過每條巷子都能想起當年戀愛的情景，他是愛情的環保主義者，順著馬路回收，能不滿足！要不要再來瓶啤酒？一瓶兩百，本來一百五，要加故事錢，別喝完了要付帳時說我誆你。」

喝。

「唐北說，戀愛不管結局如何，都會留點東西下來，讓我們在幾十年後仍記得，甜甜酸酸的，覺得人生真好。你戀愛過幾次？要不要講來聽聽？那個彼得，長得像福山雅治的帥哥，你要是見到他女朋友，一定變成豬哥面，人家模特兒，一七四，一七四耶，腿到我的腰，臉比手小，可是愛打麻將，常到我們這棟樓十二樓的朋友家打牌，彼得來接她，都得等很久，陪著看她打呢也沒意思，乾脆下樓來我們這裡邊喝邊等。你看他是不是好男人？你懂不懂等女朋友是種藝術？奇怪，怎麼你身上也有小乖那種流浪味。

「我的毛病多？像我們這種好女人本來就不好追，現在誰想追我，不去特奇，不陪我打烊，免談。」

再喝。

「我昨晚本來祈禱小乖和那個維也納的女朋友能見上面，所以我發誓，要是你成功找到那女孩，我請你喝酒。晚上來開店，想到唐北的故事，又覺得他們不該見面，把感情凍結在最美麗的時刻，永遠懷念，像唐北講到他老婆時候臉上那種幸福的表情。所以我又發誓，如果你找到女孩，讓小乖和她見面，我一定不請你喝酒，可是見到你進來，第一個誓打倒第二個誓，我還是希望他們能見面。故事應該有結局對不對？提到彼得，我又不想請你喝，萬一兩個人在一起久了，女的天天打牌，男的在我這裡變成酒鬼，有什麼意思。好矛盾。」

倪克把一千元鈔票放在檯上，今晚不該讓Joe請客，他請客，他把小乖和老吳託付的事辦成，有收入。至於他希望小乖和黎瞬怎麼發展呢？倪克曾經試圖去想，可是不知道該怎麼想。

「倪克，在天橋上為什麼是你喊，應該小乖去喊才對。你是不是對黎瞬有意思？」

來不及叫小乖去呀。且慢，倪克可以想了，當時純粹一時衝動就喊，莫非當時他的心情激動？不關他的事，為什麼激動？以前他從沒有這種感覺，這次——

「啤酒好喝，存貨不多，趁其他客人上門前，我們先喝。」Joe說。

如果告訴老吳，他八成嘿嘿兩聲才說，小倪，我說嘛，春天來囉。

「你不是會說謊的人，更不是浪漫的人，倪克，你是討厭鬼，把錢收起來。」

騎車回福隆要一個多小時，幸好半夜車不多又涼快。倪克將車子停在樓下打開鐵門，順著窄小的樓梯到三樓，進屋後，妥慎地拿出塑膠袋檢查封口，封得很密。這棟漁港旁的透天厝樓高三層，倪克只用三樓，寧可空著一、二樓，他懶得打掃。

回家第一件事仍然是開電腦，原來鎖定在音樂台，卻不知怎地跑到新聞台，主播用高八度的聲音喊，屏東縣又發生家暴，老公搞外遇被妻子發現，他嫌囉嗦，拿起鋁製球棒敲在妻子頭上，緊急送醫後，這個女人沒大礙，不過包紮好，她竟然對來做筆錄的警察說沒事，跟老公回家去了。

「酒喝多啦，這時候來電話。先是問我人生有沒有酒精度，半夜再問我愛不愛啤酒。你老是問些我老人家想都沒想過的問題。晚上喝什麼酒，不曉得騎車不喝酒的規定呀。

「有，想到了，我的酒精是我爺爺，從小就被他閉目把著病人脈的那分專注神情給迷住。我爺說，西醫講究外，中醫追求的是內，不過我爺也警告過我，心病千萬別勉強去治，治不好的。可是要超過我爺，我非得治好這個病人不可，要不然我花那麼大功夫陪你喝酒、陪你聊天，我不會回家抱茱麗啊。

「你孫伯伯也是心病，他那種病人我不敢接，不是心碎，哎，他的心是空的，心碎能想法子再拼回去，心空了，它就空了。少廢話，小乖究竟怎樣？

「嗯，他願意說自然找我們說，不願說，也不好問。男女之間第一次見面叫一見鍾情，第二次叫心靈相通，第三次就乾柴烈火。我這麼講，有道理，如果不是一見鍾情，怎麼可能跑去捷克什麼鬼地方再見面，神經病呀。等到見過面，又想對方想得頭暈目眩、飯茶不思，當然想盡辦法也得見第三次。這第三次，對就對，錯就錯。按照我的理論，男女之間決定在前三次見面。

「嫌我理論多？不全是我發明的，我爺從小教的，吳家世世代代的人生累積。你了解他們那輩的人嗎？擇善固執，完全無法妥協，像我爺幾乎不和我爸講話，說我爸不孝，沒肯跟他學中醫。我呢，那時很小，我爺說的話是聖旨，被他下了蠱，莫名其妙也學中醫。你上回說我的人生沒酒精度，有點道理，在我爺單行道的灌輸之下，人生都在他的設定模式範圍內進行，怎麼嘗得出酒精度。

「這記逍遙散配眼淚當藥引的方子是我爺留下的，我們家七代行醫，祖先留下一本冊子，祖傳祕方。不過在治療心碎這項旁，我爺用毛筆做了眉批，背給你聽：

「藥方不足為奇，唯藥引奇特，然先人未曾留下一字之治療記載，必有其道理。翁亦一再交代，不可貿然用之，切記切記。

「我爺罵人用三字經，對病人用徐志摩軟趴趴的散文，買菜用水滸傳裡黑旋風李逵的古典白話文，寫字用文言文，怪老子。

「醫術啊，他什麼也沒教我，等我考到執照那天，我媽做大菜請全家人，我爸把他藏了十多年的金門陳高拿出來，我爺慎重其事先向祖先牌位上香祭拜，再把祖傳祕方交給我，說我們家七代不做勉強自己、耽誤別人的事，不能看、不會看的病，不接，要我謹記在心。你看，我們家三百年前就聰明到躲避醫療糾紛，有遠見吧。那本祖傳祕方就叫《祖傳祕方》，吳家七世祖八成是個祕醫，哈。

「再說他不久過世，所以我沒從我爺那裡學到什麼，靠的是學校裡教的。我爺在世時對書上或我老師教的常常不以為然，可他只皺眉，不發表意見。等我繼承了祖傳祕方，才明白『醫療之道，各有巧妙，卻萬變不離其宗』的道理是我家的醫術原則。

「小乖是他朋友帶來的，面黃肌瘦，我講什麼，他全沒聽進去。不做勉強自己、耽誤別人的事，這才找你。小乖的病，癥結不在體，在心。他能和那女孩見上第三面，無論有沒有撞擊出火花，想必不再自怨自艾。男人，不經過幾次這樣的事，長不大。聽清楚沒，小倪，這話也是對你講的。我爺的另一條家訓。哦，我爸呀，他一輩子公務員，在家孝順父母、疼愛孩子，出去凡事謹慎，絕不多話。我爺說他不像我們家的人，像我奶奶家的。他看我爸或我們這些孫子不高興的時候，就說我們是奶奶家的。

「有眼淚？太棒，小倪，你這人做事牢靠，今天上午才來個女病人，自殺好幾次，我會收她，有兩個主要理由，一是她仍有活下去的意念，才自己來掛號來看病。二是好歹我得試試祖宗的祕方。

「當然又怕又擔心，萬一女孩最終仍想不開，我未殺卿，卿卻因我而死。要是我拒絕她，說不定她能找到更好的醫生。而我既然替她看病，一定得給她希望。醫生不見得能救每個病人，可是一定要給病人希望，我怕的是給了希望卻不知那壓根是絕望，病人更痛苦，我更有責任。

「我爺成天說的，小子，別成天跟病人胡說八道，當醫生得嚴肅，一句話和一帖藥一樣，三思之後再出口。你明白我娶我老婆的原因了吧，待在診所裡沒空出去，又不能和女病人打情罵俏，除了娶老同學外，哪裡找其他女人——你別在我老婆面前亂說。

「早點睡，明天到台北來找我。中午最好，八德路巷子裡有家小館子的炒餅好吃，我請你，再喝兩杯高粱，年紀愈大愈愛白酒，到底是中國人。順便替你開副藥，看你氣色不是很好，要調理一下身子，像女人坐月子，調她一個月，受惠一輩子——炒餅還是麵疙瘩好？你孫伯伯的麵條吃完了？不曉得帶點給我，你呀，他們說的宅男是吧，我看你是洞男，躲在洞裡以為可以一輩子冬眠。

「那女孩叫什麼名字？黎瞬？好名字，她的眼淚別忘帶來。」

倪克從台北林田桶店買了圓的檜木桶，放滿熱水，泡上半個多小時，毛孔全部乖順服帖地打開，渾身舒暢，可是沒一點睡意。幸好老吳上次給他的威士忌還剩下幾杯的量。

喝了三杯，他忍不住地拿起手機，想撥給小乖，撥到第四個阿拉伯數字又放下，不關他的事，他的工作不過就是找黎瞬，不該將自己陷進去。多一分關心，多一分壓力。

躺上床，他想，說不定黎瞬對小乖說：

「你去特奇等我。」

什麼是浪漫的愛，究竟能帶來什麼樣的感覺？

# 四碗湯

「你有沒有看過老頭子哭起來的模樣，他張開嘴就哭，像小孩子一樣。我抱住他，他的身體也是石膏做的，硬邦邦，鬍碴子刺我的手，大蒜味噴得我滿臉。瞭我為什麼愛吃餃子吧，我愛大蒜。」

——台北某酒吧的酒保，Cuckoo Joe

「有個不錯的台灣青年，大學畢業後去美國念書，五年內念了兩個博士學位，回來進了高薪的大公司做事，年薪數百萬，買了德國跑車，住進大直明水路豪宅，娶了比他小十歲的空姐老婆，連著兩年為他生下一男一女。你認為他快樂嗎？」

Joe邊擦酒杯邊用電視名嘴講話的速度問。才八點十五分，倪克是酒吧裡唯一的客人，他每抬起頭，眼神就會撞上Joe那兩個隨她動作而微微顫動的乳房，他又低下頭。

「這位博士後來一星期有三個晚上來comma.bar，我們這家小酒吧，把自己灌個爛醉，也努力地想把女酒保——區區敝人在下我——給騙去Motel，和來到這裡的每個男客人一樣。」

倪克從沒找她去Motel，頂多偶爾看看她晾在外面吹風的三分之一胸部。

「別打岔。」

Joe有讀心術？

「不幸的，博士不聽酒後不開車的警告，他喝得七成醉，開車回家時撞上堤頂大道中央信號誌的大杆子，二萬元的眼鏡框斷了、二十萬一套的西裝破了、三百萬的跑車毀了、五百萬的年薪飛了。警察送他去醫院，怎麼也找不到任何身分證明，只有小逗點酒吧的名片，便打電話來，女酒保扔下客人飛奔趕去——」倪克正想說，反正也沒客人——

「你到底要不要聽故事！」

也許Joe真的有讀心術。

「女酒保在醫院陪大博士，也到處打電話，總算在天亮前找到大博士的老婆，她剛下飛機，從美國回來。事情麻煩，博士雖然清醒，卻完全喪失記憶——少囉嗦，我知道喪失記憶是老套，既然老套，再用一次也不會要你的命。喝你的酒。」

倪克乖乖端起酒杯，將杯子對著燈光，看見金黃色的液體內有個小小的太陽，閃著光。

「在這之前，博士的老婆堅持要繼續工作，孩子由印傭帶，她的父母也常來探視，沒有太大問題，如今老公腦部受傷，家裡秩序顯然要重新調整，望著始終對她傻笑的博士老公，空姐決定要慎重面對這個既是她家庭也是她個人的人生危機。

「接博士回到家已經傍晚，全家坐下吃飯，這時空姐才猛然發現，那張可以坐十二個人的長柚木餐桌仍完整如新，因為婚後兩年多，用不到十次。咦，兩個孩子呢？飯菜整齊擺在桌上，他們不吃飯跑去哪裡？空姐到處找，在廚房內找到，兩個孩子都捧著飯碗和印傭站在廚房的瓦斯爐前正吃著。她大怒，把孩子罵了一頓，一手拉一個，想把他們拉回十多坪大的餐廳，一起用水晶杯喝果汁，用哥本哈根瓷器盛菜，不料孩子們放聲大哭，抱著印傭不放。

「你怎麼不打岔、不囉嗦、不瞄我咪咪啦？」

酒杯內重新加滿酒，倪克很想問，是不是女酒保非穿低胸上衣，否則不會有客人上門？

「好看吧。」Joe故意搖搖她的乳房，「有男人為了這個才來，不過都是短客，常客不在意我穿什麼，他們要的是喝酒的輕鬆氣氛。常客能維持酒吧的日常開銷，短客才能讓酒吧賺到錢。」

所以倪克是短客，來看咪咪的？

「回到故事，廚房有兩個嚎啕大哭的孩子，餐廳裡坐著個發愣的男人，老媽來電話關心，她不能過來幫忙，因為得送老爸去醫院換藥，上星期剛扭了腿。空姐一陣暈眩，不由自主跌坐在地板上痛哭不止。」

很好，倪克想，有眼淚。Joe停下嘴，瞪了他一眼。

「那天晚上空姐下了很大的決心，她將明水路的房子賣掉，換去價錢只有二分之一的內湖。辭了工作也辭了印傭，她專心做家庭主婦。上午送孩子去托兒所，再送老公去醫院。那陣子朋友和親戚都稱空姐——前空姐——為帶夫狼。你看過日本漫畫沒，有個用長桿武士刀的殺手是單親爸爸，推著娃娃車裡的小兒子去執行任務，江湖上稱他為帶子狼。空姐是帶夫狼，每天推著坐在輪椅上的老公去散步，而這位前科技高薪執行經理見到人都露出困惑和害羞的笑容，想跟所有的人打招呼，卻又不知該如何表達。

「有時空姐也一個人來逗點喝杯酒——你以為我這兒沒美女客人呀。那次車禍後她來謝過我，也緊盯我的咪咪用仇恨的眼光看了五、六秒。我猜她日子過得太緊張，偶爾找個地方聊天能紓解壓力，有點逃避人生的效果，但最終她一定回家。這點倒是很像你，你不是不管喝到幾點，都非回家不可。你到底住哪裡，搞神祕，老婆也是空姐，也有兩個孩子，老婆也常不在家？」

講故事的人喜歡在重要關頭時停下話喝口茶，聽故事的人不喝茶，他們都不停地問，然後呢？

「然後呀，你的酒喝光了，再開一瓶一千五百元，算你八折，本店現金交易，恕不賒欠。真的付現金耶，乖，剛領薪水？這麼爽快。

「然後呀，上個星期前空姐買完菜回家，在廚房忙她的三菜一湯，突然發現如今窄小的餐廳、簡單的四人座小方桌旁，三個人都面露微笑，乖乖坐在那裡等吃飯。她把菜端上桌，兩個孩子大聲喊叫『馬麻生日快樂』，而她那個喪失記憶的老公從桌下拿出一瓶香檳——你怎麼不再問然後呢？講故事很累，需要聽眾不停地鼓勵。來，親一個，小氣鬼，親一個會死，喂，死宅男，不要告訴我你還在室？

「你猜怎樣，我們這個偉大的博士終於開口，他說他根本沒喪失記憶，而是不想說話，什麼也不想做，什麼也不想說，只想癱在那裡當個廢人，這樣不會有人怪他不去上班，不會有人要他明年再成長十五趴，不會看著兩個孩子叫他把拔卻覺得陌生。對，工作的過度疲勞會毀了人，可是他在這幾個月中，看見老婆的努力，看見孩子的成長，重新恢復對人生的期待。他對老婆說了句很棒的話——喂，別假醉，兩眼看著我。要記住這句話，以後是本酒吧的通關密語，不講出來就不准喝酒。他對老婆說，我愛妳愛了兩次，第一次是激情，是熱情，第二次才明白是愛情，是感情，我愛的終究只有妳。」

哪是一句，好幾句。倪克勉強記得最後一句，我愛的終究只有妳。

「好，你記得後面那句也不錯，它是通關密語。想不想來份高達起司配加州葡萄乾？跟我說一遍，我愛的終究是妳。說，不然以後你的酒我都加辣椒粉，嗆死你。默念也行，死木頭男。」

我愛的終究只有妳？繞半天圈子，屁故事。

「屁故事？這個故事給所有人三個啟示：一，愛情遇到考驗才會呈現出真實內容。二，別工作過度，老用我是天生工作狂當藉口，騙自己騙老婆。要給自己和家人時間。三，你如果想追女人，趕快表現，否則不會有女人像那個空姐那樣有耐心。看你今天付現金開酒的分上，再免費附贈第四個啟示，女人要你吻她，聽話，趕快去吻，好康的事通常不會有第二次。」

然後呢？

啵！

從捷運古亭站九號出口出來，往前走兩步有個用鐵柵欄圍起來的小廟，陰府廟，應該供奉的是閻王、地藏王菩薩，不過從欄縫朝裡瞧，怎麼也看不出來裡面有幾尊神佛，難道神像被偷怕了，才乾脆「自閉」，讓閻王老子當宅佛？朝旁邊的小巷子鑽進去，兩邊是低矮的舊式公寓，也有小吃店。倪克一路朝裡走，出了巷子、越過南昌街進入同安街，李明哲在前面朝他招手。

「阿母，我朋友，跟你買過煙的那個倪哥來囉。」

李明哲喊著，倪克在陰暗的室內看見一位彎腰駝背的老太太笑嘻嘻迎向他。

講起來，李明哲應該算倪克第一個客人。大約一個多月前，李明哲在窮民網上留言找泥客，他聽說泥客替幾個人找過走失的狗，都很成功，便提出他的要求，尋找一位七十多歲的老太太。

倪克興起替人找寵物的念頭，源於他高二那年的叛逆高潮期，對校長尤其不滿，花了三個星期下課後的時間緊盯校長宿舍，發現校長最心愛的是他的狗，叫什麼比利的，因此他原先想偷走比利，讓校長難過。動手那晚，他翻牆摸進校長家的院子，沒見到比利，倒是見到一隻很小很小的狗，剛張開眼睛沒多久吧，在花叢中跌跌撞撞。倪克才記起前陣子聽說比利大肚子，小狗可能是比利的孩子，那麼與其偷條又大又麻煩的老狗回家，不如順手牽走小狗，說不定校長更心痛。

他把小狗塞進書包悄悄溜出校門，在公車上小狗不時發出很細弱的嗚嗚聲，害他緊張地出了一身汗，幸好沒人問什麼。

見到小狗，老媽發了頓脾氣，她說養孩子快累死，還弄條狗來折磨她。那年父親剛死，老媽像火藥庫，一個人時，哭，見到倪克，罵。倪克為此很難過，他沒修理到校長，倒是先整了自己。

找點剩飯剩菜餵小狗，可是整晚小狗叫不停，很煩，倪克想第二天得把牠拎出去扔掉，或者再帶回學校還給校長。早上起來，倪克驚訝地發現小狗不叫了，老媽抱著牠，用個奶瓶正餵奶。老媽說，可憐的小狗還沒斷奶，怎麼會吃飯。她又把倪克罵了頓，今天早上你沒牛奶喝，我給了小狗。

因為恨而偷了小狗，怎曉得因為愛而費盡所有氣力去養牠。

真正養牠的是老媽，也不知老媽哪裡學來的養狗知識，總之，小狗被她養得活潑可愛。那時他們住在中山北路某個巷子底的一處四樓老公寓的一樓，屋前有塊小院子，小狗追牆上的蝸牛、抓樹上的葉子，忙得很，不過白天倪克要上學，母親要上班，只能把小狗關進屋內，免得牠在牆上找到個洞，出門去散步。老媽有天感慨地說，實在不該養狗，留牠在院子，怕叫聲吵了鄰居，關進房內，每天傍晚她回到家，還沒開門就聽到小狗在門後叫著抓門。等老媽進去打開後門，小狗急著到院子去尿尿。「小倪真乖，絕不把尿屎拉在家裡，牠一憋就一天。小倪喲，對不起你。」

小狗成了家庭成員，最初小倪是牠的名字。

小倪究竟給老媽帶來忙碌或快樂呢？那是倪克第一次冷眼旁觀母子之情，他逐漸明白，快樂使人忙碌，忙碌帶來快樂。不論老媽過去怎麼罵他、怎麼為他這個大倪忙進忙出，意味的竟然是快樂。

一年後倪克升高三，進入升學衝刺期，早上五點得出門，跟著他一起吃早餐的是小倪，送他出門的也是小倪。清晨五點到晚上九點放學回到家，陪伴老媽的不是他的兒女，是小倪。不幸某個冬天早晨，倪克尚未完全清醒就推著腳踏車出門，沒留意小倪跟在後面，可能跟著車子狂奔一段路後沒追上，從此小倪再也沒回來。老媽難過很久，她總是埋怨自己，「那天我早點起來就好了。」倪克懂事以來第一次見到老媽在他面前毫不隱藏，盡情地落淚，連父親意外死亡後也沒有如此過。為了小倪，完全符合老吳要求的，悲痛。

倪克偷走小倪的幾天之後才知道，比利那胎生了四隻小狗，少一隻，校長也許沒什麼感覺，但這隻狗到了他家，不見之後卻使母子接下去的一整年都常會沒有緣由的想起小倪，難過半天。

那年倪克也學會另一件事，捨未必不如得，而得，遲早也要付代價。他永遠記得老媽的話，如果愛小倪，要花很多精神很多時間去愛牠，沒有這個能力，別輕易去愛。即使後來老媽過世，這句話仍深刻地埋在倪克心裡，他盡量不和其他人發生關係，一旦有了關係，會有感情、會有糾葛、會有負擔、最終的結果必然是痛苦。

他搬去東北角後，為了懷念老媽和小倪，為了養活自己，想出替人尋找走失寵物的賺錢方式，報酬隨對方決定，其中一位老太太付得最高，十萬。老太太也讓他想起老媽。老太太有條心愛的Cola，英國古代牧羊犬，毛茸茸的大個子，懶鬼，成天窩在客廳的茶几下面睡覺，傍晚才跟老太太去公園，這時牠精神十足，東蹦西跳不停。老太太說牠是黃昏牌，下午四點以後才開始活動，好狗命。聽得出來，在老太太的生活中，Cola的重要性超過她那已婚且搬出去住的兒子和兩個女兒。

第一個孫子的誕生改變老太太的固定作息，週一到週五她照顧孫子，歡笑、緊張都隨著小孫子的一舉一動。她沒空帶Cola去公園，得等兒子、媳婦下班接走孫子，才領Cola在住家附近走走路，解決大小便。有個星期二，老太太趁秋高氣爽，牽Cola推娃娃車到公園去曬太陽，整個下午她所有注意力都集中在孫子身上，回家後才發現Cola沒跟上。

老太太對倪克說，人呀，有了新的忘了舊的。她在公園內找到半夜，一路上直罵Cola這條懶狗，不知躲到哪裡睡得忘了回家。

倪克花三天找到Cola，牠在公園跟一個小男生玩起來，好狗膽，居然隨男孩回家。小男生父母見到倪克很不好意思，一再強調他們沒有偷，是兒子把牠帶回來，也說不出原來的主人是誰，沒辦法還。倒是小男生哭得眼淚可以供老吳用上十年——小鬼的淚沒用，老吳說，你拿走他們隨便哪樣玩具，都能哭上一個小時二十分，和悲痛無關，他們的哭是對日後人生中「失去」的適應力練習——老太太後來同意小男生有空可以去她家陪Cola，這下子她得照顧兩個小孩了，為了條狗。

牽Cola回去，倪克想，會不會是Cola主動找上小男生？牠發現老太太的愛已轉移到嬰兒車裡那個只會哭只會叫的不知什麼碗糕身上，才故意離家出走？

老太太那天抱著似乎無動於衷的狗掉不少眼淚，倪克提醒自己，這便是感情，感情的範圍很廣，不僅發生在人與人身上，對事對物也都會發生。即使狗，也可能因感情的失落而另謀寄託。

李明哲要找的不是狗，是位老太太。十五年前他有個很好的朋友發生意外，據他所知，朋友的家人只有一位長年單身媽媽，他要找的便是這位朋友的媽媽。

李明哲是孤兒，以前這個朋友的媽媽對他很好，肚子餓了去找她，有一大碗熱騰騰澆上肉汁的飯；打完球和朋友回家，也有澆著綠豆和粉圓的剉冰。朋友的父親很早以前離家，家裡靠母親開小雜貨店和夏天賣冰、冬天賣紅豆花生湯為生。

因為有名字，倪克上網駭駭，沒花什麼工夫便找到。自從兒子死後，孤獨的老太太從延平北路二段的永樂市場旁搬到歸綏街，再搬到同安街和也是單身的三妹住，幾年前妹妹過世，老太太一個人領政府的敬老金和救濟金過日子。倪克一路找去，是處老舊公寓的一樓，老太太賣檳榔和香煙，看起來一天也做不到五百塊生意，不過老太太始終堅持，從早到晚坐在小小的玻璃櫃後面。倪克不吃檳榔，他買了五包煙，老太太顫抖的手找錢給他時，倪克懷疑她有帕金森症，不過他沒問。

李明哲很高興，約倪克在開封街福星國小旁的賽門甜不辣見。很久沒來，倪克懷念甜不辣湯碗內的蘿蔔，天冷時一口咬下冒出滿嘴熱騰騰的湯汁，所有的寒氣跟著嚥下肚的蘿蔔消失。他先到，忍不住先吃一碗，當他加湯後，才有個黑黑壯壯的男人往他旁邊坐下，倪克看到他袖子外左手臂的刺青，半截龍爪揮舞在胳膊上。

倪克不喜歡和人交際，本來要李明哲把錢匯給他，可是那位老太太讓他想起已走了十多年的母親，因此他答應和李明哲碰頭，並買一盒富士蘋果，要李明哲送給老太太。李明哲的個性開朗，他笑著收下，然後遞給倪克一個紅包，回到海邊他打開，兩萬元，不錯的酬勞。

三天的生意，結束便結束了，沒想到李明哲繼續出現在倪克電腦的收信欄內，他留在同安街陪老太太住，把朋友的母親當成他的母親。這是好事，兩個孤獨的人偎在一起取暖，比一個人頂著海風要好？倪克想了想，他覺得他適合海風。至於李明哲，幾個月後逐漸消失，直到倪克無意間在中時電子報的網路上看到一則社會新聞，刑事局偵破一宗史上最大的黑槍案，起出兩百多把各式槍枝，記者並做了個表格，列出近二十年有名的私槍大盤商，上面赫然有李明哲的名字，會不會同名同姓？不過李明哲身上那條青龍讓倪克很不放心，當他看到螢幕上的照片，更涼了半截，是他。

十幾年前李明哲二十一歲那年在槍戰中殺了人，被判有期徒刑二十年，不過坐了十二年的牢即假釋出獄。倪克算算時間，和最初與李明哲在網路上認識的時間相近，顯然李明哲才出獄就託他找老太太，為什麼？倪克驚得渾身發燒。

他為什麼甚至住進同安街老太太家中？難道是用老太太當掩護？還是李明哲知道老太太孤單一人，身體又不好，貪圖老太太的財產？除了殺人，李明哲還有幾項前科：傷害、槍砲彈藥、勒索、詐欺。

不好，倪克把大野狼送進小紅帽家。他焦急地連發兩封e-mail，盯著電腦螢幕，都沒回應。幸好留有老太太家的電話，撥過去，是李明哲接的，他的聲音沒有絲毫異常，還要倪克去玩，他說已經學會老太太手藝，現在紅豆湯都由他煮。

「來吃碗我做的熱騰騰紅豆湯，加了小湯圓，也是自己做的。」

老太太可能根本不記得倪克，不過她依然很熱情地拉著倪克喊，阿國仔，泡茶，盛碗紅豆湯來。

李明哲的名字裡沒有「國」，這阿國仔是誰？看起來是老太太兒子的名字，莫非老太太錯把李明哲當成兒子？

李明哲黑不隆通的臉，氣色很好，始終微笑地忙進忙出，老太太叫阿國仔，他也高興地回：「阿母，我在泡茶。」看不出什麼異狀，當老太太去門前賣香煙時，倪克忍不住低聲問起殺人的事。

「你在想什麼？」倪克焦慮地問。

「什麼也沒想，只想每天煮點紅豆湯賺點小錢，陪老太太過過日子，晚上有空，到和平西路敲兩桿彈子，要是贏了錢，送進陰府廟的香油罐，做點好事。倪克呀，江湖的日子不好混，平淡點輕輕鬆鬆，不用擔心那群小弟有沒有飯吃，而且，我欠阿母。」

紅豆湯倒真不錯，每顆豆子都煮得稀爛，濃濃稠稠，小湯圓紅白兩色，點綴得使湯更豐富，吃起來也Q。李明哲從廚房又捧出一大鍋擺在門前，他說附近學校快放學，最近生意全靠小學生，一杯二十元，能賣上幾十杯。他出了身汗，把夾克脫掉，露出裡面的背心和刺青。

「阿母——我現在都喊她母仔——眼睛不好，以為我的刺青是襯衫。你既然知道我的過去，告訴你，以前縱貫線沒有人不知道我，出門從不帶錢只帶槍。我被捕的時候，車上被搜出十七把槍，一百二十八發子彈。我背上的這條龍就是我名片，夏天穿背心在夜市吃東西，我那張桌子沒人敢過來，要不然就是當地兄弟來問，大仔，哪條線上的。沒想到阿母把我的刺青當成襯衫，要我脫下來給她洗。她說，天熱，衣服要常換。肖仔，攏肖仔，我肖伊嘛肖。」

他和老太太相處得似乎不錯，可是倪克仍擔心，李明哲找上老太太到底為什麼？

「現在不能說，幹，你會當笑話。我們混的，說是有債要還也好，說浪子回頭也好，都沒意思，沒當過孝子，現在拿朋友的媽媽試著當孝子，看看能不能積點德，行嗎？放心，我對阿母很好，她什麼都不要，只要有人陪她，最好是兒子陪她，不過她兒子死了，回不來，有我也一樣。她高興，我也高興，不會有事啦。有空來吃紅豆湯抬槓。再來一碗，別客氣，常來玩，阿母伊喜歡有客人。」

連吃四碗紅豆湯，倪克快脹死。本來他肚子就餓，先連吃兩碗，阿母走來見到空碗，又添了第三碗，她還坐在旁邊笑咪咪盯著倪克吃，「好呷沒，好呷就擱來一碗。」倪克不懂怎麼拒絕，再吃第四碗。擔心第五碗塞爆胃，倪克趕緊告辭，他得趕去公館，答應老吳幫他買那裡的生煎包。

李明哲陪他走到巷口的陰府廟，逕自朝廟內的幾尊神像拜了拜，投進一百元。廟公打著盹，他把自己也鎖在鐵柵欄內。「小倪，要常來，阿母年紀大，身體不好。你媽不在了是不是，我記得你告訴過我。我媽也不在，把別人的媽當媽媽沒什麼不好。下次你想送東西，蘋果就好，母仔伊的牙快掉光，我可以用湯匙替她把蘋果刮成泥，她喜歡咧。」李明哲揮著手，倪克朝他點點頭才轉身下捷運車站。不會有事才對，能圖老太太什麼呢？紅豆湯的祕方？

總算有了工作，有了正常收入。倪克清早被陽光曬醒，看樣子非得裝窗簾，才五點半。之前他去了一趟特力屋、兩趟ＩＫＥＡ，搞懂窗簾是怎麼回事，量好窗子的尺寸去買根圓木棍的橫桿釘在牆上，再剪塊布往上掛，如此而已。倪克記下每個窗戶的尺寸也選好色彩，卻拖著沒去買，他喜歡電影上地中海濱用的白色木片釘成的百葉窗，想說與其窗簾不如百葉窗，抽空自己釘應該不成問題。老吳說的，凡是得抽空去做的事，一定做不成，因為抽空是個藉口，真下決定去做就不需要抽空了。

不能再抽空，吃完早飯就出發，還得去弄杯咖啡喝，濃濃黑黑，不加糖和牛奶，三口喝光，有如一起床和太陽撞個正著，立即清醒，舒暢的清醒。順便再買台咖啡機，賺到眼淚這筆生意，有錢了。糟，他怎麼不是「抽空」就是「順便」！電話響，是老吳，「我的病人喜歡孫伯伯的故事，他也愛下棋，吃了我的藥當天見效。見鬼，我的藥可不是西醫的特效藥，哪來這麼快的效果。小倪，你和我之間做的已經不是交易，是善事。我跟病人講完孫伯伯眼淚的故事，激起他以前對象棋的熱情，回去後每天上網找棋譜的資料，他兒子說，老爸復活了，一早起床拿著棋譜去什麼社區中心的象棋俱樂部找人比高下，晚上還拉著兩歲大的孫子說要教他下棋——

「我又忘了沒講開始就進入結局？奇怪，什麼時候染上這毛病。這位病人剛被公司裁員，陷入極度的憂鬱之中，對任何事情都沒興趣。拜你的眼淚和亂七八糟的故事，我的病人這幾天計畫加入他大三小兒子的部落格，專談象棋，說是宣揚國粹。他兒子感激死我，在部落格上說我是神醫，讓他爸充滿對生活的期待，比威而鋼更管用。如果我是神醫，你當然是神探。

「最近我看了本捷克人寫的小說，主角叫埃曼尼克，沒什麼成就，可是個性開朗，成天在街坊巷子間逛，遇到潦倒的人就說故事，讓大家忘記煩惱，他還和個老太太調情，讓老太太有回復青春的感覺，所有的人見到埃曼尼克不由自主露出笑容，暫時忘記自己的不幸。我覺得這小子根本是天使。小倪，咱們的工作有點天使的味道吧，讓我們的病人能不知不覺脫離他們掙脫不開的心病。

「好啦好啦，我沒說天使不必領報酬，錢當然會付。你別妄自菲薄，上帝創造每個人都塞進天使的ＤＮＡ，有些人遇到機會不逃避，果然成為天使，大部分人則錯過，不過在下一輪迴中或下下、下下下輪迴裡，遲早他們會掌握，也成為天使。有關天使的定義嘛，我的看法比較廣義，救千萬人是大天使，幫助人救條狗也是天使。這樣子，你說我倆是不是也挺符合天使的條件？哈，人總得自得其樂，不然怎麼活下去。

「對，我們自己快樂，也算是天使。

「病人多了兩倍，我剛算過，忙死我老人家。要不要來喝杯酒，錢要賺、病要治、人生要過，那麼酒更得喝。下次該你帶酒來。什麼酒都成，無所謂，什麼，你有你爸留下來的威士忌？拿來分享，別小氣，沒人拿威士忌當傳家之寶的，你爸喝，你喝，我幫著喝，免得你成酒鬼，也對得起老爸在天之靈。今天付酬勞給你，加薪五成，附贈宜蘭花生米一包，夠意思唄。我吳大妙手回春國手，待朋友絕不小氣。

「對了，你的黑道殺手朋友怎麼樣？有眼淚嗎？大哥的眼淚很值錢喲——好好，我利慾薰心，老和年紀關係不大，心境才決定老不老，不過若是用孔子的理論來說，戒之在得，一心只想得，心境便老。我老，我成天只想眼淚、只想多賣出兩副逍遙散、只想多拉幾個病人多賺幾個錢，怎能不老。不吊書袋，下午見。對了，上次公館的生煎包的確好吃，你去同安街，離南門市場也近，買點小菜來，我要燻魚、青椒鑲肉、乾煸四季豆，要是你願意再兜去公館一趟，生煎包不妨來上十個八個，韭菜餡的，生煎包旁的小店賣紅豆餅，也不錯，弄幾個我回家孝敬茱麗。誰說包子不配威士忌，什麼都能配的才是好酒。

「什麼，你說什麼？……配米酒頭？」

「我是澎澎，妳是這家店的老闆娘？老闆呢？」他偏頭望了倪克一眼，「我第一次來，沒想到會遇見大美女。

「我做哪個行業的？小聲告訴妳，我的職業是，戀愛。」澎澎纏著Joe說。

「我的職業是，喝酒。我的酒咧。」倪克朝自己的腳尖說。

Joe對著這個澎澎，笑得下巴快掉進冰桶，倪克作勢伸手去扶，換來個白眼。江浙菜裡有道紅燒下巴，大概是趁草魚剛出水，張大嘴猛吸空氣時，廚師一刀剁下來的。

「紅燒你個頭。」Joe罵。

澎澎留長髮，在腦後紮個尾巴，他趴在吧檯對Joe說：

「我有點閒錢，有點閒工夫，每晚愛對美女喝點小酒，不過我得先搞清楚美女有沒有男人，」他又瞄倪克，「我快樂，不想讓別人不快樂。這位大哥是？」

這位不是大哥，是福隆來的小弟，想喝點威士忌，不過已經等得頭髮白、牙齒鬆，還是沒等到酒。

一股涼風竄進來，風的起點處站著位陌生女人，她穿著黑色背心、黑色迷你裙、黑色網襪、黑色包頭高跟鞋，披著件黑色薄風衣。看不清她的臉孔，抹成黑色的嘴唇間銜根閃著忽明忽滅火光的煙頭。她朝Joe 搖搖手便往最裡面的小圓桌走去。

Joe低頭忙著把一些不知名的汁液加進調酒杯。

「她點什麼？」小辮子問。

「兩茶匙的鳳梨汁、一茶匙的石榴糖漿、一個蛋的蛋清、四分之三盎司的甜苦艾酒，再來點琴酒。」她蓋上蓋子，單手舉起調酒杯帥氣地上下左右搖，「shake, not stir.」把酒倒進高腳的雞尾酒杯，澄黃的色澤，上面一層蛋清打出的白色泡沫，Joe切了兩小片鳳梨嵌在杯緣送去給黑風衣。

「那到底是什麼？」小辮子問。

Joe看看他又看看倪克，「你們想知道？各點一杯再說。一杯兩百。」

一個點頭，一個搖頭，搖頭的有點火，他的威士忌呢？

小辮子喝了口，皺起眉頭。

「最適合你，」Joe露出那種你這個死王八蛋不見棺材不垂淚的表情，「據說是日本人調製出來的，很華麗，所以叫做Million-Dollar cocktail。」

「好名字。」小辮子再喝一口，依然皺眉擠鼻的，「適合我。」

公害，每間酒吧都有公害，不但是公共的禍害，更是公性動物的大禍害，男人的名聲、尊嚴、殘存的道德良知，全毀在這種男人手裡──為什麼今晚倪克的情緒也像蛋清那般，起泡？

「你們聊，我過去一下。」小辮子小心捧著高腳杯朝那張小圓桌走去。

威士忌呢？倪克依然沒酒。

「擔心老太太？你怎麼不擔心我這個年輕美眉！」Joe身後的機器冒出煙，咦，店裡沒滅火器嗎？

「今晚你先喝這個。」一個小小的圓杯端坐在也小小的圓盤內，孔，重重摜在倪克面前。不怕酒灑了？不是酒，咖啡香味，也沒濺出來，才半杯，小氣，喝咖啡要大杯才有喝的感覺。

「Espresso。喝過酒才來的對不對，死去哪裡喝，不曉得本店不接二手客！」

明白，等不到酒是因為Joe不爽，她需要一帖逍遙散嗎？糟，這咖啡苦，苦到心裡，可是濃、香，卻不嗆。

「兩口喝完才有酒。」

喝完，雷打到腦門，下午和老吳喝的殘餘酒意，散了。又個酒杯被摔到倪克面前。威士忌的杯子很酷，方方矮矮，愛上喝威士忌，和杯子也有關係，暗黃的色彩加兩塊冰塊，酒倒進去後，慢慢變成金黃，在厚厚的方形杯中折射出各種角度的光線。不是Million-Dollar，是美國西部片槍手進酒館扔下一個銀元的One U.S. dollar whiskey。

每個星期一去同安街走走變成倪克的生活習慣，沒辦法，他擔心李明哲，怎麼可能有個江湖大哥寧願窩在同安街陪陌生老太太賣紅豆湯。倪克對老太太有責任，是他替李明哲找到她的，萬一老太太有個什麼，良心不安。

都喝紅豆湯，一如來到逗點喝威士忌。李明哲對阿母很好，好到倪克想不通的地步。所有家事都由李明哲做，唯獨做菜做飯是阿母，老太太愛兒子，她做的菜才對兒子的胃。倪克吃過兩次，鹹得要人命，「她分不出味道了。」李明哲感傷地說。於是倪克隨著李明哲誇張的動作，大口吃菜、大口扒飯、晚上回去再喝水，喝得半夜爬起來三次去尿尿，早晨起床腫出兩個大眼袋。

能從李明哲口裡挖出來的東西很有限，老太太是他好朋友阿國仔的母親，高中時他離開單身酒鬼阿叔到台北混流氓，認識阿國仔，沒飯吃就跑來，他最愛老太太在一大碗白飯上面澆滿醬油和肉末。「金蘭醬油配白飯，你吃過沒？」李明哲說，這是阿國仔得意的一句話，後來改成「九〇手槍配八顆花生米，沒有？別出來混。」

難道這樣讓李明哲來報恩？倪克想不通，怎麼也想不通。直到這天下午，他帶著滿身酒味在網吧捲了起碼五百個網頁，最後在刑事局檔案中找到，李明哲因為殺人而坐牢，在林森北路黑白切的小攤子旁。筆錄上說兩派人馬談地盤沒談成，火拚起來，現場雙方各有十多把槍，乒裡乓啷，留下滿地上百個彈殼。李明哲一槍幹掉對方的堂主，死者叫高國心——

忽然間倪克記起同安街老太太的名字，高王水來。難道高王水來和高國心有關係？接上了，他記得當初尋找高王水來，曾上網侵入戶政事務所的資料庫，download下高家的戶口名簿。他跑出網吧翻機車後座旁的塑膠箱，裡面塞滿資料、雨衣、半瓶老吳送他的Singleton威士忌。他找出其中一張縐巴巴的列印紙：

高王水來，夫，高宏展，子高國心。

嚇出滿頭汗水，他果真把賊送進了老太太家。殺了高國心，坐了十二年的牢，莫非李明哲要來報這十二年的仇？他本想打電話去分局，不過他先打去老太太家，她接的，她說，「倪哥喑，要找阿國仔，來呷飯啦。阿國仔，你的電話。」換成李明哲響亮的聲音，「阿母叫你來吃飯，她今天晚上做白斬雞，早上我陪她去挑的雞。」

聽不出異狀，倪克沒去吃雞，他想給自己一點時間再想想。到底怎麼回事？

小辮子晃著空酒杯無精打采轉回來，趴在吧檯上。

「美麗的逗點，這酒容易醉，穿黑衣服的女人更讓人醉，幸好妳穿白的。怎麼樣，幾點下班？」

Joe從倪克面前的酒瓶倒了一小杯威士忌推到小辮子前，「同是天涯淪落人請你的。」

小辮子舉起杯，先朝倪克鞠躬，再敬Joe，他一口灌下酒後說：

「我的職業是戀愛，但，我現在失業中。」

以為Joe會說去死好了，沒想到她說，「帥哥，三百元，不收卡、不賒帳、不講人情。」

沒留意什麼時候黑風衣也走了，這個多雨的夜晚，酒吧裡陰濕得冷清。

「你要不要陪我打烊？」Joe問。

「聽說過，誰陪妳打烊，誰就可以送妳回家對不對？」倪克搖頭。

「不是誰，要我喜歡的才行，而且有個規矩——」

「得一路上遇到酒吧就進去陪妳喝一杯，喝到妳家門口，偏偏這一路上起碼有五百家酒吧，據說到上個月底為止，沒幾個人能撐得到妳家巷口。」

「你什麼都知道嘛。」

「台北很小。」

「說不定我今天晚上只想回家，不想喝酒。」

「也聽說了，要是有人努力撐到妳家門口，妳會說，對不起，我今天那個來了。」

「死鬼——」

倪克拿起雨衣走出逗點，他重重吸了口台北夜晚的空氣，天空落下小雨，對面大樓的霓虹燈有如宣紙沾了水般的滲開，所有的色彩糊在高架的捷運車站上，最後一班往木柵的車闖進這片模糊中。

要去ＩＫＥＡ買窗簾，倪克起個大早。入秋後海邊的房子變了個模樣，又濕又冷，風能從水泥的毛細孔鑽進屋來。家裡的電器用品有限，倪克這幾年卻先後買進三台除濕機，二十四小時抽都來不及。從窗戶望出去，太平洋，倪克的山中無歲月。開電腦，點首歌，楊惟的琵琶曲〈十面埋伏〉，據說這是根據西元前二〇二年劉邦與項羽垓下之戰的靈感而編寫成的，那時漢軍十面埋伏，包圍一代英豪的楚霸王。它讓人清醒的速度，超過espresso加瑪麗亞．凱莉的嘶吼。

似乎看到利洋宮前有幾個老人的身形，他們大概已聚在一起泡茶聊天了。小小漁港也無歲月。要買咖啡豆，買磨咖啡機，買濾杯，買濾紙，再去火車站買個鐵路便當。

「小倪，你那個大哥朋友住在同安街是吧，快開電視——你沒電視，上網去看，警察正在圍捕槍擊要犯，同安街，會不會是你朋友——哪一台都有，現場直播。」

撥電話過去同安街，沒人接。電腦網路又當掉，倪克抓起外套下樓，野狼飛快。

和平東路、羅斯福路口全被警察封鎖，倪克擠進師大對面一家小店，幾十個人圍在電視機前，的確是李明哲那條巷子，巷口停著兩輛輪型裝甲車，它們等待紅色拖吊車先拖走狹窄巷道裡的汽車。幾個警察舉起盾牌一步步往內挺進。記者在某棟大樓的屋頂播報，說是刑事局接到密報，一夥槍擊要犯躲在同安街內，凌晨起大批警力悄悄地四面部署，十面埋伏，沒想到仍被對方發現，當場發生槍戰。警方初步說，歹徒的火力很強，有滾輪式衝鋒槍、M十六、烏茲，可能有四至六人。

槍聲響起，一連十多聲，電視鏡頭從上而下正對同安街，倪克努力辨認，糟，門口有香煙攤的那家冒出白煙，難道李明哲就是警方追捕的槍擊要犯，這是他躲到朋友母親家來的原因？避風頭？

盾牌警察退回，直升機出現，不是警政署紅白兩色的海豚式，是空軍藍色的S拐洞C，看樣子連軍方也出動支援。十多名穿黑衣蒙住臉揹著加裝瞄準鏡步槍的霹靂小組隊員，和國軍特戰中隊全草綠迷彩的軍人，順著繩索由直升機垂吊降落到四層樓公寓的屋頂，很快消失在螢幕上。

和平東路上又出現三輛大型鎮暴車，幾十名全副武裝的特勤中隊人員快速下車衝過馬路鑽入同安街，接著他們出現在電視上，前面多了輛小型推土車，車子高舉ㄇ字形的鐵鏟，李明哲家對面的屋內冒出一陣煙，一排子彈打在鐵鏟上，叮叮噹噹很清脆。真實世界裡的槍聲和好萊塢電影裡的不同，像小鞭炮，乒乒，而不是蹦蹦。

推土車的前面，兩間房子內閃出強光，記者用歇斯底里的聲音喊，鎮暴彈，霹靂小組投鎮暴彈。一群警員重新舉起盾牌從推土機後往前快跑突進屋中，又是幾響乒乒，煙霧裡警察押著幾個人出來，倪克看不清他們的面貌，倒是見到一個熟悉的老太太追出來，警察攔住，但她仍不停揮舞兩手跪在地上淒厲地叫：

「阿國仔，阿國仔。」

「所以你的朋友李明哲沒死，被警察抓走囉。」

Joe今晚收起她的乳房，穿著黑色套頭的長袖T恤。她在小瓦斯爐上煎餃子，睡覺中她不知怎地夢到日式平底鍋煎的餃子，讓她掙扎一整天，欲望征服真理，下午即包起餃子。

「看起來你今天沒有收入，弄不到眼淚對吧，老娘請你吃喬式獨門煎餃。十五個夠嗎？不夠也不行，包五十個，送房東二十五個。餃子配什麼酒？日本人配啤酒，我們也喝啤酒，嗯，乾脆日式到底，ASAHI生啤，你不用付餃子錢，可得請我喝啤酒。」

餃子很好吃，Joe當酒保，可惜，她有做菜的天分，應該去開餐廳。

「我不喜歡把自己關進廚房，不能跟人聊天，除非你弄個大的開放式廚房來，我馬上隨你回家，要吃餃子有餃子，要包子有包子。沒對你說過我老爸是山西人吧。」

不是山西人開錢莊，山東人才做餃子做包子？無所謂。

「你的李明哲這下子又得回監牢，說不定你去探監能弄到幾滴懺悔的眼淚，向老吳騙點錢，回來逗點喝一打啤酒配兩瓶威士忌，讓我也賺點。天一冷，酒吧生意就差，大家想早點回去抱棉被，你是我今晚水電房租的全部指望。」

都九點，仍只有倪克一個客人，他替逗點的生意擔心，不過和他無關。這個漂亮的女人，為什麼不找個人嫁呢，獨守小酒吧太辛苦。

「不辛苦，和我以前的日子比起來，好太多。來，看在夜雨迷濛，賞你個故事。你當過兵，記得以前外省老芋仔吧。有個老芋仔叫莫小在，本來住在山西的一個小鎮，十歲時被他母親叫去鄰鎮買幾斤油，路上遇到國民黨的軍隊，當場被抓去當娃娃兵，從此沒再回過家。幾經波折來到台灣，他不識字，連莫小在這三個字都學了好幾年才會寫。他始終搞不清台灣在哪裡、台南又在台灣哪裡，拜託連上的排長幫他買張地圖。排長買成地球儀，莫小在這才明白，幾十代的祖先都沒見過海，怎曉得他竟然跑到海中央來，嚇得他抱著地球儀大哭。他沒打過仗，連長見他人老實就派去養豬，全連的豬都由他領義務役阿兵哥負責。小在的豬養得又肥又胖，倒是有點像以前逗點的Joe，死肥Joe，一肚子脂肪，臉頰肉可以炒五公斤雪裡紅的死肥Joe。

「小在當了三十年兵，快五十歲才升成一勾上等兵，眼看要退伍，連長也是老芋仔，很照顧小在，叫他非成家不可，小在也聽話，到處託人替他物色老婆。要不要再來兩個餃子，我吃不下了，留點胃吃甜點。」

收起盤子，Joe回身去翻她的冰箱，舉起兩顆蘋果：

「吃炒蘋果怎麼樣？喔，然後啊，然後有天小在去找連長，他靦腆地說，媒人跟他講，一隻眼的十五萬，兩隻眼的二十萬。聽不懂？意思是如果要娶瞎了一隻眼的原住民老婆，便宜五萬。小在喜歡兩隻眼的，長得好看，一隻眼的不好看。連長想了想，他勸小在娶一隻眼的，說老婆有幾隻眼不重要，一隻眼長得雖不好看，能安分顧家做個好老婆，要是有兩隻眼又漂亮，嫁給五十歲的老芋仔遲早跑掉。你猜莫小在選哪個？你們這些死男人唷，只在乎女人漂不漂亮。我今天沒穿低胸的，你是不是很失望？少裝。莫小在娶了兩隻眼的，連長幫他在連部後面蓋了棟違章建築，莫小在種種菜、養養豬，過起他幸福快樂的退伍日子。」

把蘋果去皮切片，Joe在平底鍋熱了油把蘋果放進去煎，再加進楓糖和一點水燉煮。

「後來莫小在有了女兒，幾年後女兒長大，長得非常漂亮，比她媽更漂亮，可能是國民黨被老共打垮以來，得到最美麗的成果。小在愛死她，恨不能每一刻每一分抱在懷裡。這時附近有人說閒話，幾個老芋仔對小在嘀嘀咕咕，莫小在喝醉酒回家問他老婆，孩子到底是誰的。那晚夫妻吵架兼打架，第二天莫小在酒醒後發現老婆不見了。」

原來Joe姓莫，原來她跟父親長大。

「你很聰明，姓倪的，我想你猜得出來我不是莫小在親生女兒，可是他很愛我，所有心思全在我身上，不幸他年紀實在太大，我十五歲那年他掛掉，也是幾個老兵來替他辦喪事，他有個同鄉晚輩老遠從屏東趕來把我領回家。對我說莫小在是他爸的朋友，當年他家很窮，雖然老兵賺的錢不多，卻常會接濟他們。爸爸臨終時交代，要報答小在叔叔。

「這個男人呀，他爸是老兵，他繼承父業也當了老兵，他叫喬喬看，哈，我開玩笑的，不過他真的很努力和他老婆喬喬看，因為他老婆不相信我是莫小在的女兒，認定是喬喬看在外面生的。就這樣，我在喬喬看家裡被喬了三年。你知道那三年我怎麼過的嗎？

「老喬原來有個兒子，我去他家沒多久，他兒子夏天去小溪游泳，出意外淹死，才八歲，喬媽媽難過了很久。老喬也難過，但他怕喬媽媽更難過，強忍淚水，有天晚上我夢中驚醒，見老喬坐在我旁邊以前他兒子睡的床上摸那個枕頭，一個人低頭掉眼淚——有眼淚，你興奮了吧。」

倪克拿出宣紙手巾遞去，被Joe一手揮開。

「十八歲那年喬媽媽不知從哪裡聽來的，她冷言冷語喊我杜鵑。你知道杜鵑？大家都叫牠布穀鳥，老是叫布穀布穀的那種小鳥。我搞不清楚她為什麼叫我布穀，後來鄰居同學告訴我布穀的故事，整個村子早都私下叫我布穀了。

「布穀那種鳥自己不做巢，要生的時候母鳥會飛去別的鳥的鳥巢，趁人家母鳥不在，偷偷溜進巢，把人家的蛋踢走一顆，馬上生個蛋補進去，這樣牠的蛋就由別的鳥幫牠孵化。小布穀鳥孵出來後，很玄，會把其他蛋都踢下樹，這樣牠養母找來的食物只養牠一個，才能吃得更多，長得更壯。聽了故事我才明白為什麼大家叫我布穀鳥，那天我哭了很久。我是雙重布穀，先在莫小在的巢裡孵出來，再到老喬家讓他們養。

「老喬賣完麵回來問我怎麼回事，我說了，他坐在我對面搓著兩隻手猛說，妳不是布穀，妳不是布穀。那年我離開喬家到台北來念書。我愛過兩個男人，你猜除了莫小在外還有誰？老喬。我念夜校，和五、六個同學住在一間很小的宿舍，老喬每個月的一號，不管星期幾，一定是一號，也不先打電話，他提個小包站在我們樓下等，有時從中午等到晚上我下課。你看過老兵的手沒有，很粗很粗，像是石膏做的。用兩隻石膏手把包包給我，裡面是他做的包子和饅頭，再從口袋掏出幾十張縐巴巴的一百元鈔票，他總抓住我的手將錢塞進去說，小萍，不要凍了餓了，不要怪喬媽媽，我會來看妳，每個月一號我一定來。」

Joe的淚水滴進平底鍋發出滋滋聲，倪克將手巾遞去，這次她沒拒絕。

原來妳叫莫小萍。

「他來了很多年，從沒爽過約。每月一號那天我哪裡不去專等他，不是等他的包子和錢，是等他。他從不進我住的地方，只站在門口，說他身上髒，給我朋友見到不好。我要帶他去吃飯，他不肯，吃包子就好，錢妳留著有用。」

再遞上去一張宣紙手巾，倪克低下頭，他的眼睛也有點酸，仰起頭喝光杯裡的酒。

「我到逗點來做事，他也來過，有天我很忙，以前那個死肥Joe又跑去搞劈腿，他在門口站到半夜等我打烊，他結巴地告訴我，喬媽媽死了。你有沒有看過老頭子哭起來的模樣，他咧開嘴就哭，像小孩子一樣。我抱住他，他的身體也是石膏做的，硬邦邦，鬍碴子刺我的臉，大蒜味噴得我滿臉。瞭我為什麼愛吃餃子吧，從此我愛死大蒜。」

蘋果煎焦了，倒是有股特別香的味道。Joe把蘋果裝盤放到吧檯上，來，吃甜點。再來瓶啤酒，沒客人，我們喝醉算了。

「他還是塞錢給我，沒有包子沒有饅頭，可能他忘記。我要他跟我回住處，或者我幫他找間旅社，他不肯，說天快亮，睡車站就可以。我陪他去車站坐在外面水溝蓋上等天亮。回去後他生場大病，不再來看我，兩個月後他也掛了。倪克，你有個醫生朋友，你問問他，是不是喪失老伴的人很難活下去？是不是他們沒有活下去的意志就很容易死？可是你的孫伯伯不是又活了很久？」

蘋果煎得酸酸甜甜。

「拿去，你的紙巾，要收好，這樣你可以拿我的眼淚去交差，領了錢別忘記請我吃飯——盯我幹嘛，不要說你愛上我，聽個故事就愛上女人，這種男人不可靠。你說，我為什麼非要男人？誰說我不能一人過日子？莫小在要是沒聽連長的話結婚，說不定過得很快樂；喬叔叔要是不領養我，他不會跟喬媽媽吵架，也會很快樂。多負責一個人，多煩惱。你是不是也這樣想才躲到福隆不肯住台北？」

倪克沒回答，不知不覺他把蘋果全吃光。他很想去緊緊抱住Joe，不巧有客人進來，一夥三個年輕人全穿著西裝提著電腦袋。Joe去招呼客人，倪克把視線轉到電視，他看到李明哲出現在畫面，他兩手被銬著卻仍仰臉走在兩個全副武裝的警察中間，記者把麥克風杵上去，李明哲沒理會，一點表情也沒，閃光燈不停閃在他臉上。

李明哲殺了阿國仔，他得到同安街煮紅豆湯照顧阿國仔的媽媽，「殺人的代價。」李明哲說。

那天李明哲拚得很兇，他在屋內留下一百多發彈殼，有個霹靂小組成員衝進去，踩到彈殼摔了一大跤，現在還住在醫院，聽說尾椎斷裂。

「人躲不掉宿命。」李明哲會面時說，「喂，你馬子不錯，煎的餃子好吃。」倪克帶了三十顆餃子，都煎的，否則會爛掉。

「我煎餃子給你吃就算了，至少你是逗點的客人，為什麼我還得煎給李明哲吃？」Joe用塊紅布把她的頭髮束在腦後，每走一步晃一下。「早上我三點才回家，七點得來幫你煎餃子，姓倪的，你到底要不要娶我，要不然你把我當什麼，外傭啊。」

實在夠荒謬。當初李明哲和阿國仔談判不成，兩人都喝多酒，掏出槍幹起來，乒乒殺了阿國仔。李明哲很懊悔，出獄後又擔心被阿國仔的小弟們追殺報仇，他躲到阿國仔媽媽家來，最危險的地方就最安全，以為這樣不會有人找得到他，沒想到他竟離不開阿國仔的媽媽，從此一直住下去。

大哥跑路有個重要的大原則，一個地方絕不待超過一星期。李明哲忘光，他忙著煮紅豆湯。消息走漏，阿國仔手下的大頭和細漢帶了五個人，三把九〇和四把滾輪式突擊步槍找上門。照理說照顧阿母的應該是大頭他們，怎麼會變成李明哲？大頭對警方說，李明哲綁架阿國仔的媽，他們才來解救人質。媽的，這像話嗎？幸好阿國仔媽出庭作證，她緊緊抱著李明哲說這才是她家的阿國仔。鄰居也說李明哲孝順，管區更說吃過李明哲的紅豆湯，以為他是阿國仔的朋友，「現在這麼好的朋友不多了，把朋友的老媽當成自己媽。」其實整條街、整個里，很多人以為李明哲是老太太的親生兒子，有種說法是阿國仔有個弟弟，兩人感情不好，弟弟離家出走，但阿國仔死了，弟弟才趕回來照顧老媽。檢察官開玩笑地說，李明哲，看樣子起訴之前，我得先頒個孝子獎給你才行。

「這次蹲苦窯恐怕沒二十年出不去，倪克，我媽是你媽，阿國仔媽是我媽。」李明哲露出促狹的笑臉。

這是什麼和什麼？

「你可以帶阿母去東北角，反正你一個人，你不是說你不結婚嗎，有個老媽在家是福氣，又有釣具行阿嬤作伴，相信我的話。」

「紅豆湯要怎麼煮？」倪克問Joe。阿國仔媽受了槍戰的驚嚇，加上年紀大，躺上床就很難再起來，醫生說恐怕得好好休養一陣子。倪克忙壞，他真的住進同安街，連續三十多天睡在阿母床旁，阿母緊抓他的手喊「阿國仔，阿國仔。」倪克想，阿母喊的阿國仔究竟是阿國仔或是李明哲，又或者是他？讓老太太經歷失掉一個兒子後的折磨，沒想到又來個兒子，短暫的快樂又因再失去而毀滅。他陪阿母去北所探視過李明哲一次，那天阿母親自煮紅豆湯，倪克拿著鍋子，他們坐公車到土城，李明哲邊吃紅豆湯邊落淚，他還記得伸手向倪克要手巾，「宣紙，你的碗糕宣紙。」回程倪克叫計程車，阿母的額頭很燙。

Joe提著幾十個剛包好的水餃和一瓶威士忌來看他。那時阿母正睡著，倪克坐在門口賣香煙，Joe突然出現在玻璃櫃前，嚇了倪克一大跳，她則笑個不停，「倪克，你真的賣起香煙，紅豆湯呢？」

問題不再是紅豆湯，阿國仔媽幾天後過世。倪克站在急診室外沒有哭，可是他懷裡的Joe卻哭個不停。打電話去北所，李明哲在線路那頭也哽咽地說不出話，好久他才說：

「謝啦，倪克，沒你事了。等我出獄，我煮紅豆湯去你馬子的酒吧賣。」

倪克闔上手機蓋，「李明哲說紅豆湯還是由他煮，不過妳的酒吧得兼賣紅豆湯。」Joe哭得更兇，一張張紙巾被她抽去，這可能是老吳最豐收的一天，倪克會給他七個塑膠袋的淚水。

「那你以後不去同安街，我的生煎包子和紅豆餅呢？或是你已經學會怎麼煮紅豆湯？」老吳說，「我要的眼淚得又悲又痛，嗯，的確悲也痛，悲的是同安街傳奇紅豆湯從此退出江湖，痛的是兩個撿到母親的男人一下子又成孤兒。」

倪克倒沒想到這點，他又成了孤兒？回到海邊，他捧著威士忌杯站在陽台面對太平洋，腦中出現的李明哲是張帶著微笑卻布滿淚水的臉。倪克難過，很想哭，他哭不出來，覺得心臟給人揪住，很痛很痛，還是哭不出來，也許給老吳的眼淚夠了。

「妳上次說了布穀的故事，牠就是杜鵑嘛，因為叫聲才也被稱為布穀鳥。我回去上網查了查，原來——」

「喂，你很討厭，我不想再聽布穀兩個字。」Joe打斷倪克的話，「否則你去別家喝酒。」

「不行，我非說不可。很久以前四川有個國王叫杜宇，因為長江水患嚴重，他治不了水，此時有個湖北人叫靈，據說本來已經淹死，屍體卻逆流而上到了四川，還活過來，對杜宇說他能治水，杜宇便派他為官，長江三峽就是他開鑿的。因為治水成功，功勞太大，杜宇把王位讓給靈，自己隱居到山裡去，死後化為布穀鳥。」

「那又怎樣？」

「杜宇雖然不再是國王，可是依然關心他的子民，每年三月春天開始，牠在國境內到處飛著喊，布穀布穀，提醒大家趕緊播種，別誤了農事。結果杜鵑太累，咳血死掉。妳看，多棒的鳥。」

「騙人，一定是你編的。」

「我騙妳幹嘛，宋朝有個叫賀鑄的人寫了首詞，裡面有幾句：『三更月，中庭恰照梨花雪。梨花雪，不勝淒斷，杜鵑啼血。❶』沒騙妳吧？」

Joe伸手握住吧檯上倪克正握著酒杯的手，「你真好，倪克，你到底要不要娶我？」是非總因多開口——

「妳說什麼？」

忘記是什麼時候買的了，在某個台北市郊搭的臨時帳篷百元大賣場裡看到這座鐘，木頭製的，一拉下面長長鏈子做成的發條，鐘裡面的小鳥便會冒出來喊著「布穀布穀」，倪克將它掛在餐桌旁，每天早上聽聽「布穀布穀」覺得神清氣爽。今天他起床後鳥沒叫，因為他昨晚沒有拉發條，沒設定鬧鐘的時間。

「你發神經！」老吳在電話裡吼著，「你馬子當然和布穀無關，和你家那座鐘更無關。你們這些人成天東怪西怪，來我這裡弄兩副逍遙散回去喝！不過布穀鳥的故事倒挺有趣，哪天有空請我去逗點喝酒，我開五瓶酒擺著由你喝。別小氣，看兩眼你馬子，你會少塊肉呀。」

倪克忙著他的早餐，Joe教的，兩個蛋稍微打勻加點切碎的青紅椒和蔥末，倒進平底鍋煎得半生不熟，裝盤，撒上點鹽和胡椒配杯咖啡。正要開動，他看見瓦斯爐旁四片蛋殼，其中會不會有布穀鳥的寄養蛋？倪克忽然火氣上升，他拿起叉子把蛋攪得一團糊，老吳說的沒錯，發神經，老實坐下吃早餐吧，然後他想起李明哲，另一個布穀的蛋嗎？下次探監把布穀鳥的故事說給李明哲聽。

倪克笑了，清晨的陽光也從太平洋上鑽進屋內。利洋宮前有人已展開他們的早棋，山中雖無歲月，人還是得走上陽台曬曬太陽的。

❶賀鑄（一〇五二年～一一二五年），字方回，號慶湖遺老，浙江紹興人。這首詞為〈憶秦娥，子夜歌〉，全文：三更月，中庭恰照梨花雪。梨花雪，不勝淒斷，杜鵑啼血。王孫何許音塵絕，柔柔陌上吞聲別。吞聲別，隴頭流水，替人嗚咽。

# 五千元

「把橄欖油倒進鍋煮到六十度，千萬別把油煮開，再把魚放下去，小火慢燉。」

——翡翠灣附近某餐廳服務員趙若春

酒吧有幾種用處：一、喝酒。二、和朋友見面。三、找對象。四、花錢。五、實在閒著無聊。六、想跳樓又有點捨不得。七、失戀。八、酒保的三十六D。九、被老婆或老媽趕出門。十、以上皆是。

「這是你來我們comma.com幾個月的心得？你漏了第十一個用處：免費的餃子。」

倪克挺喜歡八點半以前的逗點，復興南路上車水馬龍，大家忙著下班回家，忠孝復興站內人撞人，好不容易擠出來，依然人推人，可是走進逗點，卻空得像台十一線，和門外是兩個完全不同的世界。

「為什麼是台十一線？」

從花蓮市到台東的知本，全長一百七十三公里，沿著太平洋的海岸線建造，前陣子一些官員主張開發東部地區的觀光產業，計畫拓寬這條路線，公路局花工夫做調查，才發現台十一線每天交通流量僅三千二百二十五輛車，平均每二十七秒才有一輛車通過。

「你的意思是逗點生意清淡？廢話，要不然你以為我大冷天露半邊奶子是幹嘛。酒吧有十一個用處，只有酒保的三十六D才對你有意義。哇咧，我的人生曾經充滿希望和期待，現在你看看，一天二十四小時睡不到七小時，倒有九個小時窩在這裡看你們這幾張老臉，看著你們的酒量愈來愈差，看著你們一天天地蒼老，我簡直覺得自己是上帝派來監視你們幾個的代理人，監視祂創造的人生會不會掉顆螺絲、忘記上機油地出狀況。我是酒鬼的天使。我沒翅膀，不過我有大咪咪，三十六D的天使。結果天使聽到他的罪人說台十一線，你不知道台十一線是全台灣最漂亮的公路，車少人少，因為通往天堂。」

吃完餃子，灌了兩杯威士忌，再看看幾乎擺到吧檯桌面上的白嫩嫩乳房，倪克點點頭，是的，天堂。

「每個人來酒吧都有原因，你記得澎澎，他想在酒吧裡找到對象，能跟他上床並且做完愛後抱著他聽他講使他悲慘一生的每個ex。劉董你也見過，他來撒錢，上次開了十瓶三十年的Glenfiddich，一瓶要一萬多，我店裡一瓶也沒，他照開，付現金要我去叫貨，因為他實在無聊，期望我能鑽進他的賓士張開兩腿猛喊，啊啊啊。記得威利吧，以前常來，和老婆吵完架一定跑來喝個爛醉，要我打電話請他老婆接他回去。最近沒見到他，以為結婚久了不再吵了，呸，改去德惠街喝，那裡的菲妹辣。他老婆不准他來我們這家，罵我奶子比她大，是妖精。輪到你，倪克，你為什麼來逗點？叫你跟我回家你不敢，怕打完炮我說要結婚？不跟我回去，你又老賴在逗點，怕寂寞？」

Joe伸手進倪克外套的口袋摸出手機，自顧自打開螢幕敲著上面的鍵：

「上一通接到的電話是兩天前，老吳打的。上一通打出去的電話是昨晚，打給我？你昨晚打給我做什麼，想起來，問今天有沒有餃子吃。你的電話簿內有十七個名字，老吳家、老吳診所、老吳手機，全老吳。同安街李明哲家，現在沒用，要不要我替你刪了。孫伯伯的，也可以刪了。有我的耶，逗點的、我手機的。剩下十個號碼是誰的？我還以為你除了老吳之外，這個銀河系裡只認得我。我算算你平均兩天才有一通電話，幾乎都是找你的，你不打出去找別人？把自己關在東北角海岸的破房子裡很爽？」Joe 盯著倪克的兩眼看。

「看來我真的是你的天使，上帝派我來撫慰你這個寂寞的浪子，也要我別讓你，餓，死。」

好吧，如果開口，妳願意收了酒吧跟我去福隆，然後每天抱怨生活無趣？

「嗯，你可以問問，至於我會不會跟你去福隆，或是我會不會抱怨，不重要。你問呀——死倪克，你們這些死男人，沒鈔票，沒酒量，沒良心，沒膽子。」

倪克騎著老吳借他的捷安特一路往北，才過淡水他便兩腿發軟，不過人的韌性實在很強，他依然在傍晚抵達三芝。泡在旅館浴池的熱水內，他不懂自己究竟想證明什麼？即使找趙若春，也不必騎車呀。

老吳介紹的生意，一位女病人最近精神極端不穩定，因為有個星期天上午她丈夫，趙若春，跟平日一樣，騎自行車去運動，按照以往的習慣，他會先騎到民權大橋下的水門進入河濱自行車道，再一路往北，經過大直、圓山、劍潭、士林、北投、關渡、紅樹林，最後抵達淡水。那時大約已中午，老趙的水瓶空了，肚皮扁了，他會進7-eleven買瓶大的礦泉水，先倒大半進他的空瓶子，再把其他的喝光。他也會到旁邊的甜甜圈店，要兩個巧克力口味的，配杯咖啡坐在公園內邊休息邊吃他的午餐。

趙若春的生活非常規律，趙太太甚至可以算準他下班進家門的時間，每次相差不到五分鐘。

星期天到中午的部分都沒問題，趙太太在十二點二十一分接到老趙打來的電話，問她要不要淡水的鐵蛋或八里的雙胞胎。趙太太正坐在她大學同學李絲絲家的牌桌上，她說不要再買鐵蛋、雙胞胎，孩子都沒回來，給誰吃。通話時間很短，趙太太交代老趙回家先泡泡澡，睡個覺，晚飯來李絲絲家吃，李絲絲很會做菜，今晚有COSTCO的牛排和酥皮玉米濃湯。

不過老趙沒出現在李絲絲家，打手機去也沒回應，聽起來像沒電或關機。趙太太對著牌友罵了一晚上，可是她並未在意，老趙隔幾個月總愛鬧點神經病。

「他們男人唷，跟個長不大的孩子一樣。不理他，隔幾天自然恢復正常。」

晚上十點半趙太太回到家，樓梯間沒見著老趙的寶貝自行車；打開門，屋內連盞燈也沒亮；再看浴室，冷冰冰的，老趙根本沒回來，他騎去琉球？自行車道上出車禍？

趙太太打過幾通電話，第一通打到老趙的車友老張家，他們車隊經常安排活動，集體騎去坪林或十分寮。老張說他沒約老趙，今天他在家打一天牌，沒去騎車，他會幫忙問問車隊裡其他的朋友。第二通打回老趙爸媽家，是媽接的，她說沒見到老趙，還問下星期天要不要回家吃飯，這下子趙太太不敢多講什麼，免得老人家憂心。第三通打到老趙同事米蘭的手機，沒人接，老趙以前說，米蘭假日絕不開手機，他未婚，有兩三個女朋友，怕和A女友在一起接到B女友的電話，惹麻煩。第四通再打去老趙大學最好的同學朱夫子家，朱夫子如今是教授，他說已經兩光年沒見到老趙。趙太太打去警察局報案，接電話的警員懶洋洋地說，河濱自行車道今天沒有任何意外事故的報案，趙先生應該沒事，而且趙先生才失去聯絡半天，不能報失蹤人口，明天看看怎樣再說。趙太太氣得打去給在新竹念書的兒子，沒想到兒子也認為老爸不可能平空消失，搞不好老爸在半路上有豔遇。這是什麼兒子，況且趙太太聽到麻將的聲音，這個死小子星期日不回家留在學校打牌，要死囉。

全世界都在那個星期天打麻將，唯獨老趙例外。再來呢？趙太太抓著話筒瞪老趙那本萬寶龍皮面電話本，居然沒人可打了！

一個四十多歲的中年男子騎越野自行車消失在淡水捷運站前的公園，當時他身上穿的是自行車專用緊身排汗衣、排汗褲、安全帽、護膝，他會去哪裡？之後老趙一點消息也沒，有如被外星人的飛碟給氣化掉般。趙太太在三天後找上警察局報失蹤人口，三個月後依然找不到老趙。

「他的三餐，他的兩個寶貝孩子，他的高血壓，我哪樣沒天天留意，他到底有什麼不開心的。」

趙太太在老吳的診所裡哭著伸冤，老吳則給她開副逍遙散。

「你不是除了眼淚外，還很會找人，所以我替你攬了這筆生意，趙太太答應酬勞豐厚，可是我覺得不可靠，不先付錢不辦事。」老吳改喝起 Jack Daniel。「這酒呀，一個病人送的，他說我像好萊塢那個演『教父』的艾爾．帕奇諾，該喝 Jack Daniel。你知道我無所謂，好酒即可。來，你也來一杯——等等，你今天騎車還是坐火車進城？要是騎車就最多只能喝一杯，出了事我可負不了責。

「趙太太幾個朋友不相信老趙騎車在淡水消失，她們咬定老趙有外遇，故意裝神弄鬼搞失蹤，過陣子買不起小老婆要的鑽戒，一定回來。我不好意思澆她們冷水，私下對趙太太說，有外遇的男人不會連工作也扔、存摺不帶，怎麼養小老婆。你看，老趙沒回家、沒去上班、沒去看他年紀不小的老爸老媽，他什麼全不要，怎麼可能是因為另一個女人。他心裡有事，閉鎖太久悶得爆炸，一爆就這樣，把一切都拋掉去流浪。趙太太說他連信用卡、銀行存摺、提款卡也沒帶，我就說嘛，可見純粹是一時起意。我問過市政府社會局的朋友，的確有些新街友的出現和逃避家庭、工作的壓力有關。我的直覺，他不會留在台北，說不定騎到淡水乾脆繼續往東北，沿海岸去宜蘭。不知他身上有多少錢，失蹤兩個多月，他怎麼活。你要是找到他，替我問問，哪天茱麗再囉嗦，我也搞失蹤，住到你福隆那裡去。要求不多，有酒有菜，不煩你。

「女人找男人，一開始，急，接著，火，再來就變成恨，所以我堅持先收錢，萬一她到最後火了、恨了，你一毛也收不到。女人這種動物，牽拖第一名，說不定到頭她把老趙失蹤的事情怪到你頭上。

「你沒結婚沒女朋友，不懂。不，生意仍得接，找到老趙挽救一個家庭是好事，再說你也得有收入，萬一哪天你淪落街頭，我還乖乖繳稅養你，春節前捐錢去餵你，太沒天理。

「我有輛幾年前花一萬多買的自行車，幾乎全新，買回來那天我騎去還ＤＶＤ，你知道我家前面那條路有兩個上坡，騎下去容易，騎回來用牽的，差點去掉半條命，從此沒再騎過，借你，得打打氣、洗洗車，自己花錢裝個車燈、尾燈、行李架什麼的。

「老趙騎自行車失蹤的，你當然也得騎車去找他。用用腦子，他騎車走的路怎麼會跟公路、鐵路一樣，要是我，一定選小徑小路的，免得被砂石車、遊覽車擠到水溝裡去。放心，借你車不收租金，待會兒牽出來給你，不會騎回福隆吧，要人命的。你最好先在我診所附近騎騎，別太逞強，我聽西醫說這幾年多了不少自行車肩、自行車肘、自行車腿、自行車不孕症的病人，運動傷害——對，還有自行車嘴，很多人用嘴去騎車，不是用腿，只會吹牛。」

可能有十年沒騎過車，倪克挺興奮，他上了車兜幾個圈子到民生東路找間車行整理車子，也裝上安全配件。老闆勸他犯不著去環島，仁愛路的人行道騎騎就好。

「少年仔，每個人都要環島，好像是流行，沒騎車去環島過就不算男子漢。上個月有家電子公司老闆跟十幾個人去，在我這裡買了幾輛車，他們計畫由兩輛休旅車一路陪著，行李放在汽車裡，隊上有一個飛輪教練、一個醫生，他們也想拉我去，萬一爆胎什麼的，我可以幫他們換。你一個人，別冒險。少年仔，要環島開車比較好，坐火車也不錯。」

倪克沒理會，老趙騎車離家出走，他挑什麼路線呢？如果往東，得走淡金公路，那段路有不少上坡，挺累人；往南，則得從淡水往回騎，走新莊。他決定先上網詢問一下，說不定有人看過老趙。於是倪克騎著車繞到復興北路，想把車子寄在逗點再坐火車回福隆，不巧，Joe正在清理吧檯，她發現一隻老鼠，不殺了牠誓不為人。這是Joe的個性，倪克也理所當然加入殺鼠陣營，然後鼠沒殺成，Joe卻在店門口看見老吳的車子，她抱著肚子笑，笑到倪克有掐死她的衝動。

……有一種奇怪的酒，我在希臘的酒吧喝到的。那天我從雅典山頂上的帕德嫩神廟回來，夜已很深，而我仍覺得無處可去，便鑽進旅店旁的一家小酒館，吧檯邊已圍了一群喝得半醉的當地人，他們見到一個表情無辜又有點困惑的東方人進去，突然間變得興奮，吧檯後有個微禿的中年人，他用很破的英文問我要喝什麼，我看看他們的杯子，給我來杯希臘的酒。

老闆用詭異的眼神看我，取過一個玻璃杯放在我面前，注進一泉透明的液體，有如中國的白酒，我問酒精度多少，身旁一個留著大鬍子的男人笑了，他笑得爽朗，笑得窗外的星辰似乎跳動了幾下。

接著老闆問我的心情好嗎？心情？孤獨一人在這個莫名其妙的愛琴海岸，該好還是壞呢？我也不知道，我只能說，很寂寞。

Lonely這個簡單的英文字使得酒吧沉寂下來，老闆說，既是Lonely，那麼加點冰塊才適合我。加冰塊？我沒有意見，要是能沖淡些空虛的感覺，把整座南極冰山沉進去我也無妨。他捏了兩塊冰謹慎地一一擱進我的杯子，說也奇怪，透明的酒開始變色，逐漸逐漸混濁起來，最後竟如牛奶一般。老闆說，這像你的心情嗎？濃濃霧霧，分不清是酒是奶。

我也笑了，沒錯，這是我的心情。

那晚不知何時我醉得喪失知覺，直到天亮，才從酒吧角落的沙發醒來，這時店內只剩下一個胖胖的女人，記得應該是老闆的女人。她向我招招手問說，要杯牛奶呢或是再來杯酒。我撐著重得幾乎抬不起來的頭，牛奶。

喝完牛奶正要步出酒吧，恍然想起，回頭問她，請問昨晚喝的是什麼酒？胖女人咧開嘴笑說，鬱卒，鬱卒酒。

鬱卒酒？天下竟有這種名稱的酒？

她點頭說，沒錯，誰不知道希臘的OUZO酒呀。要是心情亂得鬱卒不堪，晚上再來吧。

……揹起行囊，我在碼頭跳上船，設法於愛琴海上飄泊幾天，我得將人生扔進水裡，試著用洗衣機的旋轉絞扭重新擰乾，也許去不掉衣服上沾染的過去三十年留下的污垢，依然留著前一個女人內衣深處的氣味，仍期望曬乾後變成一件嶄新的新衣。

……五天後我回到雅典，邀請一個在船上認識的日本女孩去吃晚飯，而後我們走在雜亂的街道上，忽然想起酒吧，我問女孩說，去喝杯酒，有種叫鬱卒的酒，據說喝了之後便不再鬱卒——或者更加鬱卒。女孩很高興跟我去，酒吧仍然是那幾張老面孔，每個人見到我，一如第一次時的興奮，他們也歡迎東方女孩，儘管他們始終搞不清中國人和日本人的差別。

我要女孩留意酒色的變化，她覺得很新鮮，不過她要不加冰塊的酒，我則繼續鬱卒。有人唱歌，也有人跳舞，甚至有人拉著我一起跳，我聞到一股淡淡的香味，女孩的頭髮搔著我的臉頰，我想，新的味道會不會壓掉舊的，而讓我有件新衣呢？

很久很久以後，我知道又醉了，幾次努力站直身子，終究倒下。記憶的尾巴隱約有人在我的額頭吻了一下。是的，那是我在希臘最後的記憶，因為第二天早上醒來時，倒牛奶給我喝的仍是胖胖的女人，我問她那個日本女孩呢？她拿出一張紙條，我睜著乾澀的兩眼，上面寫著幾個英文字：

Hi, I can feel there's someone in your heart but not me.

我對著紙條發愣，胖女人卻推推我，要來一杯ouzo嗎？

是的，我又喝了一杯，當我走出酒吧時，刺眼的陽光如潮水般撲來，打得我幾乎倒在人行道上。

是的，我不該沒先問問那個老闆，這酒，可有三碗不過崗的規矩？

……在希臘，是酒或根本是我，鬱卒……

「你不是沒出過國嗎，怎麼會寫希臘？」

不是倪克寫的，他上網找尋關於趙若春的事，沒想到跑出這麼篇文章。二十多年前刊登在某本雜誌上，作者是趙若春。倪克用低音咬著每個字念給Joe聽，原來老趙以前如此浪漫。

「那個離家出走的老趙？他年輕時這麼愛旅行，難怪騎輛腳踏車失蹤——腳踏車，腳踏車，明明是用腳踩的，不踩不會自己跑，是腳踏車，不是自行車。」

無所謂，千萬別和女人抬槓，沒完沒了。那麼逗點有ouzo嗎？Joe轉過身在吧檯下的櫃子裡東翻西翻，她拿出一個像是米酒的瓶子。

「喏，下流卑鄙噁心的死肥Joe留下的，記得大家都叫它烏濁酒，偏被你說成鬱卒酒。」

果然倒出杯清清如水的酒，加點冰塊唄。酒逐漸變色，變得混濁，倪克心情也變得鬱卒。嗆，嗆得倪克連咳嗽都咳不出來，而且怎麼一股中藥的八角味？

吧檯後Joe樂得笑不停，又替倪克再斟上一杯。

「Ouzo屬於茴香酒，當然有股像中藥的怪味，加了冰塊應該好喝些，你還是沒辦法？

那就真沒辦法。」

Joe大多數時候很酷，可high起來變得很可怕。她搬出五瓶ouzo存貨請所有客人喝，一副想把腳踏進逗點的人全灌醉的模樣。每當人多，倪克很識相握著酒杯往吧檯最裡面縮，他縮得幾乎快跌進一旁的廁所去，也許他該趁夜色正濃騎車上路？旁邊一對年輕男女卿卿我我頭貼頭，大概也被ouzo醺得八成醉，女孩的左手指甲不停畫著男孩臉頰，她嘟嘴問：

「你從不主動說你愛我。」

「我愛妳。」

「有多愛？」

「非常非常愛。」

「非常是多少？」

「比太平洋深，比地球大。」

「騙人！」

女孩收回她塗滿花的指甲，男孩則苦笑地喝口ouzo，幸好女孩五秒鐘後又回到男孩的臉頰。

「那你會愛我多久？」

「愛到下個世紀，愛到我們都老得走不動路。」

「別老是跟我說這些不實際的事，油嘴滑舌，難怪我爸不喜歡你，給我具體的愛。」

「什麼是具體的愛？」

「你會給我一個舒適的家嗎？」

男孩毫不思索地回答：「會。」

「騙人！」

女孩又收回她的指甲，這次她先喝，舉起杯便把殘餘的ouzo倒進喉嚨，倪克見她張嘴吐舌緊閉眼，嗆。

「你上次說我們不需要家，半年住你老爸老媽家，半年住我爸我媽家，你只想省房租錢。」

「買什麼房子，我家就我一個小孩，我爸媽的房子會留給我，妳家也妳一個，我們以後有兩棟房子，再買房子要幹嘛。」

「我不要住你家，你媽好兇。」

「我跟妳住妳家，每個星期天回我爸媽家吃飯。」

「沒誠意，不買房子結什麼婚，我爸說這種男人沒責任感。」

小男女停下話，男的低頭，女的撇開頭瞄了倪克一眼。倪克望著Joe的背影，她今晚穿低腰牛仔褲，彎身時露出裡面丁字內褲的兩條紅繩和一小截屁股，很性感，奇怪的是倪克眼睛內看的是丁字內褲，腦中想的卻是難道戀愛到最後會集中在數字，集中在房子上，浪漫的夜晚非得回到大白天刺眼陽光的現實去？

「我已經開始存錢買房子。」男孩打破尷尬的沉默。

「不，你以為愛情就是兩個人在一起喝酒，兩個人躺在床上，兩個人說那些說不完的話。我要具體摸得著的愛。」

「我不是已經在努力了嗎？」

「騙子。」

女孩摔下酒杯，像風一樣捲著男孩的愧疚消失在店外的夜裡。男孩反應很慢，或許他正考慮是否該為女孩改變他的未來。倪克感傷comma.com謀殺掉一段愛情故事，但男孩突然扔下酒杯抓起外套追出去，他對Joe喊，下次一起付。

「小情人吵架啦。」Joe湊上來問。

「不是吵架，是攤牌。」倪克決定不要再喝ouzo，愈喝愈鬱卒，「給我來點威士忌。」

「時間晚了，你要回福隆還是乾脆騎車出發？」Joe 換個杯子倒酒，「睡我家，明早再去騎你腳踏車。對，明天早上陪我去吃早飯，好久沒去吃五星級飯店的美式自助早餐，嫩嫩的炒蛋配香脆的培根，來杯咖啡，順便讓太陽曬曬我見不到白天的皮膚，補充點維他命D。我們吃夠本，塞滿你的肚皮，騎車正好消化。」

「那個，」倪克說，「不行，我那個來了。」

第一天騎車，才到三芝，屁股和腿幾乎痠痛到連抬起下車都艱辛，不過第二天好些，途中遇到穿戴齊全的騎士，頻頻打氣說愈騎會愈順，為了面子，倪克用盡氣力騎過白沙灣、石門、十八王公廟、清水，趁著大下坡，車子緩緩滑進金山鄉。

老吳判斷趙若春陷入人生的低潮期，推敲趙太太的說法，趙若春在婚後似乎都活在她的安排下，一開始老婆要房子，趙若春的人生目標便設定在籌頭期款、付每月的利息。接著有了孩子，他再於原來的目標上加了保母費、營養費。趙太太望子成龍，從小的山葉音樂班、鋼琴家教、跆拳道教室，五歲孩子的補習費和個高中生的學費也差不了多少。

「成家後的男人呀，變成為家而活，家僕，不再為自己。」老吳很感慨，「我花了不少時間和趙太太聊，做成幾項分析，小倪，讓你聽聽，說不定再過幾年你也變成另一個家僕——可能不會，你十年前就是家僕了。

「一、老趙高中起便是學校社刊社的社長，愛寫文章，婚後也寫，大約第一個孩子出生時，逐漸停止寫作。趙太太說，他看報紙都從副刊看起，可見心仍未死透。小倪，你比老趙小好幾歲，可是你的心已經死透透。二、老趙愛旅行，每年必定抽空休假和老婆、孩子一起出國，三年前他停止旅行，趙太太說，他以出差已經夠多夠累為理由，也是這年開始他騎自行車。三、他在公司擔任財務經理，你知道，中小企業這幾年很難有太大發展機會，他也在這個職位一幹十二年，成天和數字為伍，電腦螢幕使老花眼提早來臨。四、兩三個月他們夫妻才嘿咻一次，都是由老趙主動要求的，他會拍拍老婆的屁股說，走，好久沒做了。做完後他沒有像以前那樣呼呼大睡，而是到客廳看電視，能一看幾個鐘頭連姿勢都不變。五、兩個孩子都大，不陪他們夫妻，星期天如果趙太太不去打牌，老趙不去騎自行車，會一起在台北的百貨公司裡逛，從ＳＯＧＯ、新光三越、微風、遠東，能逛到內湖的德安、忠孝東路的明曜、大直的美麗華。趙太太說她看衣服，老趙則鑽進書店看書。

「我分析老趙幹嘛？老子閒得沒事找事可以吧。你說，在這五項前提之下，趙若春變成什麼樣的人？他不知不覺地退縮，躲進人群和家庭的角落去。我反對現代人自我封閉，拿坐捷運來說，手裡捧本羅曼史小說、耳朵內塞個iPod耳機、臉上掛個大口罩、背上扛著大背包，擺明了對周遭的人說：少惹我，我他媽一個人是個世界，是個星球，誰都別煩我。老趙不正是個例子，他用上班、用電腦、用數字、用自行車把人藏進去。趙太太每天跟他在一起當然沒有感覺，外人才看得出老趙的改變。」

所以老吳下了結論，趙若春幾年下來養成習慣於「我並不重要」的生活，職務升不上去，薪水也就如此，孩子長大，老婆去打麻將，他縮到自行車的兩個輪子上。

「騎車最適合他，老婆不會跟著騎，他跟騎車的朋友出去，行；嫌煩不想有伴，一個人騎，也行。」

老吳覺得這次趙若春的失蹤，可能臨時起意，一轉念間想要尋找一下過去「只有自己」的感覺，騎著騎著乾脆不回家。也因為極可能是臨時起意，老趙應該不會騎太遠，而且不會進入大城市，沿淡金公路往東，說不定老趙躲在某家民宿、某間咖啡館裡正發呆。

進入金山，倪克挑了家裝潢得有如希臘愛琴海色彩的咖啡館休息，也打聽老趙的下落。意外的，老趙曾在這裡待了一下午。穿熱褲人字拖，還在胸前擠出溝的年輕老闆娘說，頭髮半白騎車的人本來就引人注目，尤其頭上綁塊鮮紅色頭巾，不多瞧兩眼還不可能。他點的是double espresso，小小一杯他喝半個多小時，坐在露台盯著窗外的海，到傍晚才騎上車，往東走，他付帳時問起過了金山再下去是哪裡。

「我們這裡每天起碼有上百個騎自行車的人經過，很多一時興起就從台北騎來，見多啦。你要不要過夜？我們二樓有三間民宿，都是給你們這些騎士準備的，很便宜，一晚一千元，管晚飯，咖哩牛肉飯配蔬菜濃湯，奉送一杯希臘酒，你喝過ouzo沒，很特別。」

現在就來一杯吧，提神，有規定酒後不能騎自行車？

「那個男人沒回家喔，你替他老婆來找他？跟我那個死男人一樣，現在的男人到底發什麼瘋。我那個也這樣，兩年前被有的沒的附身，一個人開車去環島露營，二十多天沒消息，有天良心發現來電話，說他留在台東，要我匯點錢去。神經病才匯給他。後來他不見了。我懶得找，回不回來無所謂，我照樣能活。」

趕緊走，再下去得聽老闆娘的一生故事。幸好espresso不錯，沖出來上面那層creme泡泡的、濃濃的，Joe 說這代表咖啡豆新鮮。

趙太太對老吳說，她把老公的存摺、西裝口袋全掏空檢查過，趙若春離家時身上可能只有五千多元，本以為他頂多在外面流浪一個星期——五千元，靠五千元在台灣能活多久？按照這家民宿的價錢，頂多五天，然後呢？

「你是光棍對不對？」老闆娘站起身伸懶腰，「哪用猜，你沒把手機掛在自行車龍頭，也沒在左耳別個藍芽，結婚的男人不會把手機塞到背包去，沒這個膽！」

應該不太難找，接下來騎一個鎮問一個鄉，老趙的怪模樣不讓人多看幾眼都不成。

「打個賭，老趙如果往東走，你輸我一千；老趙如果往東走，而且超過南方澳，我輸你一萬。掏錢，交給我護士保管，誰也別賴帳。」老吳數著他皮夾裡的錢，「哎，我能用的錢也只有五千。」

離開金山，經過國聖、野柳，公路上車子增多，一個大彎再穿進隧道，頓時冷風襲來，倪克眼前視野大開，他抵達翡翠灣。空中五彩的飛行傘飄在藍天白雲之間，雖是冬天，海灘上仍有人打排球，倪克決定找地方住下，他有直覺，老趙可能留在這裡，因為不知怎地，一股孤獨的淒涼感湧到心頭。他在海邊的飯店前煞住車，白色的樓和藍色的欄杆，又是愛琴海的色調，這裡也該有鬱卒酒？

五千元可以過多少日子？

「我可以過半個月，你能過一個月，我們家茱麗能過半天。」老吳說，「我最愛診所巷口的魯肉飯，一碗五十元，配個豆腐、燙青菜，一頓飯一百一十元，吃得又香又飽，所以十五天，每天兩頓，要三千三百元，其他的包括早飯，公車票，半個月五千元既不誇張也不謙虛。至於你，有福隆阿嬤，我猜一天五十元的飯錢就足夠，晚上去那間叫什麼句點、逗點、清晨三點的酒吧吃水餃，一毛也不用。你一個月摩托車的油錢頂多一千元，家裡沒電視省掉cable費用，沒兒沒女，省掉教育費用。我看你五千元能用三個月。茱麗呀，她買個包起碼五千元。女人和男人不一樣，她們生來讓男人寵、讓男人愛。我在腦袋壞掉向她求婚那晚茱麗說的，銘記在心，我該把這兩句話找個書法家寫成匾，掛在院長室，隨時提醒自己，認命。」

冬天的翡翠灣景象很蕭條，山頂罩層濃霧，幾棟上波建築業景氣時期建的高樓，空蕩蕩沒幾戶住人，冷清。海中的小基隆嶼前有艘貨輪隨著波浪起伏，倒是半山不知何時多出幾棟小洋樓。倪克喘大氣騎上坡，一排破爛的二層透天屋，有幾棟經過整修煥然一新，好像是民宿之類的。他站在山坡望著眼下的翡翠灣，掏出手機打給老吳，他答應過老吳，一天兩次回報，不過老吳要的未必是趙若春的下落，他只是想找個人聊天罷了。

「人跟著習慣走，他不知道那已經成為生活中的規律，流在血管裡，以為自己能打破原來的生活步調逃出習慣呀，傻，逃不出去的，凡是人就逃不出去。」

老吳有些話很有意思。倪克決定留在翡翠灣，冬天這裡沒遊客，大部分的店家都打烊，福華飯店是唯一仍燈火通明的，淡季每間房打折到一千九百元，倪克便住進去。

他對飯店的自助餐沒興趣，傍晚離開海灘逛到附近的小巷弄，沒想到面海的舊公寓樓梯間前有個樂譜架，是菜單。沒招牌沒店名，卻有菜單。倪克好奇，翻著菜單研究起來，然後他登上二樓，看到小小的吧檯後面有個男人綁著鮮紅色的頭巾。

店的布置像一般的家庭，不過面對海的那堵牆被打掉改成落地玻璃，能看見海面偶爾閃起的漁船燈火。三面牆粉刷成油畫般的暗黃色，唯一的掛飾則是兩輛自行車，一輛越野車，一輛窄輪彎把公路車。

八張桌子有五張已坐滿人，一桌可能是東歐人，夫妻和三個小孩，講些倪克聽不懂的語言。另一桌是老美，猜測是在台美商，除了夫妻和個金髮小男孩外，也有菲傭陪著。其他三桌是情侶，冬天到翡翠灣談戀愛倒是不錯。菜單上標明三種套餐供選擇，第一種的主菜是烤牛肉，第二種是橄欖油燉午魚，第三種是無花果醬雞胸肉。倪克不知該點什麼，他看看老趙，見他指指第二種，倪克也點頭，什麼是油燉午魚？吻仔魚？

是老趙，不會錯。他穿著卡其短褲和白T恤，頭上包塊紅頭巾。他先送來一籃小圓麵包，左手放在腰後，右手將麵包籃伸到倪克面前說，這是本店自製的麵包，請嚐嚐——老趙會笑？

餐廳由四個人打點，綁白頭巾男人和個也很年輕的小夥子在廚房，女人則忙著為東歐人上菜，老趙不僅負責點菜，也負責酒，倪克不知該怎麼點，就來杯house wine好了。老趙朝他眨眨眼——老趙會眨眼？

「今天的house wine是智利的Almaviva，配魚也行。」

「你是老闆？」

「不，我是夥計，老闆是她。」老趙將頭往左邊正和東歐人笑著說話的女人歪了歪，「我也做麵包，店小，大家都得分工。」

老趙會做麵包？從希臘酒吧的那篇文章開始，他還藏了多少驚訝？

主菜上桌，室內滿是清香的橄欖油味，倪克頓時胃口大開。半片午魚，剖得很平整，上面鋪滿切成段的日本水菜和橘色的海膽。倪克從沒吃過這麼做的魚，材料貴的不是魚，是海膽。他朝老趙招招手：

「怎麼做這道魚？」

「是祕密，」老趙故作神祕又眨起眼，「趁老闆沒注意，我透露一點，把橄欖油倒進鍋煮到六十度，千萬別把油煮開，再把魚放下去，小火慢燉。最貴的是油，要上等橄欖油，我們用的是西班牙進口的，燉的時候留心火候，挺費工。可以用麵包沾盤子裡的油，比一般義大利餐廳用的油醋更棒，BUONISIMMO。」

老趙會義大利文？

「怎麼稱呼？」

「Eric。」

老趙還叫Eric？

「先生，有件事很抱歉，今晚的甜點蘋果派給那幾個小朋友吃得精光，能不能換個不在菜單上的甜點？家常的蘿蔔泥配水果丁？」

可以，當然可以，這是驚奇之夜。

艾瑞克．趙進廚房去，透過玻璃，倪克看見他穿上圍裙站在料理檯前，難道他做甜點？

黃色和綠色的奇異果去皮切丁，再將木瓜去皮切丁，最後是草莓，然後老趙磨起半截蘿蔔，磨成泥，拌了白酒和醋後，倒在水果丁上。入口後清爽無比，蘿蔔泥沒有嗆人的辣味，反而將水果綜合得更溫和。

老趙會做甜點！

走出餐廳，倪克躲在巷口的暗處，等了一個多小時，小廚師先出來抽煙騎摩托車離開。接著是老趙，現在的Eric，他騎著牆上那輛越野車轉出巷子便往山上去。倪克沒跟，他拿出望遠鏡，越野車車尾一閃一閃的紅燈攀上大坡度的公路，消失在黑暗中。十多分鐘後，一棟大樓的高樓層有戶窗子亮起溫暖的黃色光線，一個人影站在陽台看海抽煙的樣子。

他不是煙酒不沾，老趙還抽煙？

倪克回飯店，他的房間面海，看不到山，不過無所謂，他找到趙若春，該再打電話給老吳，接下來的事理應歸趙太太去處理，可是倪克不想打，他打去逗點，Joe依然是冷冰冰的重貝斯聲音。

「冷鋒過境，小店生意欠佳，到現在為止只有兩個客人，一個喝一百元的啤酒，另一個要了杯威士忌，已經對電視上的Eagles演唱會Hell Freeses Over看了兩小時，酒還沒喝完。

「你在福隆——什麼，跑去翡翠灣幹嘛，也不找我，讓老娘獨守空店。喂，一個人住在福華看海，不寂寞呀。你每天看海，連休假也看海，你啊，完蛋囉，剛過三十歲就未老先衰。

「反正閒著，順便問問，你是不是那個不行，要不然怎麼都不想找女人？你憋了多少年，不怕輸精管給塞住，以後想用都沒辦法用。」

冰箱上擺著幾瓶小小的樣品酒，他選紅標的Johnnie Walker，扭開瓶蓋，面對海坐下，沒有人喜歡孤獨，如果此刻有Joe陪，會是什麼景象？

忽然Joe胸前的兩顆排球跳到窗戶玻璃上，倪克見玻璃反射出一張似陌生又熟悉的臉孔，彈跳的乳房則在臉後忽隱忽現，仔細瞧才知道是海上漁船的燈光。他闔起手機，小口小口地吸吮瓶中的酒，很久很久他的心情沒有如此輕鬆自在過。他舉起瓶子：「晚安，Joe。晚安，Eric。」

「今天晚上有新的主菜，法國的布列斯雞，我老闆娘家進口歐美食材，算你有口福，上午老闆娘回台北，弄了雞來，你吃過布烈斯雞沒，酷得沒話說。」艾瑞克熱心推薦本日主菜，他換了條頭巾，深藍色，上面印著海盜旗的骷髏。

「這種雞養在法國東北部，像是羅納．阿爾卑斯山區，勃艮第也有，鮮紅的雞冠，雪白的羽毛，配上淺藍的爪子，藍白紅，和法國國旗一樣，所以有些人說它是法國的國雞。有朋友來？等他來了再點，雞也一起上？」

倪克沒意見，任憑艾瑞克安排。這是他連續第三天來到小館子吃晚餐，第一次訂到窗前的桌子，當他坐下時不禁想起 Joe 的話，難道他非看海不可？老吳說的，習慣，既然人躲不開習慣，乾脆認命接受習慣，說不定人生因此更沒拘束。

「Freedom。」老吳說。

星期天晚上沒什麼客人，昨晚 Joe 也抱怨，一個星期工作七天，實在沒道理，如果倪克肯請她去看場電影吃個晚飯，她星期天就不做生意，反正也沒什麼人。

於是，倪克坐在餐廳內先點好菜，等著他和 Joe 的第一次約會。沒等多久，樓梯間傳來叩叩叩焦急的腳步聲，Joe 穿件紅色大衣出現，她怎麼總不肯見到人先露點微笑？

「什麼鬼地方，也沒招牌，找死人。」

倪克呵口氣在窗上，熱氣，我不是死人。

Joe 脫下她的大衣，裡面竟然是低胸白色背心和條紅色短裙，一月初的金山鄉，氣溫攝氏九度。那不重要，重要的是兩個活生生的乳房映在玻璃上，這次不是漁船的燈火，是倪克肚子內的一團火。

「就是他呀，你跟他說了沒，你該先跟他談談。」Joe彎著上半身將臉湊過來對倪克小聲說，同時她的乳房更直接袒露在倪克臉前。「果然很快樂的樣子，算了，忘記我剛才說的話，你千萬別冒冒失失告訴他老婆，萬一他老婆殺來，媽的，搞不好毀了一個男人最幸福的一段日子。」

艾瑞克過來替Joe斟酒，他笑咪咪問，兩份主菜要不要share，他可以先分好。除了布烈斯雞外，倪克替Joe點了橄欖油燉午魚，他相信Joe會喜歡，畢竟在他的所知範圍內，這道菜不容易吃到。

「有人伺候真好，」等艾瑞克一走，Joe迫不及待地說，「我每天幫人倒酒，今天換成別人幫我倒酒。姓倪的，我記住你這頓飯的恩情。皺什麼眉，這輩子我感激的人可不多，你好命。」

「記不記得露比？你記得啦，前幾個月前來逗點，穿Manolo Blahnik高跟鞋的那女人，她穿的是當季的patoso，銀色包住腳踝那款，你還盯她看了好久，別賴，你屁股動一下我都知道你接下來想幹嘛。她消失一陣子，昨晚又出現，你猜露比做什麼的？她是雞。來，敬我們今晚吃的法國雞，也敬露比這隻台灣雞。

「昨晚沒客人，前後三組五個人，收入六百五十元，我正想早點打烊，一點多露比進來，她換了雙鞋，我看不出牌子，可是也有三吋高，你最愛女人小腿，放著大咪咪理都不理，偏愛去偷看人家的小腿，病態，變態。沒客人又下雨，我和她聊到三點半，還是她開車送我回家。

「露比說她是獨行俠，不透過馬伕，自己接客，而且每次五千元，不過夜也不做第二次，不接三十歲以下的男人。你猜她一個月收入多少？靠，二十萬，不必付店租、水電，也不用繳稅，一個月還能休息十天。她都接熟客生意，因為五千元算便宜，她的服務又好，只要和她做過一次的幾乎都上癮，有的也介紹朋友。我問她既然生意好，為什麼不漲價，不是很多高級妞一次要幾萬元，連酒店小姐都上萬。她說寧可少賺點，和客人的關係比較單純也比較長久。

「我？不是不想賺錢，那種錢我賺不到。因為，因為呀，我受不了討厭的男人。

「喔，為什麼講到露比，誰叫你上次問我五千元能活多久，如果不必付房租，我也能活很久，一個月以上，我會包水餃也愛吃水餃。對了，露比說她做一次五千元，我覺得真巧，怎麼大家都討論五千元，才告訴你，並且決定，以後逗點的生意目標是每天至少五千元。」

倪克忽然想起老吳說的，我們一次只為一個病人服務，所以只有一個病人、一個病名、一個解決的方法、一副藥方，Joe卻一次好多個客人，喝不同的酒，聽不同的男人講不同的故事。

「你念過英文吧，以前我高中老師說，日常會話少用什麼which、whom，會扯離題，把單純一句話複雜化，到最後自己都不知道怎麼接下去。」這是老吳的名言之一。

嘿，幸好老吳不認識Joe，他會瘋掉，Joe講一件事往往會用上九個which和七個whom，結尾在石器時代。

「露比花太多錢在名牌上，她該省點，她說她再做一年要去法國念服裝設計，我哪搞得清設計什麼，最好有設計男人的課，我也去。依我看，她賺錢容易，客戶穩定，很難再出國，念書只是個騙自己的夢。誰沒有夢，走得跌跌撞撞，到頭來像我，守住小酒吧，找個好男人，相對來說是比較容易成真的夢。你是不是好男人我不確定，可我確定你有好男人的潛力，所以我暫時不會放過。夠明白吧。來，啵一個——小氣鬼。」

主菜上來後Joe才停止她說不完的話，她被橄欖油燉午魚給迷住，倒是布烈斯雞和蔬菜包在一起煮，肉固然嫩，卻吃不出特色，可能味道淡了點。

「酒沒了？開玩笑，你第一次和我約會怎能沒酒——哈囉，密斯脫艾瑞克，給我們再來一瓶酒——別小氣，喝不完帶到你旅館去，晚上你睡地板還是我？喝到第三瓶就不必煩惱這個問題。」

「第三瓶？我請。」

不知什麼時候其他客人都走光，只剩下這桌，艾瑞克拎著另一瓶酒過來。

「兩千零二年的Chateau La Tour Carnet，酒感深沉也足。」艾瑞克坐下，「已經開了一個晚上，味道正好。這個雨夜，難得早下班，我陪你們喝喝，不嫌來個電燈泡吧。」

老闆娘和兩個男人已收拾完，朝他們打個招呼便各自離去。餐廳內的燈只留下兩盞，吧檯上的和門口的，室內很昏暗，卻更看得清海上的漁船——還有桌上一根蠟燭，艾瑞克剛點上的。三個人喝喝聊聊，中間艾瑞克又去煎了法式薄餅，配橙汁和藍莓，附加一碟巧克力餅乾。

「我做的餅乾。年輕時老夢想當廚師，可惜生活壓力，大學裡學的又是會計，當了二十年財務，從沒機會再做做麵包餅乾的，最近重回烤箱，你們嚐嚐，不是我自誇，未必道地，卻好吃得很。」

Joe朝倪克眨眨眼，另一個故事似乎要開始。

沒故事，艾瑞克一個勁談他的麵包。

「倪先生──好，我就叫你倪克，是不是來度假？這個季節很少遊客，你接連來三個晚上，前兩天還是一個人，我以為你和我一樣，逃避工作壓力刻意躲來海邊。

「老闆娘說擔心你想不開，哪有大男人窩到冬天的翡翠灣來。原來是等女朋友，我們可鬆了口氣。我呀，和你有點像，第一次騎單車來這裡吃晚飯，老闆娘招呼我，特別推薦橄欖油燉午魚，吃完後她請我喝酒時說，魚的香味，給人活下去的欲望。

「哈，別看她年輕，這女人有意思。現在你明白前天我為什麼慫恿你吃這道菜了吧。我家在台北，有天不知怎地騎車到淡水還不過癮，就一路繼續騎下去騎到這裡，本來想吃頓飯再騎回台北，看到餐廳貼了張招打工服務員的紙，自告奮勇留下來。現在回想，可能是被橄欖油燉午魚給煞到，也可能當廚師的夢又復活。

「老闆娘，噓，三十八歲，秀秀氣氣看起來連三十也沒有吧。她做起事有勇氣要不然怎麼跑到這種地方開法式小館──餐廳的名字？

「沒名字，老闆娘說她還沒想到，現在客人就叫我們『沒名字』，也不錯。做了兩三個星期，我說以前愛做麵包，老闆娘爽快，由我下午進來烤，試吃幾次覺得不錯，如今麵包還賣給附近的民宿，我包了幾個給你們帶回去，萬一晚上餓，配我們家自製的梨子果醬，老闆娘教我做的，她的名字？她叫Fig，無花果。」

手機不識相地響起，倪克低頭看看，老吳，關機。

「我的家人不知道我在哪裡。沒打電話回去，想讓自己平靜過幾天，說不定哪天滿足了，再騎回家。住在山上的大樓裡，空屋率八成，Fig租了兩戶，其中一間空著，她借我睡袋，沒壓力，每天一覺到天亮。單身時候我住在深坑山上一棟老樓的頂樓，離山下有點距離，寂寞難捱。如今又一個人住在山上，完全不同，感覺得到自己，兩位能體會嗎？上星期我買了張小桌和張躺椅，上午九點前一定起床，坐在躺椅上曬太陽，這麼簡單的家具，和我家的電視櫃、一套三組的沙發、酒櫃、茶几，不成比例，可是仔細想想，真正屬於我的只有電視遙控器。在這裡，我才感覺到自己，可能小桌小椅是我需要，專為我一個人買的吧。

「希特勒騙猶太人去集中營，說那裡是工作營，在門前立塊招牌，上面寫工作即生活，我不也如此，生活即工作。如今，我，存在。

「以前的工作，沒了也好，讓我下決心轉行，沒有結束就沒新的開始。Fig答應我，回台北真沒工作，可以去她爸的公司賣食材。也說不定我跟老婆商量，拿存款開家麵包店。現在沒空想這些，先好好享受這段撿來的日子。

「如果你們明天下午還在，來，吃我們的員工餐。四個人輪流做，預算五百元，每天像比賽，前一晚常想破頭皮，吃完後大家投票給分數附加評語。明天Fig做，她點子多，愛做創意菜，她說歡迎兩位參加。別客氣，我們有時會請客人來，給我們點評語，要是哪道菜被大家認可，成本也在控制中，就進下個月的菜單。」

倪克沒多問，難得的是Joe居然也閉起嘴只聽不說。他們慢慢喝酒，直到第三瓶快見底才告辭離去。往海灘的福華，風大細雨未停，Joe緊緊抓著大衣的領口，倪克不自覺地伸手攬住她的肩膀。

「我們現在像情侶了。」Joe 說。

倪克把Joe更用力摟了摟，他沒忘記回頭，一盞微弱的自行車紅色尾燈閃在反方向的上坡路段。他想，老趙似乎真的在這裡找到幸福，不過他能夠就這樣把過去的人生徹底甩開嗎？妻子和孩子呢？

「放心，」Joe貼近他的耳朵說，「我看他只想逃開一陣子，會回家的，不過問題不在他，而在他老婆，趙太太能接受這麼大幅度轉變的老趙嗎？」

「老趙沒變，他只是想抓回以前失去的。」

「你以前想抓住什麼？現在抓得回來？」

想，想抓回父母，想抓回小學時期父親每晚下班回家時的喜悅，但永遠都抓不回來。

「謝謝妳大老遠跑來吃飯，」倪克說。

「面對老趙，本來我下不了決心該不該打電話給他老婆，幸好妳來，我知道該怎麼辦了。」

「找到老趙你也不早講，放心，我不會告訴趙太太，別忘記我也是個男人，是個忘記當年夢想的中年男人。

「我當年的夢想？嘿嘿，小倪，別想挖人隱私。嗯，當中醫是我小時候的夢想之一，對，我算幸運的，人生全在我爺設定的軌道上，從沒偏差過，我也滿足，包括茱麗。

「等老趙自己想通，他怎麼決定都好。趙太太如今心情平復很多，我會勸她，她由困惑、由恨，變成關心，所以我想即使她知道麵包的夢想，也能體諒老趙這麼大年紀的冒險。人哪，不論男人女人，四十歲之後還有機會去冒險，奢侈，老趙賺到。

「那家館子在哪裡，我請客，你帶我去。聽起來橄欖油燉什麼魚的讓我流口水。保證絕口不提趙太太的事。

「差點忘記，最近有沒有新貨，我說眼淚。什麼，找趙太太要？小倪，你愈來愈精，不過講得有道理，我弄幾張宣紙手巾給她。嗯，老趙回家那天她大概能哭出三斤淚，老趙也會。老趙辭了那個沒名字餐廳的工作也會哭，說不定他的Fig、他的同事全哭，那起碼也有五斤——你以為我開眼淚量販店，跟賣人參似的賣眼淚？要又痛又悲，除非老趙當面對老婆說他決定不回家，趙太太說不定會哭得又痛又悲；除非老趙被老婆找到，被迫離開餐廳，他也才有可能哭得又痛又悲。

「哎唷，我開的是醫院，哪管得了別人的人生。這筆生意沒法子完成，我不收趙太太的錢，你的錢當然也別指望我付，那輛自行車送你算白忙一場的代價唄。好車子，一路上沒爆過胎，沒煞車失靈，沒把你摔進水溝吧。剛才答應的，再請你吃飯，酒錢也算我的，這樣夠意思吧。

「話說回來，小倪，你覺得老趙這把年紀才想做自己想做的事是好是壞？他自私了點，不過人生便是隨緣，錯過了這村就沒這店。也許他想過打電話回家，可是怕失去現有的，一直逃避，跟你一個樣，躲到福隆海邊以為可以躲掉全世界。你說，到底什麼事讓你這樣縮頭縮腦逃避人生？

「喂，別弄那套收訊不良的老把戲，喂，喂，我們什麼時候去翡翠灣吃飯？不是說你要弄瓶烏濁酒來喝喝嘛，喂喂，死小倪，下回——」

# 六個月

「人永遠無法得知自己該去企求什麼，因為人的生命只有一次，既不能拿生命跟前世相比，也不能在來世改正什麼。」

——米蘭．昆德拉（Milan Kundera, 一九二九～）
《生命中不能承受之輕》

「醫生的看法？你是要我的看法吧。沒有任何科學上的數據說老伴走了後另一半能再活多久，你的孫伯伯不繼續活了幾十年，可是也有人馬上隨著去——像梁山伯和祝英台，像羅密歐和茱麗葉？不一樣，那是殉情，我們講的是自然死亡。

「我不久前在西醫的一份刊物倒是讀到篇有趣的論文，精神科醫生寫的，說失去老伴的人，前六個月最危險，容易陷入極端沮喪和慌亂之中，熬過六個月，情形逐漸好轉，表示已經能適應，調整出新的生活節奏。這樣能回答你的問題嗎？喂，小倪，你問題挺多，看來我得酌收點諮詢費才行。

「茱麗說，她可以先走，我不能先走，否則她不幫我下葬，要我當遊魂。至於我嘛，要是茱麗先走，我一定想盡辦法賴著再多活幾年，總算自由——我開玩笑你也當真。老伴老伴，寄望的是老來作伴，無論有沒有孩子，最後只能倚賴老伴，所以你以為不結婚可以得到幾十年輕鬆自在的日子，可是老了你得自食惡果，忍受孤獨和沒人照顧你的痛苦。我相反，犧牲前面幾十年的自由，老來有人相陪，步上黃泉路之前，活得有人愛——什麼，犧牲前面幾十年只為死前十幾年不划算？跟你這種頑固分子談婚姻，枉費唇舌。

「對了，一陣子沒見到你，幾個月？才兩禮拜？好，我想你，可以吧。兩個星期存了多少眼淚，貨缺得緊，你不知道我的逍遙散多暢銷，要不是藥引子難找，都計畫在康是美開專櫃囉。喂，小倪，我待你不薄，不能不接我電話，收集眼淚也是椿積德的好事，你曉得這年頭有多少人想不開，需要逍遙散嗎？

「又跑去兼差幫人找狗找貓？奇怪，我付的錢不少，你不好好賺我的錢，偏愛去當貓狗偵探，他們付的比我多？找老太太？哪位老太太，你不是沒親戚沒朋友嗎？去買菜就走失沒回家的老太太？哎，這未必是老人癡呆，可能一時失憶而已，有人建議一天吃幾顆銀杏，有人說要多吃魚肝油，我都沒意見，但最好的方法是在老人家脖上掛支手機，上面設定好幾個號碼，她自己撥或附近的人幫她撥。我有個病人幫她父親用布條寫了姓名、聯絡方法、血型，縫在襯衫袖口，有次老人家走失，警察就靠這塊小布片找到他。

「中醫當然有藥方治療失憶、增進記憶，不過傳統的說法是鼓勵老人家打麻將，經常用腦，不容易發生恍神似的短暫失憶。下棋更好，看書也不錯，喝酒就沒什麼用了。至於我愛喝酒不是為了增強記憶，是放鬆心情。要不要過來喝兩杯，茱麗跟她朋友去日本北海道賞雪，搞什麼，賞櫻賞楓都有道理，哪有賞雪的，把頭伸進冰庫不馬上可以賞。難得我放假一週，找天一起吃晚飯，我再跟你去那個什麼逗點的看辣馬，對，上次說要去翡翠灣吃橄欖油燉午魚，你再拖就拖到春天囉，萬一趙若春想通回家，我吃不到他做的甜點，你可罪過。要不然天母忠誠路上有家法國館子聽說不錯，雜誌上介紹過，有法國油封鴨腿，怎麼樣，吳大國手不惜血本，請倪神探吃飯。

「酒呀，上次有朋友推薦Chateau什麼來著，我去買，中山北路有家朋友開的洋酒鋪，待會兒先打電話去訂。說好，晚上七點。或是請我去福隆你家吃，天冷，你住在海邊該買個煤油爐——咦，我快成你老杯了。少廢話，晚上見，要不要叫你辣馬也來？」

冬天的太平洋是另一種模樣，十月起雨沒停過，滴滴答答，加上風大浪大，倪克買了膠帶回家設法貼住窗縫，但效果有限。困在家中，倪克正覺無聊，雅虎信箱卻突然冒出幾十封急叩他的郵件，倪克按照留下的號碼撥過去，一個女孩接的，她啞著嗓子說：

「你真的什麼都能找到？多少錢我都出。」

倪克受託，要找的是位今年七十一歲的老太太，她姓李。

冒雨進台北，通化街一條巷子內的公寓內，三個女人哭成一團，李老太太的女兒和兩個外孫女。找上倪克的是小外孫女，她今年大學一年級，長髮沒有整理，垂在臉兩側，倪克有用手機拍下來的念頭，他可以藉此說服Joe不要再有任何留長髮的念頭。妹妹把她的眼珠子從髮絲間掙脫出來說網路上很多人推薦倪克，從貓狗到小時候遺失的玩具，都能找得到，不過這回得找個活生生的人。

三個女人圍住他，搶著敘述老太太失蹤的經過。外婆已經失憶十多年，不過身體還不錯，以前都是外公照顧她，出門散步帶著她、買菜帶著她、連去樓下拿報紙都帶著她，所以一直都沒出過什麼狀況，直到五個多月前，外公因心臟病過世，家裡兩代三個女人才請外傭陪外婆，沒想到昨天下午外傭去附近的頂好超市買菜，前後二十多分鐘，回家見大門竟然開著，老太太不見了。

說話的人經過幾番輪替，變成姊姊做綜合報告，她也留長髮，可是全束在腦後，用個大夾子夾住。這是倪克對長髮有意見的另一個理由，她們總喜歡這樣整理長髮，像捆把菠菜在後腦勺，何不乾脆剪短，再說誰也猜不出當她們放下長髮的樣子，像妹妹一樣可怕嗎？

找了一夜，也去派出所報警，都沒消息。她們懊惱沒在老太太衣袖繡上電話號碼，也懊惱沒掛個手機在老太太脖上。倒是倪克，他沒問為什麼這家沒男人，也沒問兩個女孩的爸爸如今在哪裡。依老吳的說法，男人家沒女人，能問，女人家沒男人，千萬別問。因此倪克乖巧懂事又可愛地坐在全是狗娃娃、熊baby、大小抱枕的沙發一角。

還有那位媽媽，她應該也是長髮，不過剛洗完頭，用塊大毛巾把頭包起來——

「我打賭，」老吳後來說，「她們家的外婆一定也是長髮，家族遺傳。」

老人家不難找，他們常因記憶錯亂，走著走著會走到以前居住過的地方。倪克找過一位走失的老太太，原來她買完菜走到五、六年前的舊家去，還用鑰匙開門，開到周圍鄰居打一一〇報警說有強盜的地步。

大姊穿著短褲便坐上倪克的摩托車，倪克不敢偷瞄，感覺上那是雙不錯的腿，白白嫩嫩。有時候對女人，用感覺比用眼睛更刺激——倪克很久沒這樣過，難道他被東北角的雨悶太久？

他們先到老先生以前常去的通化夜市兜一圈，大部分的店家都已開門做生意，倪克經過那攤米粉時忍不住嚥了嚥口水。再沿通化街往信義路，老先生生前經常帶老太太一路散步到安和路。台北也飄著雨，紅磚道沒什麼行人，沒見到落單的老太太。轉進敦化北路，二十多年前老先生一家住在這裡的一條巷子內，可是當年的公寓早改建為大樓豪宅。倪克問了問警衛室裡吃便當的帥哥保全，他搖頭，沒見過這麼個精神恍惚的老太太，倒是小帥哥朝倪克眨眨眼，「辣喲」。媽的，這小子也盯著身後的大姊兩條腿。加加油門，大姊的胸部往倪克的背貼上來，沒戴胸罩，感覺。她馬上又退回去，兩手用力抵著倪克肩膀，設法在狹窄的椅墊上保持兩人間安全的距離。細細的雨絲迎面打在倪克臉上，夠冰。

剛決定暫時放棄尋找，回家去避雨，大姊的手機響起，她興奮喊著，找到了，找到了。

機車加速駛進伊通街，在公園旁有個大約三十歲左右，大冷天仍穿短褲露出毛腿的男人朝他們揮手，哎，都是腿，有的卻半點感覺也沒。外婆在他家。

外婆孤零零坐在四方形飯桌旁，面前有杯顯然才泡好的茶，熱氣緩緩升起罩住外婆半張臉。外婆也是長髮，幾乎全白，梳挽在腦後，用片黑色看起來像是玳瑁的大髮夾壓住，乾乾淨淨。

「於是你最後愛上的是外婆？」老吳得意地大笑。

男人很客氣送來兩杯咖啡，他的妻子──也是長髮，沒束沒挽沒感覺──則比手畫腳試圖說清外婆來到他們家的經過。

外婆昨晚七點多敲他們家的門，當時夫妻倆正吃小火鍋，見到站在門口的陌生老太太，不知如何處理，好意請外婆進去坐，沒想到外婆彷彿來過他們家，熟門熟路鑽進每個房間東翻西翻。管區警員趕來，照樣什麼都問不出。外婆緊閉著嘴，兩眼不停繞在屋子裡，她應該在找些什麼，但偏不開口，其他人也搞不清。晚上小夫妻好心在客房內安排了床鋪，伺候外婆睡覺，想說第二天警察會找到外婆的親人，再送她回家，不料整夜外婆幾乎沒睡，也吵了這對小夫妻一陣子便得起來一次。外婆仍在尋找，去客廳找，去飯廳找，去廁所找，去陽台找，連冰箱也不放過。

「我看她起碼開了幾十次冰箱，以為她肚子餓，她又什麼都不吃。」

外婆進入另一個世界，她自己的世界，別人進不去。大姊扶外婆上計程車，倪克騎車跟在後面，這項工作算完成。倪克拒絕那位大約五十多歲媽媽給的紅包，他不是把這回找人的事當成公益，而是他不想拿錢。感覺。

「辣媽頭上的毛巾拿下了吧。」老吳問，「她的長髮怎麼樣？」

意外，她們家唯獨媽媽沒留長髮，接近肩膀的長度，可能剛吹過，蓬蓬，軟軟。

「不是外婆，救命，你愛上的是媽媽呀。」

沒想到第二天再接到大姊來的電話，她用顯然剛哭過沙啞的嗓子說：

「她要出去，我們攔不住。她一早就要出去，我妹陪她，她又走到伊通公園，她為什麼要去那裡？倪克，你要幫我們找出答案，多少錢我都出。」

不是多少錢的問題，倪克不是才推掉一個紅包嘛，他只是好奇——或者如老吳說的：「媽的小倪，你究竟看上她們家的媽媽還是女兒？老的、大的，還是小的。天底下沒男人幹沒有報酬的工作，別想騙我，說，是不是大姊？」

小妹下午要去上課，媽媽也要上班，大姊請假和倪克陪同老太太再出門，同樣路線，老太太的身體好，連走一個多小時沒休息，再來到伊通公園。外婆坐在公園的椅子裡，眼神始終沒離開正前方的公寓，昨晚她住了一晚的公寓。

公寓夫婦，姓張和曾，三年多前才結婚，買下這戶面公園的房子，他們不認識外婆，見了大姊給他們看的外公照片也猛搖頭，沒見過。

在他們之前，房東從未住過這裡，而是租給一對帶兩個孩子的陳姓夫妻，倪克當晚到永和去找他們，也不認得外婆和外公。

張先生很客氣，他同意倪克的建議，把外婆再迎進他家，所有人都默默看外婆，她由這間房鑽進另間房，她找什麼？外婆甚至每隔幾分鐘打開冰箱一次，她從張先生家的臥房裡突然快步到廚房開冰箱，再回臥房繼續找，又匆忙走出來再打開冰箱。

「她愛翻冰箱，」大姊說，「這幾個月她在家也老翻冰箱，床底下、馬桶裡，最常翻冰箱，也不知她找什麼。」

中間有幾分鐘的安靜，外婆在張先生家的客房既沒出聲，也沒出來開冰箱，她睡著了，兩手交握放在小腹，嘴角露出微笑。大姊一度以為出事，哭著奔過去摸外婆的脈搏，外婆只是找累了，睡了。

張先生和倪克打開冰箱，他們沒有目的亂翻。張先生夫妻八成是外食族，上層冷凍庫裡有兩塊可能結凍很久的牛排、製冰塊盒內是空的、還有兩枝紅豆冰棒，張先生的。下層冷藏庫的東西較多，有果醬、起司、蔬菜、面膜、醬菜、不知多少天前打包回來的熟食。外婆找什麼呢？

媽媽下班也過來，她和大姊鐵青著臉在門口吵了很久，最後順媽媽的意，倪克和大姊捧住外婆兩隻胳膊，小心扛下樓坐計程車回家。倪克聞到大姊身上散出股香水味，她怎麼抹了香水出來陪外婆？張先生擠出很僵硬的笑容向他們揮手，並且說出句可能他自己事後都覺得莫名其妙的話，他這麼說：

「有空來玩。」

會的，倪克想，外婆絕非無緣無故跑來這裡，一定有原因。既然有原因，她勢必再來。

媽媽再次要塞紅包，倪克繼續推辭。走出女人窩，大姊跟出來，她抽煙，不過不在屋內抽。拿著煙盒朝倪克晃晃，兩人不多話，點起煙走在紅磚道上。大姊有心事，幾次欲言又止，倪克忍不住，他問大姊，要喝杯咖啡嗎？

「不能喝咖啡，晚上睡不著。」

倪克隨大姊走進一家珍珠奶茶店。悶頭喝掉大半杯檸檬愛玉，大姊才開口，她請倪克幫個忙，查查她丈夫是不是有外遇。原來大姊已經結婚，前陣子覺得老公有點不對勁，兩人大吵一頓，大姊當晚打包行李回娘家。倪克見識過大姊和她媽媽為外婆的事吵架的模樣，脾氣火爆的女人。

「我們都是大人，講話不拐彎，我老公已經五個多月沒和我做過愛，又還沒生孩子，你說是不是有問題？幫我查清楚，多少錢我都出。」

錢不重要，感覺。

大姊也是職業婦女，和朋友合開的公關設計公司，經常得去搶大財團、政府的案子，一天工作十個小時算正常，結婚三年並沒有刻意避孕，也沒有計畫什麼時候生孩子，一切順其自然。她先生在一家國外的創投集團，一樣忙，前陣子搞企業合併，被併進一家跨國大公司，為了迎合香港來的新老闆、融入新文化，更忙。

「忙不是問題，我們從沒閒過，以前他半夜下班回家，想盡辦法把我弄醒做愛，如今——前陣子在床上我不小心碰到他身體，他居然縮起手腳說明早要上班，別吵他。」

倪克沒結過婚，沒和女人長期相處過，他不知道怎麼判斷。

「只有一個可能，外頭有女人。」大姊面無表情地說。

「我也不能說什麼。」老吳似笑不笑，嘴邊的法令紋很深。「他們很年輕，不做愛當然不正常。小倪，正好呀，乘虛直入，倒是以後你得搬進市區，否則那位大姊怎麼每天從福隆到台北通勤。」

大姊要知道她的老公是不是有外遇？對象是誰？兩人間的關係如何？一個星期見幾次面？

「還有，他老說現在中午沒空去健身房，晚上下班才去，所以搞到起碼九、十點以後才回家，他真的去健身房嗎？」

重點在有沒有外遇，而不是去不去健身房。

「我不能容忍男人說謊，尤其每天都說謊。」大姊把煙頭踩熄扔進路旁的垃圾桶。

送大姊回家時又落起雨，倪克在便利店買了把透明傘，撐在大姊頭上，倪克半邊身子全濕透，可是傘下有那麼股淡淡卻那麼明顯的香水味，燒得他心頭暖和暖和的。感覺。

什麼時候需要喝一杯酒？

「失戀的時候，不過你也很清楚，喝完了戀依然失，而且失得更徹底。那不重要，重要的是在最痛苦的時候，你以為喝了酒就能忘記那個女人。說，你身上怎麼有香水味？」

Joe提高音量。

「還有，你快樂的時候也需要喝上幾杯，讓所有因為興奮而累積的自由基透過酒精發洩出來，以免憋在體內變酸變臭變得不消化。倪先生，你知不知道香水和汗水攪在一起久了，剩下的是你的臭味！再說，我認為，快樂而不喝酒，顯然快樂不會有句點。」Joe露出狡獪的笑容，「現在你知道為什麼這間酒吧叫Comma了吧，我們是逗點，客人在這裡找不到答案，不過能喘口氣。你，你吸口氣好好想，是不是該徹底忘記那個女人和她的香水，專心看看吧檯後面這個女人——老娘，我。」

「火上來的時候更得喝上幾杯，你們男人不老說藉酒壯膽嘛。你要喝了兩杯酒精度二十五的威士忌，才能在酒吧間大聲罵那個女人是爛貨，是他媽的騙子，是妓女。」Joe把倪克剛開的威士忌，大口喝乾一大杯，沒加水加冰塊，純的一大杯。

倪克想打岔，他沒女人的問題，香水是幫助一位太太過街意外留下的而已。沒機會開口，Joe聲音愈拉愈高，幸好已經兩點半，只剩倪克一個客人。

「無聊的時候不能忘了去喝個半醉，之所以只能半醉，原因很簡單，當你喝得喪失神志，除了更沒人理你之外，你仍然無聊。要喝個半醉，這時感覺全世界都是你朋友，大家說你這個人有趣，直到，直到，嘿嘿，你清楚，直到我對你說，親愛的倪克先生，想送我回家嗎？喂，你還是沒說為什麼你身上有女人的香水味，我的鼻子尖，香奈兒的number 5對不對，別想糊弄老娘是香皂味。是不是遇到老情人，那個讓你搬去福隆當宅男的女人？說來聽聽，到現在我除了知道你叫倪克，喜歡到處收集眼淚外，什麼也不知道。

「你認識常來我們這兒的路義吧，他來不是因為上面我說的任何一個原因，他說，女人不厚道。」

記得路義，上星期一半夜他在酒吧大發酒瘋，他喊，一、我昨晚的宿醉還沒完全消失。二、急著去上班，卻得在上班前先把該吐的、該清理的，全整理完畢。三、我的早餐呢？四、她難道不能等我下班回來再清算我昨晚去哪裡喝酒？五、以前早上她對我說的「我愛你」，這下子都跑到哪兒去了？六、才星期一上午七點半，七點半耶，你們想想接下來這個星期我要怎麼過。

「我呀，結過一次婚，老公叫Joe，死肥Joe。這家酒吧是他的，有天他跑來說要離婚，什麼財產也沒留給我，只有逗點。我接手，每個人都問，Joe呢，我說，從今天起，我就是Joe，這樣你瞭吧。套句路義的話，這公平嗎？」

倪克沒醉，Joe醉了。

「本來我以為結婚後能得到一個男人，我靠，那時滿腦袋只有『得到』卻沒計算『失去』，直到結婚半年，才明白凡是得到必有失去。世界是公平的，不過上帝沒有在結婚典禮上宣讀這個『得到』與『失去』，他躲在天堂的雲堆後頭偷偷冷笑。

「他去哪裡？聽說去法國學畫。天曉得，老說要不是結婚，他早去當畫家。呸，結婚是他求的，把罪推到我頭上。你們男人能不能先想清楚自己真正要的是什麼，再來追女人。我沒夢想？我難道不想去日本念餐飲。去他的死肥Joe，他能當畫家，我能當上帝。」

倪克站起身，他到吧檯後關了冷氣，關了燈，推開廁所門確定裡面沒人，順便拉起襯衫聞聞，沒香水味呀。他扛起Joe，夜風仍涼，蹲下身鎖上玻璃大門，再拉下鐵門。這個晚上倪克明白幾件事，Joe為了男人沒當成米其林廚師，後來男人也跑了，她剩下一家能賺點小錢，卻也能把人綁死的酒吧。倪克也想，恐怕Joe仍未忘記那個也叫Joe的男人，否則她幹嘛死守逗點，等男人回來嗎？那麼他倪克在Joe的人生裡是什麼？是女人在愛情海難中試圖抓住的一個救生圈？或者僅僅是個喝酒聊天的酒客甲？

無所謂，都無所謂。Joe的乳房緊緊貼倪克的後背，她穿了胸罩，依然很溫暖。倪克把後座Joe的兩手拉到他胸前，Joe沒醉？否則那兩隻手怎麼像鉗子般抱住倪克的腰？一催油門，野狼呼地向前奔去。

倪克由大姊陪著去戶政事務所，這次不必潛入內政部網站，一個戴眼鏡的先生幫大姊影印出外婆和外公過去住的每個地方。台灣做得最好的是戶政，從外公的祖父由廣東陽江遷到台北的資料都有。外公在一九五五年搬進德惠街一處日式平房，後來再移往敦化北路，接著便是通化街，和伊通街沒任何關係。

他們苦著臉出來，這兩天四個女人的家族為了外婆的事吵了好幾次架，已經沒人放得下心由外傭陪外婆，可是其他三個女人各有工作和課業，媽媽為此哭著說，還是把外婆送去安養中心好了。妹妹跳起來罵媽媽，要是媽媽敢這麼做，以後她也把媽媽照樣送去安養院。都是氣話，母女三個抱頭痛哭一夜。這天大姊能陪倪克，除了請半天假之外，妹妹上午也恰好沒課可以陪外婆。

一個老人，要四個人去照顧。倪克問老吳，有沒有什麼吃了不痛苦的藥，給他準備著，等年紀大，他不想拖累任何人。

「你拖累誰？你要是死了，我看半年八個月也不會有人發現，住什麼海邊！不過小倪，你看到的是難過的一面，她們祖孫三代快樂的一面，你沒機會看到。你看她們的感情多好，你想，沒有感情，人怎麼吵得起架。」

咦，老吳的說法竟和Joe一樣？

大姊先去上班，倪克說他一個人得再想想，究竟伊通街和外婆有什麼特殊關聯。大姊握住倪克左臂，她說，倪克，麻煩你了，我們家一個男人也沒有。曾經有一個，如今不知在哪個女人家。

大姊因為要上班，跟倪克出來時穿的是黑色套裝和雙黑色高跟鞋，她的長髮也放下來，中分，額頭前有撮劉海，使她的臉看起來很窄小，突顯兩隻烏溜溜的大眼珠，還有那張微翹的小嘴——怎麼回事，倪克這幾天不對勁，老吳嚷：

「依我說，春天快到了，可是小倪，我的眼淚快斷貨，眼淚喲。」

送大姊上計程車，倪克騎車到火車站，在館前路附近找家網吧，他需要電腦。半個多小時後，倪克列印出好幾份戶籍資料，有伊通街的。

「奇怪，台北市政府是你開的，為什麼你拿別人的戶籍資料這麼容易？吼，你不會是電腦駭客？犯法的事別牽連到我。」老吳從他剛買的二十萬元純皮沙發上跳起來。

張先生夫妻之前，是陳姓夫妻，再之前是位在地球村教美語的老外，都是租屋的無殼蝸牛，至於房東，在一九八八年買下這間公寓，從沒住過，他的名下有三棟房子，兩棟都出租，退休後一面靠租金過日子，一面等都市更新，將他的老公寓翻成豪宅好脫手賺大錢，留給子孫爭產打官司。

至於再往前追，屋主倒是位未婚女性，高潔心，生於一九五〇年，賣屋那年三十八歲。這女人和外婆有關係嗎？

深夜回到福隆又一身濕。倪克撥媽媽的手機，她說不認識高潔心，即使問外婆，恐怕也是白問，總之她明天想法子試試，看外婆有沒有反應。大姊沒接電話。

另一件委託案，大姊的丈夫，倪克中午守在民生東路的騎樓下，下雨天，來來去去淨是黏答答的雨衣雨傘，幸好守了沒幾分鐘，倪克認出那個男人，長得高挺，穿著合身的深藍色西裝，頭髮也梳成中分，他沒打傘，在騎樓的機車與行人間閃閃躲躲，走進一家咖啡館又出來，可能嫌人多。鑽進一家中式餐廳，又出來，改在便利超商買個茶葉蛋，咬著蛋望著天空，忽然摸出手機講電話，講不到五秒，他攔下計程車跳進去。倪克來不及套雨衣，一踩野狼飆進雨裡。

火車站對面的這棟大樓十多年前很有名，樓下是百貨公司，不過這些年生意不好早收掉，成了折扣商家集中地，隔幾個星期換新的紅紙，不外乎跳樓拍賣、結束代理名牌包三折賣。五樓以上隔成小公寓出租。男人一出計程車便跑進大樓，倪克喘著氣把車子停在旁邊的巷子裡趕緊跟上去，幸好電梯來得慢，男人才剛進去，倪克也硬擠進去。

二十一樓，男人進了2117號房，敲兩下即有人開門，倪克沒看清開門的是男或女的。

將近一個小時，男人一手梳整頭髮哼著歌走出房間，倪克沒跟，他看男人坐電梯下樓才去敲門，有女人的聲音：忘了東西呀？

開門的女人披件白色浴袍，敞著大半個胸部，做的，又圓又挺，可臉蛋有點熟，倪克想起來，在逗點見過，過了午夜十二點常來喝血腥瑪麗，有人喚她蝙蝠公主，能和Joe扯上兩三個小時。對，是露比。

「你是——不會吧，你不是Joe那個賣眼淚的男朋友嗎？笑死人，你怎麼來找我，不怕我告訴Joe？而且我不接生客唷。」

「我看就是那個姊姊了，沒錯，根據我的觀察，讓我們家小倪心動的，只有這個姊姊了。」老吳開心地眉飛色舞，難道這個院長每天沒事幹，等著聽八卦？「你上了露比沒，不是說很便宜，一次五千嘛。缺錢？我先借你，但是得詳細報告，滿足我這個有心無膽男人的好奇。你上不上露比和愛上姊姊無關，戀愛歸戀愛，做愛是做愛，現代男人的理論，你不結婚不就為了這分自由。」

上個屁。露比住的地方，一間很大的客廳兼飯廳，另有兩個房間，其中較小的一間堆滿衣服、鞋子和各種雜物，另一間有張粉紅床單鋪成的圓床，被單扭曲成麻花，一個枕頭掉到地上。

「你可以躺上去試試，按床頭的開關，會轉，每二十分鐘轉一圈到每兩小時轉一圈。」

用虹吸式的小玻璃罐，露比替倪克煮了咖啡，下個客人要到四點半才來。她說幹這行也六年，累積不少熟客，乾脆跑單幫，客人全是上班族，吃好倒相報，不愁沒生意，倒是有些客人動了感情，黏上來也很麻煩。曾經有個客人，半年前老婆癌症病故，這下子他才反省在外面偷吃這麼多年，對不起老婆，但不知他怎麼想的，竟然要娶露比，說已經對不起一個女人，不能再對不起另一個。

「你聽過『恩客移情症候群』沒？對，和什麼肉票被綁，相處幾個星期反而愛上綁匪的『斯德哥爾摩症候群』很像。剛才那個客人安迪對我說的，意思是有些男人忘記來我們這裡解決的是性問題，不是感情問題，一不小心把我們這行的女人當成情人，搞什麼爭風吃醋，還會緊迫釘人。安迪講得有趣，他說自古以來嫖客都這樣，才有那些要去考進士的學生睡在妓女戶，把錢花光——對，床頭金盡酒樽空，給趕出去，沒想到學生居然考上狀元，拿了錢回來贖妓女，才知道這女的給個南方來的有錢人先一步贖走，到頭一場空，就開始寫詩寫詞，害我高中的國文差點不及格。」

隔窗誰愛聽琴？倚簾人是知音，一句話當時至今。今番推甚，酬勞鳳枕鴛衾。鶯鶯燕燕春春，花花柳柳真真，事事風風韻韻。嬌嬌嫩嫩，停停當當人人。❷

「你在念什麼東東？很好聽，再念一次。」

倪克又念了一次，他高中時背的一首元曲，不知怎麼順口而出。教國文的老師，記得叫張鴻元，愛穿長馬褂，他說，男女之間無論先感情再性，或先性再有感情，結果都差不多，最珍貴的不就是床上那幾分鐘？鶯鶯燕燕春春，花花柳柳真真。當時不懂，如今回想，倪克覺得張鴻元顯然在感情之路上，也跌跌撞撞過吧。看來古人比如今只會用嗯嗯啊啊嗯

❷摘自元朝散曲作家喬吉（約一二八〇～一三四五年）所寫的曲〈越調．天淨沙．即事〉。

嗯，爽爽快快死啦的現代作家，要有品味得多。理應期待被救贖的女人，一千多年來早想開，歡場中感情以時間計算，偏偏有些男人想不開，硬把「鶯鶯燕燕」當成一生一世。

「為了省得麻煩，我每半年總得搬一次家，這次的地方好，我喜歡，先付一年租金，所以挑客人特別當心，免得來個學生說要進京考狀元。

「安迪是好客人，從來不囉嗦，打完炮洗個澡，喝杯咖啡配我烤的吐司和巴黎果醬就走，一個星期來一次，中午，不過都臨時來電話，幸好我中午幾乎沒客人。最近他有點反常，上星期來了三次，打完炮躺在床上跟我聊天，一副不想走的樣子。」

露比啜著咖啡，浴袍下襬打開，露出她兩截白嫩的腿，左腿內側靠鼠蹊附近有塊紅印。

「安迪咬的，他什麼都好，偏愛咬人，你還沒看到我屁股咧，咬得全是牙印，一兩個小時才消退。別皺眉頭，這樣算正常，也表示我的屁股又翹又嫩。想不想也咬一口？不收錢也不告訴Joe，嘻嘻，機會難得，我今天心情好。倪克，你喜不喜歡下雨天？我愛死了，沒客人時我愛坐在落地窗前看外面的雨，看一整個下午。你看，下面的車子塞在地下道口，摩托車常打滑，只有我，全世界忙得讓地球公轉，只有我，捧杯熱咖啡在這裡自轉。坐在床上轉更爽，你不會暈床吧。

「胸部當然是做的，我知道你在偷看。一邊三萬，比鶯歌的陶碗還圓。要不要摸摸，矽膠的感覺很真，不像鹽水袋，彈性不足。真的，你摸摸看，和Joe的比比看。嘻嘻，你臉都紅了，好，不逗你。」

浴袍蓋住兩粒球——兩個倒扣的碗。露比弓起兩條腿，腳跟踩在沙發外緣，浴袍又滑開，倪克只好起身去廚房加咖啡。

「要問安迪的事呀，應該保守客戶的機密，也沒關係，我不信客人對我們說實話，還不都亂編的，什麼從美國辛苦念書回來、什麼替銀行收卡債累死人、什麼回到家看到老婆的臉就硬不起來，最缺德的是說我像他初戀女朋友，這個女朋友嫁給他同學，他同學如今是他老闆，他老闆警告說再不努力工作下個月裁了他。他說我是抒壓器，是抗憂鬱仙丹。他算老實的，至少沒說他愛上我，要離婚再娶我。

「你會不會瑜伽？我晚上都去上課，做完渾身舒暢，比做愛還爽，那是我的抒壓方法。有次我好心勸安迪也去，他說沒氣力。男人啊，漫天找理由，不像你，每天晚上去逗點陪Joe，不過你們正熱戀中，不準，說不定結了婚你就想把手伸進我裕袍。」

倪克不知怎麼回答，也許安迪的方法是對的，省掉求愛的儀式，直接解決，誰也不欠誰。忽然想到老吳，他一定會這麼說：「不一樣不一樣，如果講究直接，打手槍不是更快。」

所以性的重點不在結果而在過程？那愛情咧，誰說愛情的結果是婚姻，不該是追求與相戀的過程嗎？

「我是很敬業的妓女唷，你看，我把臥室布置得多浪漫，非圓床不可，任何一個角度都可以開始，而且我又健身又瑜伽，」她撩起浴袍，「沒有橘皮組織，沒有鬆，得拿放大鏡才找得到幾條成長紋，白白水水。男人都喜歡看上去纖細，抱起來帶點脂肪的女人，他們永遠活在老媽的奶水裡。」

說著，露比一拉腰帶，整件浴袍落在她腳背。

「你看我的屁股，」露比側身對倪克，她一腿前一腿後，上身挺得筆直，「安迪說很性感，他說女人的屁股要翹，這可是我進健身房踩樓梯機的成果，男人見到都受不了。」她走到倪克面前，兩手扠腰。

「喂，你可以付錢也可以不付錢，我保證不告訴Joe，而且你一出門，我們是陌生人，在逗點你可以不用跟我打招呼，這樣你沒顧忌了吧。還是你他媽有病，那我得可憐Joe啦，你知道有多少客人追她嗎，要是你不行，別佔著茅坑不拉屎。別告訴我，除了Joe，你絕不上其他女人，天底下沒這種男人。喔，你要看我的健康檢查證明？操，台灣妓女不來這套。」

老吳又會怎麼講？小子，先上再說？他自己為什麼一生只守一個茱麗？

「真不上？別說我待客不周。」露比拉上浴袍，「嘿嘿，你要是真上，我一定告訴Joe，討厭口是心非的男人，又想當柳下惠，又想偶爾被女人當成西門慶，噁心。你覺得你是哪種？柳下惠是gay，你是西門慶，想蓋貞潔牌坊的西門慶。

「安迪那種男人乾脆，他沒在外面搞二奶三奶，沒騙老婆，沒騙二奶，沒騙我。你咧，的確，也沒騙我，沒騙Joe，卻騙自己。不信──」

露比猛地伸手朝倪克胯下抓去，嚇得他往後一跳，回頭拉開門逃出去，身後露比喊：

「我就知道你硬得要命，騙誰！」

外婆沒醒過來，距離外公過世，五個月又二十七天，沒熬過六個月。

「別懊惱，就算她家大姊來找我，大國手也沒辦法。老爸留的《祖傳祕方》沒有怎麼克服喪偶後六個月的方子，依我看有兩個理由，一、老伴過去，另一伴再活下去也無趣，何必治；二、我的七世祖、再世華陀也對人心的死亡，沒轍，你的孫伯伯不也如此。

「我們面對生，充滿喜悅；面對死，則似乎除了悲傷難過外，別無他法。其實未必都得如此，咱們老中不是說老人家七十以後死亡，晚輩得穿紅披金，替死者的高壽表示慶賀。

「西醫裡說人的死亡在於心，心臟停止跳動，血液無法循環，其他的器官也就隨著喪失作用。中醫也說人的死亡在於心，尤其是對於生不再有期待——倒是有個小朋友在課堂上有不同的答案，老師問大家，人死的時候哪個器官先死呀？小明搶先回答，心先死。噹噹，標準答案。小華也舉手，腦袋先死，也沒錯。只有小倪說，人死的時候腳先死。老師很奇怪，問小倪怎麼會有這麼個答案？你猜小倪怎麼回答？他說，每天晚上他爸和他媽上床睡覺，爸爸把媽媽衣服脫光，蹲在床尾把媽媽兩條腿抓起來，小倪便聽到媽媽喊：哇死啊，哇死啊。所以人死的時候腳先死，哈哈，怎麼，笑話講得不是時候？太冷？

「你到底在露比身上花了五千塊沒？

「一九七〇年美國有個教授叫什麼莫迪❸的，寫了本大暢銷書《死後的人生》，全世界賣出一千多萬本，還拍成電影。他訪問一百多個有過接近死亡的案例，想研究出人死後究竟去個什麼樣的世界，結果只發現人快死時，腦中出現穿過充滿光亮隧道的幻象，史蒂芬·史

❸Raymond A. Moody，他寫的這本暢銷書原名為《Life After Life》。

匹柏拍電影不老用這個畫面，可是莫迪終究無法說出死後的世界是什麼樣，因為他訪問的都是死而復生的，沒死透，當然沒進入另一個世界，沒走到亮光隧道的那一頭。人對於死，永恆的好奇，卻忘記可貴的是活的時候。我要是莫迪，做的研究絕對是『活著的人生』。

「為活的人慶幸，為死去的人高興，因為唯有死去的人才有榮幸去解開死後世界的謎。這麼說，你能接受吧，別老臭張臉，害我這個活著的人不敢高興。回到你在露比的旋轉床上——

「不，我不同意自殘。活著有時很痛苦，可是把自己弄死，固然得到解脫，卻把困惑、自責和痛苦留給期待你活下去的人，太自私。像你，小倪，不知道你以前經歷過什麼人生，搞得人半死不活躲去東北角當自了漢，以為不至於成為其他人的負擔，騙人也騙自己。你躲不開的，人生呀人生，就是人和人生活在一起，有負擔才叫人生，彼此為彼此的負擔，活著才有意思，不然你幹嘛不找個山洞埋進去，老纏我去喝好酒吃義大利麵，沒事跑去酒吧逗人家美眉，見著美麗的大姊，說什麼非要挖出外婆去伊通街的原因。這叫找麻煩，讓外婆平靜地走，讓家人懷念她，萬一你挖出個糞坑怎麼辦？

「小倪，人生不是刑事警察局，事事都得有屍體、有兇手、有動機、有兇器、有現場，才能結案。

「拿上回的女病人來說，老公在巴西死了便死了，硬要去查他為什麼去巴西，跟誰去。好吧，查出來老公在網路上有個情人，能怎麼辦，活著的人徒然更苦而已。

「我覺得？我覺得你最好幫那家三個女人辦完外婆的喪事，反正你也沒正經事好做。我覺得你可以好好搞清自己的感情，在大姊和大咪咪女酒保間做個選擇。我覺得你好好去找眼淚，存點錢搬回台北。我覺得你該在搬家前請我去東北角看太平洋順便吃海鮮，酒由我負責——勸你心愛的大姊把外婆外公的東西全燒掉，開始新的人生。愛老人家的心思永遠留在這裡，喏，留在心裡，heart、kokoro，誰也搶不去，而且愈陳愈香，等二十年後從床底下拉出來，說給她們的孩子聽——我床底下沒故事，有半打陳年金門高粱。你請我去你家吃飯，我帶一瓶，保證回味無窮。

「喂，小倪，我說的全是看病這麼多年沉澱出來的真理，別當我在安慰你。奇怪，是人家的外婆走了，又不是你外婆，湊什麼熱鬧——我說，別再追究外婆幹嘛去伊通街，你上了露比的旋轉床沒？」

穿套頭毛衣和毛線裙的女孩倚著吧檯右腳蹺在左腳上誇張地問：「我問他，如果明天是世界末日，今天晚上他會陪誰？

「你們猜他怎麼說？他竟然紅著一張臉想了起碼四十二秒才開口。他說，我陪妳。陪我？我沒這個福氣。我對他說，周平，你這個騙子，你心裡想的是陪你媽對不對，你就去陪呀，何必快憋氣憋死地說要陪我。

「我怎麼辦？我朝地上吐了口口水，我說，周平，如果現在是世界末日，你準抱起頭往家跑，你機車男，滿腦袋只有你媽，那還出來把什麼馬子，你媽在家裡等你吃晚飯咧。」

倪克勉強睜開快閉上的眼皮，他本來想插個嘴，要杯咖啡，沒想到Joe搶去話頭：「這裡有個男人，我保證他絕不回家去抱老媽，而且不管今天明天是世界末日，他都不會抱老媽。妳要不要試試。」Joe用抹布擦吧檯，卻怎麼幾乎擦到倪克臉上來。他不敢答腔，更不敢看毛衣女孩，還好，另一個很陌生的女聲接下話：

「對，我上次也問文紳，如果明天是世界末日，他最想做什麼？

「他馬上回答，連想也沒想，他說，我把妳抱起來回家去，不停地做愛，做到世界末日來了都不知道，既不必煩惱要不要戴套子，也不必擔心會不會得馬上風，掛在我肚皮上。

「哼，好什麼好。」陌生的女聲繼續說，「我又問他，如果第二天早上醒來，世界沒有末日，照樣日出日沒，照樣得去趕捷運去上班，怎麼辦？

「姑娘我差點一腳踹上去，他說，妳是不是安全期，否則，糟了，躲了一個世界末日，沒想到另一個末日又來。他這是什麼意思？」

文紳是誰？倪克決定一旦認識這個叫文紳的男人，送他一箱顆粒狀保險套。又出現第三個女人的聲音：

「聽起來我那個小馬算不錯的，我也問過同樣的問題，他說買兩瓶酒，開車帶我上陽明山，死前至少好好看看到底世界末日是什麼場面。」

「小馬挺浪漫的。」套頭毛衣說。

「浪什麼漫，這種男人自私，自以為瀟灑，其實他根本不在乎帶不帶妳去陽明山，他在意的只是要看看世界末日。最重要的日子，居然不陪妳窩進被子裡，跑去看核爆，他愛世界末日更甚於愛妳。」毛線裙說。

「同意。」Joe插嘴。

「要是我，要去陽明山他自己去，我到酒吧來抓到一個男人算一個，最好是喝得半醉、躺在吧檯上快睡死的傢伙。」Joe將抹布重重抽在吧檯上，「起碼到了天堂，他不記得我是誰，即使投胎轉世，彼此也沒牽掛。」她又抽了一下，彷彿有蟑螂在吧檯上騎三輪腳踏車。

倪克終於睜大眼睛，卻看見整個酒吧彷彿籠罩在一片白茫茫的霧裡，Joe退得很遠很遠，一手拿綠瓶馬丁尼，一手捏顆鮮綠的橄欖正對他笑。這晚究竟怎麼回事，沒喝幾杯便渾身躁熱，難道倪克對馬丁尼過敏？或，Joe在酒裡加了東西？

「這是什麼歌？」Joe又飄到面前，把倪克嚇一大跳。嗯，是Aerosmith的Armageddon，世界末日。「如果今晚是世界末日，你最想做的是哪件事？說，不准考慮，直接回答。」倪克沒有考慮，他得先打出個酒嗝才能說，否則噎死。咯咯，倪克說：「把電話號碼給我，我打去巴黎給那個死肥Joe，告訴他還有個女人守在逗點等他。」

世界瞬間變得冷冰冰，連Aerosmith嘶吼的歌聲也畏縮進廁所的小角落。倪克抬起頭，眼前的Joe怎麼哭了？她的淚珠一顆顆靜靜匯成流水般的滑過臉頰，倪克掏出宣紙手巾遞去，沒人接，倪克只好小心舉起紙巾拭去那兩行淚。馬丁尼瓶重重地敲在吧檯檯面，Joe的高音能刺穿耳膜：「把酒帶回去刷牙，姓倪的，你聰明？從今天起不准你再踏進逗點一步。去死。」

高潔心笑呵呵地招呼倪克，六十歲出頭的老太太單身住在台大新生南路側門對面的溫州街老舊國宅，她沒有孩子，看起來也沒什麼晚輩能來陪她，十幾坪大的房子收拾得乾乾淨淨，沒有玩具或塗鴉的痕跡。客廳擺套仿明式坐久非生痔瘡不可的高背木椅。沒有電視，她不看電視，省得心煩。

「我一個人，喝茶，有朋友來，喝咖啡。我喜歡看小說，有個作家說茶代表同情，咖啡代表陪伴④，以前不知道他為什麼這麼寫，現在朋友少，有了體會，咖啡濃又苦，得有人陪，才有喝的興致。」

老太太沖咖啡很專心，她也用濾紙，拿著尖嘴錫壺慢慢一圈圈地往咖啡粉上倒，澆花似的，香味隨蒸氣飄滿整間屋子。

「想配什麼？有餅乾，巧克力餅乾，我愛甜的，可是不能吃多，還有昨天做的戚風蛋糕，不甜。」

「劉洛？我當然記得，他是我以前老闆，年輕時意氣風發，後來成個老好人。對，我住過伊通街，離公司近，住了兩年吧，還是決定賣掉，正好我喜歡台大，有操場可以散步，有學生讓我感覺年輕，雖然房子破舊，方便就好。」

倪克挑了餅乾，脆脆甜甜，也許他忙完這陣，也該去學做麵包、餅乾、義大利麵？

「你現在來問劉洛的事情會不會太晚了些，他的葬禮我去了，遠遠祭拜，謝謝他多年照顧。他老婆說是癡呆症很多年，如今身體好吧——什麼，也走了？不是壞事，他家只有一個女兒，揹著兩老挺重的。既然人都不在，你還要問以前的事？」

看上去高潔心的心情很平靜，提到劉洛夫妻彷彿隔壁鄰居，口氣沒有絲毫的起伏。

「我沒結婚是因為劉洛，他待我很好。別誤會，我們間不像你們這代那種關係。我當劉洛十多年祕書，有時下班他陪我回家，隨便炒個豆乾肉絲什麼的給他下酒，兩人聊聊天——你喔，非問那種問題嗎。這麼說吧，我這輩子只有他一個男人，有過期待，可是後來想通，與其每天在一起像仇人似，不如像好朋友，都沒負擔。

「有二十年囉，他夫人聽到其他同事打小報告，帶兩個不知哪裡找來的年輕男人到我住處抓姦，對，面對伊通公園那棟公寓。老天有眼，劉洛沒來，他另有應酬。平常他一星期也頂多來一、兩次。反正他夫人什麼也沒找到，氣得翻箱倒櫃，連冰箱都打開來看，你說是不是瘋了。不能這麼說她，人都死了，說這些氣話沒意思。劉洛在樓下，他應酬完逛到我那兒，見我門沒關，瞧到正翻冰箱的妻子，便下樓躲進附近巷子，劉夫人走後才上來。我記得他只說了一句話，潔心，對不起，給妳添麻煩。

「從此我們沒再見過面，第二天我遞辭呈。我們那時代，這種事情見不得人。劉洛替我辦提早退休，有筆錢，我便搬走，先回左營家裡，住不慣，再回台北，朋友介紹去家進出口公司幫忙，又做幾年事，買了這間國宅，三年前決定輕鬆過日子，再退一次休。

「我沒什麼好後悔的，人生不就身不由己走上一遭，當下痛苦、難過什麼的，日後想起來卻挺有意思。劉洛呀，我想，最掙扎的是他，耽誤了我，弄得他夫人下半輩子不開心。兩三年前我倒是在台安醫院見過他們，劉洛牽他夫人的手去看病，腦袋裡馬上浮出句老話：相依為命。對，相依為命的感覺。男人是永遠長不大的孩子，不曉得怎麼做選擇，明明老婆

❹出自美國犯罪小說家勞倫斯．卜洛克的《謀殺與創造之時》。

好，女兒孝順，就是忍不住，說是來我這兒討個安靜。

「我後來也經人介紹認識幾個男人，沒緣分，這種事說不上來，劉洛什麼條件都不好，小公司賺不了什麼大錢、年紀一大把、有家有室，可我愛跟他在一起，聊聊天喝喝茶也好，茶是同情呀。」

高潔心起身進臥房拿了件東西出來。

「喏，他只留下這個給我。」

一方小小盒子，打開來，裡面裝著枚長圓形的象牙圖章，刻的可能是篆文，潔心兩個字。

「他有個嗜好，愛刻圖章。我們公司全部加起來才七個人，代理進口美國和日本的筆記本，小生意，卻很繁瑣，劉洛替每個同事都刻章，連名帶姓，唯獨我這枚，只有名。

「到我這把年紀，沒什麼事不能說的，有人聽聽也不錯。難道是劉洛女兒要你來問？沒關係，跟她說，有空來我這兒坐，有咖啡有甜點。她有兩個女兒？這麼大啦？劉洛一定是個疼外孫女的好外公。一路走來，人生不就這麼回事，總不能把仇把恨當成回憶帶進棺材，太重，靈魂飛不上天的。」

屋外落起雨，冷冷溼溼的冬天，心情也容易黏答答的。幸好有咖啡，有陪伴。高潔心領倪克進她的書房，三層書架帶著點圖書館的味道，窗下有張小茶几和把搖椅。又沖上另一杯咖啡，他們圍在茶几旁聊起小說，老太太不時發出呵呵尖細的笑聲。

「我為什麼快樂？你呀，年輕不懂，人有天會突然想開，佛教說的頓悟，金庸小說裡的打通任督二脈，像站上一○一頂樓看下面的人車，看得很清楚，也就都通了。身體好，醫生說我能活到九十歲，比劉洛和他那口子活得更久。有小說有咖啡相陪，日子不難過，歡迎你常來坐坐，想要什麼？嗯，我什麼都不愛，有糖尿病，不能吃甜的；膽固醇高，不能吃海鮮；胃動過手術，不能吃不容易消化的粽子。平常懶得出門，夏天嫌熱，冬天嫌冷。你結婚了？有女朋友？帶女朋友來，否則有天她跟蹤你，闖進我家要抓姦，卻見個老太太和一屋子的書。

「我的人生呀，還好，以前還好，現在還好，吃得還好，住得也還好。離開劉洛，有陣子很恨自己，怎麼可能什麼都還好，那等於不好。如今每天散散步、買買菜，偶爾看看朋友家人，閒下來看小說，更是還好，原來還好還真的還好——來，我給你看個東西。」

高潔心牽倪克的手，她的手竟然那麼細嫩，手心傳出一股溫暖的熱流，倪克不知怎麼有點哭的衝動，也許想起小時候媽媽牽他的手。

「剛才忘記，我還留了件劉洛的紀念品。」她打開冰箱上面的冷凍層，把硬邦邦一盒盒一塊塊的東西往旁移，從最裡面拿出個小繡花袋，印象中這種袋子常裝送孩子滿月的金飾品，不過她從袋內拿出一張全是霧的相片，「老劉的相片，只這一張，沒戴眼鏡，你自己看，當年老劉長得還帥吧。」倪克什麼也看不出，沒關係，他順高潔心的話頻頻點頭。「搬來這兒，我把它收進冰箱，把這個死老劉冰封起來，他還在，從沒離開過，不過我懶得拿出來。你要嗎？拿去給他女兒，讓老劉透透氣。記得，下回帶女朋友來玩。」

「你帶我去好了，多有趣的老太太，可惜年紀比我大，要不然，咳咳。我開幾帖藥，治糖尿病的、治痛風的、保養身體的，還留了根東北長白山的人參，帶了去陪老太太聊天。媽的，小倪，怎麼你都有好康的，我認識你以來從不分我點。你來我醫院當院長，我去找眼淚好了。」

「把老情人的照片放進冰庫，嗯，知道琥珀吧，是幾千萬年前歐洲北部某種松樹的樹脂，晶瑩剔透，有時把某些昆蟲也包進去，所以琥珀的珍貴與否和鑽石正好相反，鑽石不能有縫、裂紋，琥珀裡面要是有隻小蟲、葉片什麼的，更加值錢。幾十年前有條拍賣市場的大新聞，一顆拇指大的金黃琥珀包著中間一對做愛中的小蟲子，公的前兩條腿架在母的背上，傳神。紐約報紙叫那枚琥珀『愛情』，後來不知被何方神聖買走，從此消失。我們中醫把琥珀做藥材，磨成粉後能去驚定神。老太太把老情人的照片當琥珀，給冰起來，可能也是為了去驚定神唄。哈，老太太真幽默。」

「這麼說表示我同意你的看法，你那美麗性感大姊的外婆，最終記憶停留在某一點上，外公出軌的那點，所以才記得伊通公園旁的公寓，記得有個威脅她的女人存在，至於她為什麼老翻冰箱，只能說她感覺得到那房子裡有外公的氣味，不放過任何一個可能的角落吧。沒想到高潔心真把外公藏在冰箱，冷凍層內，冥冥中竟那麼巧合。

「男人男人，要千萬隨時提醒自己，記仇是女人的天賦本能，連老了失憶，唯一留下的印象也是老公外遇。這麼說來小倪你不結婚，倒是頗有幾分先見之明。男人只有兩個選擇，一是學你，不結婚，成天鬼混；一是學我，奉公守法，乖乖當老婆的寵物。

「來，小倪，茶是同情，我同情你；咖啡是陪伴，你陪一生不敢越雷池一步的我；咱們的酒咧，酒是琥珀是冰庫，把記憶凝固在某一點上，別去思考，別去研究，就留在那兒。人生最怕想太多，像你那位美腿大姊的外婆，靈魂太重；像你親愛的性感大姊，婚姻變成懷疑，也不自覺地在靈魂上增加重量；至於你，想擺脫重量，卻不知地球上沒一個人擺脫得掉，充其量，你是個沒靈魂行屍走肉的孤魂野鬼。

「我？我親愛老婆茱麗說的，她是我的靈魂，我是她的重量。」

沒人想得透冰箱門怎麼掉下來的。電器工人來看過，說沒辦法修，何況冰箱已經很老舊，換個新的還省點錢。媽媽不肯換，這是外公當年送給外婆的生日禮物，指定要寶藍色，外公找了很久才找到，一用二十幾年，媽媽捨不得換。自從外婆走了後，大姊和小妹擔心媽觸景生情，用環保做藉口，把外婆的衣服、用品都捐給附近的博愛之家，首飾則收進盒子放進銀行的保險箱，這也是媽不肯換掉冰箱的原因，她覺得家裡總該留點外婆的味道。

倪克不會修冰箱，他面對那扇斜斜垮下的門，不知如何是好。大姊在後面猛用手指戳他的腰，倪克只好跟著說，換個新的吧。

小妹窩坐在沙發裡冷冷看其他人，忽然她拉尖嗓子喊：

「你們怎麼不問冰箱門怎麼掉下來？剛才工人都說了，從沒見過冰箱門掉下來。你們知道為什麼嗎？媽，妳知道外公走了以後，外婆每天晚上起床幾次嗎？幾十次，她到處找，跟去伊通街一樣，屋裡每個角落都翻，她打開冰箱往裡面看，自顧自碎碎念，才關上門走開，沒幾秒又來開。媽，外公死後，外婆一直在找他。」

外婆不是失憶了嗎？

「她失憶，她老年癡呆，可是外公不在，她一定覺得少了什麼，又不知道少的是什麼，才到處找，白天找，晚上找，一天開冰箱幾百次，媽，冰箱門這樣才掉下來。」

大家的視線不敢停在小妹扭曲得變形的臉龐，都轉到冰箱門，它依然斜斜掛在那裡，一角撐在地磚，一角則軟弱無力勉強黏在冰箱上。

沉默了很久，倪克聽到細微的啜泣聲，是媽媽，她的聲音漸漸大，接著整個人跪坐下去，兩手牢牢抓著冰箱門。大姊跟著哭，小妹也哭。倪克想，她們不僅為外婆哭，也為外公哭，而他呢，望著那扇有如洩盡力氣歪著身子喘氣的冰箱，或許他該想法子把冰箱門修好，家裡留點外婆的氣味不很好嘛。

「什麼，你沒留下她們的眼淚？小倪呀，你拿她們的眼淚並不會傷害她們，還是你以為從她們身上賺到錢，良心不安？兩碼子事，不相干不相干。

「我也太市儈了點，小倪，抱歉，你跟她們的感情已經不一樣囉。冰箱門修好沒？修好了？你自己修的？嘿嘿，我看你不想再收集眼淚，打算改行去當水電工，不過你不是說那扇門根本歪得變形，裝不回去？換扇新門？有一樣顏色的？好玩，寶藍色冰箱，你給它換扇白門，這不成了山寨冰箱。她們也同意？我看是這位媽媽堅持要留外婆的冰箱，隨你惡整。

「她們家小妹說得也對，外婆到處找外公，哎，要是我們家茱麗能這麼找我就好啦，一個人跑去北海道玩得不想回來。今天喝點別的酒，伏特加，冰的。酒要冰，杯子也得冰，一口喝乾，對，終於喝酒有點男人樣。是不是冰冰辣辣，一股暖流直通丹田？伏特加的斯拉夫語原意就是『水』，vodka，用水和乙醇蒸餾，有的加麥子，有的加馬鈴薯，要蒸餾好幾次，看起來淨似水，喝起來卻嗆如火……

「我們小倪開竅囉，沒錯，像女人，像你的性感大姊，看起來淨似水，喝進口，嗆如火喲。來，小倪，敬女人。

「不是說沒眼淚嗎？這是誰的眼淚？高潔心的，她什麼時候哭啦，重要關鍵時候，你怎麼不講，打算暗槓？從冰庫拿出劉洛照片的時候？她滴了滴淚在照片上？

「人，不可能完全放開。這就是人。」

送走外婆，倪克也修好冰箱門。從善導寺回到家，同事朋友的十多個女人陪媽媽，小女兒躲進房間，倪克告辭出門時大姊跟出來，她要換換空氣，抽煙能換空氣？

「我沒有煙癮，但有時候需要煙給我一點感覺，免得麻木。」大姊說。

他們走出通化街，走向敦化南路，走進濕冷的灰暗午後。

「你查得怎麼樣？」一口煙吐進陰鬱低矮的雲層。

「沒有第三者。」

「我家安迪忠實可靠？」

「每天中午他找個地方躲起來，吃點東西睡個小覺。」

「像受傷的貓？」

「上班有新老闆、新公司一拖拉庫規定的壓力，回到家有薪水比他高、職務比他高、聲音比他高的女人。算受傷吧。」

「所以他回到家沒辦法療傷？」

「楊過當然得回到洞裡去療傷，他對小龍女說新的老闆蠻橫無禮，小龍女則躺臥在她那根草繩上，不耐煩地回答，哪個主管不擺臭臉，要不要來我公司見見我的洋老闆臭臉。」

「哦。」

「楊過前兩天在路上見到個可愛的小男生，想上去摸摸男孩的頭，伸出手才想起，他缺了條手，只見空空的袖管在風裡拂過男孩頭頂。楊過前兩天也走到小龍女公司樓下，想來個驚訝的午餐約會，卻見小龍女跑著出來跳上計程車便消失，楊過的凌波微步沒追上。」

「這樣說來，小龍女錯過了很多事情。」

「是呀，古墓派眼裡只有自己。」

「楊過在外面流浪了多久？」

「半年以上了吧。有時在家，楊過想抱抱小龍女，想剝了小龍女的白衫，可是他才伸出賤手，小龍女已經在書房那根繩子上，打禪入定。」
「小龍女卻從來都不知道？」
「不知道，小龍女更不知道五分鐘前楊過才在廁所用他僅存的一隻手解決掉剛才的衝動，還等著楊過翻身到她上面雙修九陰真經。」
「小龍女什麼都不知道。」
「還有件小龍女完全沒留意的新聞，昨天的報紙，國外學者調查，男人平均每五分鐘會想一次性，女人則要四十五分鐘，而大多數的女人以為男人和她們一樣。」
「小龍女以後該每五分鐘想一次性？」
「不，只是小龍女該明白楊過和別的男人一樣，也每五分鐘想一次性。」
「外面沒有女朋友？」
「沒有女朋友。」
「小龍女該怎麼做？」
「中午找他一起吃飯，也可以去Motel。」
「小龍女從沒去過那種地方。」
「去一次就習慣。」
「聽說那裡有八爪椅，很可怕。」
「試一次就不怕。」
「那我該回去囉。」
「回家試試看，剛才善導寺裡妳連理都沒理他，傷人，何況已經愛他七、八年，再愛幾個月也沒差。」

倪克在逗點被當成空氣，他進門沒人招呼，坐上吧檯沒人理會，要杯酒，酒瓶幾乎是摜過來的。這晚客人多，坐了八成滿，Joe 忙得團團轉，倪克照樣被當成二氧化碳，唯獨他旁邊的位子沒人坐，擔心中毒。

一個人喝兩小時的悶酒，冬天沒有棒球賽，居然放起日劇。阿部寬很帥，竹內結子很可愛，倪克卻一點勁也沒，正想找遙控器，露比進來，依然踩著能戳穿男人心臟的細尖高跟鞋。她守信用，沒跟倪克打招呼，不，她連瞄也沒瞄二氧化碳一眼。

下雨的冬夜愈晚愈孤獨，因為人不知何時早散去，酒杯中的冰塊也化了，冷風從門縫間灌進來，露比趴在吧檯抽筋似的哭，Joe 呢？她突然冒在露比眼前。

「別再喝了。要茶還是咖啡？」

咖啡。不需要同情，要陪伴。

露比小口啜飲咖啡，終於看到倪克，卻又趴下大哭：

「這個星期他沒來，安迪走了，他不再來了。」

她對安迪有過期待，她是不是期待過其他的客人？人與人的相處，最終仍會發生感情，不論幹哪一行。

倪克遞上紙巾，他沒有忘記收集眼淚的工作。

「女人不能玩上感情。」Joe 抹著吧檯的檯面用沒有起伏的腔調說，「男人不能愛上酒。」她關掉店內其他的燈，站在門前望向無聲的捷運高架軌道，「開酒吧的女人不期待男人回來，她只是找個地方休息，讓喪失的信心慢慢恢復，有天她就離開酒吧，重新出發。」

店內很安靜，露比睡得很熟，或醉得很徹底？

「你怎麼不說話？」Joe回過身瞪倪克，她剩下一個剪影，在忽明忽滅的紅綠燈光裡、在飛馳而過的汽車頭燈內，她是黑色的人形，剛從紙上剪下來一般。

「如果你不說話，幫我打烊，再送露比回去。」

他們如同合作已久的酒吧工作人員，各自去檢查廁所、關了空調，倪克扶住露比，Joe在路邊攔車。

「那我去哪裡喝酒？」倪克說。

「你說什麼？」

「妳離開酒吧，我去哪裡喝酒？」

「你去死。」

# 七封信

「我真的從曼哈頓大橋跳下去……我想我已經失去愛的能力，那麼，我想不如死了算了。所以一個晚上我到曼哈頓大橋上，幾分鐘後，我跳下去……不過什麼事也沒發生，我落在水裡而且沒死，於是我游泳上岸，回家洗了個澡便上床睡覺，甚至沒人留意。」

——Tuli Kupferberg（一九二三～）❺

❺Tuli Kupferberg（一九二三～），六〇年代美國著名的反戰主義者，除了是作家外，也組織了搖滾樂團「the Fugs」，二〇〇九年出版最新的專輯《Be Free》。

連續幾天，有個叫Sunny的，不停出現在信箱中，倪克幾經考慮後接下他請託案子，因為這個署名使他有親切感，一九九八年美國葛萊美音樂獎的年度最佳唱片和最佳單曲是Shawn Colvin的〈Sunny Came Home〉，歌詞敘述一個家庭主婦回到家把房子給燒了，但卻未說明她為什麼要燒，只說她有點恍惚，她的靈魂飛進火裡。哪個燒房子的人不恍惚，哪個人的靈魂又不是走在火上呢？歌中的Sunny是女人，請託倪克的人則顯然是個男的。倪克想，對方或許該叫Sonny，寫錯了。無所謂，叫什麼都無所謂，甚至他愛燒房子也無所謂，網路上每個人都是恍惚的。

腦中的畫面停在歌聲中的火災現場，火把天際染得紅通通，在著火的房子前有個女人的剪影，她的長髮被風吹得很亂，髮尾朝左方飄去，掛在身上的寬大長裙，也飄向同一方向，而女人的兩手則緊緊抓住分不出顏色的披肩，似乎她在高溫的大火前反而感到寒冷。最吸引倪克注意的則是女人腳上的鞋，她穿的是男人的鞋，像倪克當兵時穿的大頭鞋，鞋幫高得遮住腳踝。為了穿脫方便，鞋帶只繫到大約三分之二處，留下最上面的兩三格，於是打了蝴蝶結的鞋帶變得很長，長得拖到地面。望著失火的房子，Sunny一動也不動繼續站著，火、長髮、裙襬在光影間啪啪地晃動。

陽光先生在年初失去他結縭剛滿十年的妻子，「我愛我的老婆，不信你可以問我的朋友，問所有的人。」他說得滿臉通紅，雖然倪克並不在意他到底愛不愛他的老婆。倪克在書上看過某個作家說，他不怎麼相信愛情——或者這麼說，他覺得愛情如果是好事，必然有相對代價，天下沒有純粹的好事，至少愛必有其負擔。倪克想，甜蜜的負擔也是負擔。

妻子的忌日是一月五日，仍忙著七七之內的法事，二月五日剛過完農曆年，陽光先生收到第一封信，署名的是他的妻子——亡妻。沒有寄件者地址、平信，郵戳上顯示是從台北縣深坑鄉寄出，時間為二月二日。他下班回家在信箱內發現，以前信箱都歸妻子負責，如今他頂多三、四天才想起去翻翻，幾乎全是毫無意義的垃圾，凡是重要的信件多寄到他在民生東路的公司，因此他能在一樓找到發生意義的信件必是帳單，沒想到這天竟看到一個文具行賣的直式信封，白白長長，中間的紅框內寫著他的名字，右上角是地址。這種信封讓陽光先生一度誤以為是訃聞。

可以非常確定，字跡是他亡妻的沒錯。倪克也比對過，看起來一模一樣，但郵戳上的日期卻是寄信者死後近一個月，二月二日，這點也無從懷疑起。

信封內只有一張照片，陽光先生的亡妻，應該是某次旅行時拍的，她站在一個港口防波堤下巨大的消波塊前，背後是陽光照射中幾近於白的淡藍大海，遠處有艘模糊的小小漁船。風很大，將女人的長髮和裙襬都吹向左邊，女人的左手拂開被吹亂的頭髮，右手則壓著裙子，露出淺淺微笑。

陽光先生沒哭。他看著握在手中的照片，臉色慘白。

接下來的每個月五日，陽光先生必收到同樣的信封，裡面則是不同的照片，都是他亡妻的。迄今一共四封。倪克坐在樓頂面對太平洋檢視四張照片，他曾問陽光先生要不要翻拍或影印留給他一份，可是陽光先生像把幾乎溶化的冰淇淋脫手給路邊流口水的小孩般，急著說沒關係，可以把原片拿去，甚至相當專業指指照片說，上面可能有指紋。倪克的確送去檢驗，花了五千元，四封信採集到三個指紋，都和陽光先生交給他的亡妻筆記本上的指紋相符，也就是說，這些照片極可能是死去已五個月的妻子，親手裝進信封內寄出的。

四張照片的內容差不多，都攝於旅行時，女人站在不同的風景區、穿不同的服裝，卻露出相同的微笑。大多數人面對相機時都擺出笑臉，但因為不是職業演員，這種微笑幾乎一個樣，倪克稱之為大頭貼式笑容。最吸引他的是泳裝那張，三十多歲的女人不僅有少女般微笑，也有同樣屬於少女的羞態。她穿著比基尼泳裝，左手放在右肩上，試圖遮住暴露出來的胸部，右手則不自然地下垂刻意蓋住肚臍。

「我和她很少旅行，有過幾次，我記得很清楚，不是這些地方，而且她不會游泳，沒有比基尼泳裝。我收到這封時——第三封——翻過她衣櫃，沒有這套，她都是連身的泳裝。照片上的人絕不是合成，是她沒錯。」

年初的一場車禍，傍晚下班陽光先生駕駛他的BMW五二〇到仁愛路，接去銀行看姊姊的妻子，打算由仁愛路左轉金山南路上新生高架橋到天母忠誠路和朋友共進晚餐，沒想到突然車道上竄出個背書包的小男生，他緊急煞車，妻子綁了安全帶，卻仍斜斜撞到右側的車窗玻璃。車速很慢，撞的程度也該不嚴重，妻子額頭只破了個小口，流了點血，送去醫院後卻告不治。醫生說死因不是撞擊，而是心肌梗塞。妻子有遺傳性的心臟病，他從來不知道，也從沒聽妻子提過。

「我有個朋友出過車禍，在東海岸公路上，撞得很慘，車頭全毀，他渾身是血，斷了好幾節脊椎，兩條腿骨也全斷，內出血，喪失知覺，大家都以為沒救，誰曉得一年多後他又跟我們去打高爾夫，有說有笑。那時我認為人的生命力很強，可是我老婆才流了幾十C.C.的血就死了。

「而且你知道嘛，那個闖禍小男生在我車燈前回頭望了我一眼，停也沒停又跑了。他闖紅燈、闖快車道，害我出車禍，他居然只看一眼。」

倪克聳聳肩，他不懂醫學，倒是知道某些人有先天性的隱性疾病，無從預防起。照片上漂亮的女人才三十五歲，卻莫名其妙地死於一場不可能致人於死的車禍。

每個月陽光先生收到信，最初是驚訝、恐懼，他曾拿給幾個朋友看過，大家都毛骨悚然，畢竟這是死人寄來的信。他們研究照片的品質，用數位相機拍的再列印出來。有朋友說，既然是數位照片，可能經過處理，最簡單便是將陽光太太的人頭接在別人的身上。不，陽光先生很熟悉妻子的身體，是她，照片上女人的每吋肌膚都是他妻子。朋友說，那豈不見鬼了。

最親密的人變成鬼回來，該令人害怕或高興？

驚恐之後是痛恨，陽光先生轉而相信一定有人在背後整他，弄到幾張他亡妻的照片寄來嚇嚇他。收到第三封時又多了困惑，妻子難道一個人或跟朋友趁他上班時到處旅行，而且當天來回，否則他怎麼從未發現？況且她的比基尼泳裝哪裡來的，難道為了和男人去海水浴場特地買的？她偷偷去學過游泳？

第四個月，也就是五月五日，陽光先生近乎憤怒地期待鬼信，結果又是張照片，亡妻站在停車場的一堆遊覽車前，同樣的微笑，妻子右手在頭頂壓著頂大草帽，而她生前從不戴帽子。

「這個世界上沒有鬼，一定是她外遇，那個男人存心用照片來勒索。」

陽光先生揮舞手中的照片，他希望得到幾個答案：誰寄這些信的、照片是誰拍的、寄信者和他亡妻到底有什麼關係。他要找到這個人。

報酬高到倪克無法拒絕，接下工作，先去了三趟深坑，找到幾個可能投寄的郵筒，這也許說明寄信人可能住在深坑，或在深坑工作。再從照片上的背景，倪克逐步解開照片中背景地點的謎。第一張應該在東北角海岸的鼻頭角停車場內，那裡有家門前擺滿水族箱的海鮮餐廳海園，從海園大門外的堤防望出去的景觀，幾乎和照片上的完全相同，但背景中遠方的小黑點不是小漁船，是用大塑膠管編成的動力筏。第二張是八里的濕地保護區，遠方背景是淡水新建的大樓群。第三張不是在沙灘拍的，應該是宜蘭縣的烏石漁港，背景中有幾艘遊艇，倪克在現場發現原來是去龜山島的賞鯨船，很多人喜歡在船上曬曬太陽，男的會打赤膊，女的也會穿泳衣。船家說，除了美國回來過暑假的年輕人，很少見女人穿比基尼泳裝上船，他記得有幾個台灣女人穿泳裝，不過忘記時間，他得查查再核對當天的遊客名單，才可能有名字。倪克留下名片，賞鯨船船長瞪大兩眼：

「啊，你們中醫院也兼做偵探唷。」

至於第四張的停車場，可供參考的資料最多，兩輛遊覽車上漆著公司名稱，而且角落還有塊標示廁所方向的木牌，野柳停車場。

他把四個地點都拍了照用電子郵件寄去給陽光先生，第二天他的郵局帳戶收到三萬元的費用，第一期的酬勞，陽光先生回信說，最重要的是那個神祕的寄信人到底是誰。

誰帶陽光先生的亡妻到處旅行呢？得從她的朋友裡來尋找。倪克收到陽光先生寄來的一袋子的手冊、光碟、筆記本。看起來這位妻子應該是處女座的，她有本日本製的皮面筆記本，用很細，可能零點二五的簽字筆寫下每個親友的名字、電話號碼和地址，按照注音符號的順序排列，有的貼上大頭貼，有的貼諸如愛心之類的符號，其中一個愛心下面是陽光先生的名字和公司電話。陽光先生顯然花了點心思檢視亡妻的電話本，在他認為可疑的名字上打了個勾，不過從頭到尾也僅有十一個勾。光碟是從微軟office outlook拷下來的通訊錄，比起筆記本要簡單多，幾乎都是水電行、瓦斯公司、保險業務員的電話號碼而已。至於一些小冊子，有的是家用統計，有的是抄錄自鄭愁予、徐志摩詩集的浪漫文字。她用娟秀的字跡抄下徐志摩的〈我有一個戀愛〉❻，倪克將它輕聲地念向太平洋：

我有一個戀愛

我愛天上的明星
我愛他們的晶瑩
人間沒有這異樣的神明

在冷峭的暮冬黃昏
在寂寞的灰色的清晨
在海上
在風雨後的山頂

❻徐志摩（一八九七～一九三一），從南京搭乘「濟南號」飛機到北京，沒想到這架飛機卻在濟南附近的山區失事，他也遇難，才三十四歲。《志摩的詩》是他的第一本詩集，收錄他在一九二二至一九二四年之間的作品，〈我有一個戀愛〉是其中的一首。

永遠有一顆
萬顆的明星

徐志摩寫的不是倪克的心情嘛。逝去的陽光太太有顆仍然年輕、悸動的心靈，倪克感受到十七歲少女般的祈求，摻雜興奮與期待。詩的結尾處有個簽名，Sunny。

原來她的英文名字才是Sunny，可能她和倪克一樣，都喜歡Shawn Colvin的那首歌吧。陽光先生本姓陳，不知他幹嘛用亡妻的英文名字在網路上遊蕩。

把所有電話號碼打過一遍，再檢視她遺留下的手機紀錄，Sunny死前兩個月最常聯絡的是她的姊姊、母親、一位以前貿易公司同事小也、兩位大學同學、日語補習班安排課程的梁小姐、水電行的連老闆。倪克覺得最有可能寄信的是未婚的姊姊，她們很親。好奇的則是水電行連老闆，他怎會在最後兩星期幾乎天天和Sunny通話？

「究竟什麼狀況下知道自己真的戀愛了？」Joe一邊用抹布擦吧檯一邊問。

「妳想他的時候人會發燒，妳氣他的時候人會發抖。」倪克正專注地捲動Sunny手機上的電話簿，信口說。

「為什麼得發燒和發抖？」

「妳如果再給我加滿一杯的酒，我會發燒；如果妳每天都這麼賣酒，半年之後我酒精中毒而發抖。」

「我最後一次發抖是兩年前，而且之後就再也沒發過燒了。」

「因為妳總要男人陪妳一路喝遍每一家的酒吧，沒有男人能有這麼好的酒量，所以他們都清醒了，妳也就只能繼續思念發燒的感覺。」

七點半進酒吧，坐到八點半，只有Joe站在吧檯後面，不過到了九點客人增多，倪克坐在最裡面靠廁所的位子，妨礙不到任何人，Joe說他是逗點酒吧的虛缺號，

「什麼是虛缺號？」

「你見過，正方形的格子，裡面空空的。」

「就是那種古書裡缺了幾個字，用來補上的框框？因為我空虛，所以是虛缺號？」

「那個框框看起來玄、挺有分量的，卻很少有機會能用得上。再說你也的確空虛，否則怎會老是一個人坐在這裡，坐到我打烊也不送我回家。」

□□□□陪妳回家□？能不能別喝酒，直接□□，或者妳喜歡□□□，抱歉，□□太晚，而且我已經□□。

倪克在杯墊後寫下這段文字，遞過去，Joe笑笑，「害羞噢，想約我上床就直說，用虛缺號遮你半張臉！」

Joe忙起來，倪克想趕晚班火車回福隆，如果坐區間車，他得在十點二十分趕到松山車站，如果坐莒光號，可以拖到十二點。既然沒事，早點回去在海邊散散步？喂，Joe，酒杯空了……

六〇年代版本的木門被推開，一個梳著五〇年代奧黛麗赫本般盤髮的女人走進來，也帶進一股熱騰騰的空氣。在彌漫香煙、爵士樂的店裡，女人直接走向倪克。「喂，老小子，記得我吧。」

她雪白的臉湊到倪克眼前，有如抹了鞋油般的黑髮從額頭往後梳，露出一張白淨的臉，沒有痘子，沒有痣，沒有細毛，也找不到皺紋，連毛孔都沒。嗯，這是張乾乾淨淨的臉。女人身上是黑色連身洋裝，齊膝長，領口略低，能看到時而出現約兩公分長的乳溝線，展現出也是白白、乾乾淨淨的胸部。要是女人把衣服脫光，想必也是雪白的身子，完全的白。這時床上該鋪黑色的床單，輕輕扶女人躺上去。關掉所有的燈，留下床頭上方一盞強烈的小聚光燈，光線打在女人兩隻往上翹的丹鳳眼，其他部分則藏進黑暗去吧。

「愛穿黑衣的女人，都是為了炫耀她們的白。」倪克舉起酒杯說。

「愛穿白T恤的男人，不也是為了展示他們辛苦在太陽底下曬出的suntan。」

這時Joe換了CD，Stacy Kent唱的〈What the world needs now is love〉。

「在哪兒見過你？」黑衣女人問。

「不記得了，也許再喝兩杯能想得起來。」

女人逕自坐在倪克旁，逕自拿過他的酒杯，逕自喝了口威士忌，然後她皺起眉頭說，這麼些年，你不能換種別的酒喝嗎？

一個陌生的女人，在最無聊的時候走進男人最孤獨的世界……What the world needs now is love, sweet love……

「喝夠了？想跟我走？」Joe總是在關鍵時刻打斷倪克酒後的幻夢。

好，走，跟在那雙映著月光的腿後面，望著扭擺出肌肉線條的小腿，飄呀飄，風呢？冬天能提供的僅是刺骨寒風。

「老規矩。」她說完便鑽進路旁一家酒館，倪克跟進去。她朝酒保點了兩瓶啤酒，把其中一瓶推了過來，「一口乾光。」

喝得半醉不醉可以忘掉羞恥和繁文縟節，Sweet Love。倪克抓起酒一口氣喝光瓶內每一滴酒。

「走。」又隨著走出去，但不到三步路，她走進另一家酒館。就這樣，街由酒瓶串成，夜散發酒精的氣味，女人則是五線譜上帶個黑色尾巴走不穩步伐的音符。

「要上來再喝杯酒嗎？趕不上火車了。」Joe說。

他們竟然已停在Joe住的那棟四層樓公寓樓下。現在打電話給老吳會不會太晚？他會說，找死呀，怎麼老吵醒我老婆。自己去找旅館。台北這麼大，兩百多萬的人口，倪克找不到第二個能收留他的朋友。

「上來吧，大冷天，一個人睡覺太寂寞。」Joe打開門。

寂寞好，還是後悔好？□□□，□□。……太空中永遠有不昧的明星……

「你說什麼？」

倪克從口袋摸出個啤酒杯墊，遞給Joe。他揮手，走回巷口，趁夜色仍濃，朝太平洋，飆一下野狼。

「這是什麼東東？」Joe喊。

「剛才在逗點寫的詩。」

「真不上來？」

「上去就下不來囉。」

「死倪克——」

💧

第五封仍如期出現在陽光先生的信箱內，和前幾封不同，他說這是剛和妻子認識時她的模樣，應該有十二年了吧。

「那時她留短髮，有次我說她留長髮好看，我都忘了，她卻記得，從此以後她都留長髮。」

照片上的女人和前幾張沒有太大差別，可能是圓臉可愛型女孩的好處，她們不容易老。倪克想，即使到五十歲，依然能保持這張稚氣的臉吧。

「她為什麼要寄這張給我？要是我沒記錯，應該還是我幫她拍的。在哪裡？不記得了。」

倪克坐在陽光先生的辦公室裡，很大的公司，員工大約七、八十人，講電話的聲音都很大，旅行社似乎從早到晚充滿人氣。討論照片的過程中，陽光先生接了幾通電話，其中一通顯然是個女人打來的，他的聲調變得很溫柔，兩人約好中午吃飯，倪克可以感覺詢問他前妻交友情況時，陽光先生很急躁。妻子死後五個月交了新女友，算好事？那麼這件案子可以結束，再追查下去也沒有意義。

「不管怎樣，我還是想知道到底誰寄的，你得再幫我查查。」

五萬元的現金擺在桌上，倪克本要推辭，不過陽光先生堅持。

「寧可現在搞清楚，不要以後死得不明不白。」

倪克收了錢離去，有句話他沒說，第五張照片已經透露出寄件人的企圖，寄來十二年前的照片，用意顯然是想引導陽光先生思考一些過去的事，可惜陽光先生心不在此，他有新的約會，新的女人，新的人生正等他。辦公室外站著個女人，有張很乾淨的臉，卻沒有露出兩公分的乳溝。

誰有死者十二年前的照片？而且還是死者先生拍的？

「我們生意愈來愈好囉。小倪，我的祖傳祕方現在很熱門，你的藥引更棒。我幾個病人說，每次來拿藥還能聽到一段眼淚的故事，很划算。你有陣子沒供應藥引，急著要，可品質不能打折扣。

「你來晚一步，剛才一個太太已經自殺了兩次，她妹妹陪她來的，手腕上包著紗布。可憐哪，人從十幾歲起期待愛情，好不容易找到，又怕失去。沒有愛情叫虛度人生，失去愛情又錯誤一生，天底下有幾個幸運的人能找到愛情還守住一生。

「人生的虛缺號？就是那種空格式的標點符號？你的意思是說本來很豐富的人生，突然發現錯誤，又捨不得用橡皮擦擦掉，全打起框框？嘿，看起來你有點哲學的味道。大學你念哪個系？不肯說，搞神祕？你咧，不是一直沒女人嗎，用虛缺號填滿人生，自我安慰。來，倒說說你對愛情的看法，別告訴我你的終身情人是你的右手。

「那位老想自殺的太太？她老公剛死，去國外出差發生空難，全機沒一個人活下來，慘。她單身跑去南非認屍，淨是屍塊，憑一隻斷手上的戒指才認出來。意外的是她老公的手提電腦居然沒事。你想想，從幾千公尺的高空摔下來，三百多個座位的飛機找不到一張完整的座椅，怎曉得那台電腦除外殼燒得有點扭曲外，打開來不但有電，還馬上進入window程式，老天爺喲，人命不如台電腦。南非的媒體上說，台灣電腦果然耐操。廠商花盡工夫想向死者的太太買回電腦做廣告，她不賣，要不然我們的SNG現場連線會把破破爛爛的劫後餘生電腦從零六台播到八十八台。

「一年多前的事，這對夫妻的感情很好，老公不能生育，乾脆認命，兩口子相依為命，聽說以前連出差都一起，這次去南非前，他老婆身體有點不舒服，和醫院約好去檢查，老公才一個人去，沒想到從此天人永隔。來，酒自己倒，金門高粱還是好，喝下去辣，但馬上揮發掉，有點像戀愛，讓人難忘的是那入口的瞬間，可又不能喝太多，凡事麻木就沒意思了，也像戀愛，到了結婚二十週年，喝不多，有點酒意，沒那嗆味，簡單說，麻木。

「別指望下酒菜，我最近膽固醇高，被茱麗成天盯著，不能吃不能喝。誰說醫生不能血壓高、膽固醇高的，醫生也是人，就算沒膽沒性慾，食欲總有。別喝完，留點給我，存貨有限。

「淚流盡、情成灰哪。這位太太從南非忙回台北，把先生裝進骨灰罈，不肯送去靈骨塔，她要擺在家裡，客廳中間的電視機上面，說要隨時陪伴在黃泉路上孤單寂寞的老公，他們原約好一起死。聽聽，多讓人心碎。我老婆可不這麼認為，她找到機會就提醒我，我不能比她先死，她沒精神替我辦喪事，像話嗎！

「先生的財產都由老婆繼承，不少錢，過幾十年日子不成問題，可心碎難辦。先前來找過我，拿了幾副藥，沒想到幾個月前突然在浴缸裡割腕，好萊塢電影看多了。她妹妹發現，東問西問才知道，壞在那台該壞不壞的電腦上。別嫌我話多，喝不要錢的酒，你還想怎樣。

「她整理老公遺物，大部分東西送去慈善機構，留下幾件有紀念性的，然後她看見從南非帶回來的破電腦，忍不住打開來，你知道電腦裡最該死的是哪個部分吧，『我的最愛』，誰發明這個的，將來男人都得死在『我的最愛』。打開『我的最愛』，她老公有三個信箱，公司的、Gmail和 hotmail，家裡電腦兩人共用，沒什麼祕密，現在夫妻好像都這樣。手提電腦意外出現了第四個信箱，sina。她好奇地進入新浪信箱，天下男人全懶，不是都有個什麼要不要記住密碼的提示語嗎？我們怕忘記密碼，或省得每次都得鍵入密碼，不都打個勾，讓電腦記得我們密碼——少來，你一個人，要每次打密碼幹嘛？擔心手指運動量不夠，打手槍會中風呀。

「給我一口，老婆出門去了，嘿，我這兒恰好可以看到診所大門，她不是去做臉就是去按摩，不到晚上不回來。她們女人忙喲，又跳森巴、又SPA，又洗頭的。好酒，入喉滑嫩，一股火從胃冒上來。夠勁。等一下，我藏了點花生米，宜蘭的，脆、香。

「打開新浪的信箱事情全穿幫，沒想到她老實忠誠的老公在外頭有個女人，全用電子郵件聯絡。交往七年，留下上千封信。內容不必她說，我猜得到。那天她躺進浴缸用美工刀在左腕上狠狠畫了一刀。人想尋死，千萬別用這招，死得慢，而且被救活的機率最高。

「他們一家緊張了，不讓她獨居，媽媽、妹妹、小弟，把她硬搬回去，兩個月沒事，她半夜睡覺在床上又來一刀，床單、被子全是血。命雖然救回，人從此精神恍惚。她妹妹說，她想和那個女人見上一面，沒想到心急用自己的名字發信去，那女人可能被嚇到，沒回信，從此消失。

「哎，女人唷，死心眼，找到又怎樣，兩個女人一起抱頭痛哭啊。我倒是替那個女人難過，她是怎麼知道男人出空難的？或是她根本不知道，老是去信卻得不到回音，以為男人變心，忽然來了封正宮娘娘的信，想說事情敗露，沒想到竟是男人的死訊，多慘。

「小倪，你的好處是話不多，壞處也是話不多，每次跟你碰面，我好像對五百個學生上課，沒麥克風，嗓子都啞掉。再來一杯，花生米我還有，你帶一包回去。網路上買的，花生醬、花生糖也不錯。

「這女人的問題由發現老公背叛的幹，到現在變成那個女人到底是誰的悶。聽她妹妹說，她可以發呆一整天，我差點想把你介紹給她，不是叫你追她，是讓你接趟生意，查出那個第三者，這兩個女人碰頭的場面一定很精采，說不定你能弄不少眼淚回來。有意思吧，男人已死，八成不會見面就打成一團，也不會相親相愛，那會怎樣？她們神經不正常才見面？我是豬，出什麼爛主意。

「人生呀人生，遇到愛情迫不及待地把整個人生投進去，萬一苗頭不對，千辛萬苦逃出來，人生已經傷痕累累，整顆心破得東一個洞西一條縫。好吧，我勉強同意你的看法，叫什麼來著，No Connection, No Relation, No Sorrow？

「你寫不寫日記？我看你也從不用筆記本，不管每天發生多少事，你都不記？呵呵呵，你只有昨天和明天、後天？什麼意思？明天去菜場，昨天找眼淚，後天去酒吧？你連日曆都省了？所以你的人生計畫最多一個星期，七天以上超過你的負擔？他媽的，小倪，為什麼這樣折騰自己？以前遇過什麼打擊？你他媽到底過的是什麼日子，講出來，賞你一帖天使牌逍遙散。天使牌，這名稱不錯吧。

「死抱著我的酒瓶幹嘛，拿來。」

有本書上寫道，人在幾個情況下很容易喝醉，難過的時候、快樂的時候、酒精中毒的時候、不知該做什麼的時候。倪克卻從未醉過，真正的醉，醉得不省人事的醉。他最多喝到頭昏點、胃脹點而已，也許他難過得不夠、快樂不足，離中毒還差兩公里，因此不會醉？一個人坐在吧檯的角落，喝下兩杯威士忌，人有如包在氣泡內，很大很透明的氣泡，雖然看得到隔壁的人，其他人也偶爾轉頭來瞄瞄他，可是彼此彷彿生存於兩個世界，對倪克而言，他們說的話、吐出的酒氣、如空氣的流動，到了他面前便沿氣泡表面滑開。

「氣個屁泡，這叫寂寞。」Joe繞過來吐了句話。

是的，真正的寂寞往往出現在最熱鬧的地方。明明世界便在身旁，卻又那麼遙遠，伸出手去抓直線距離五十公分外的事物，卻怎麼也抓不到，即使眼見要摸到，它又自動往後退，永遠保持五十公分的距離。

也不那麼寂寞，至少氣泡內有酒，和Joe身後的仿骨董座鐘，一分鐘發出「叩」一聲，提醒氣泡內的人，外面的夜晚正逐漸消失之中。

一個女孩突然發出尖叫聲，她滿臉淚水從某個男人對面站起身逃到吧檯來，她掩住大半張臉，男人握著酒杯，露出不知所措的表情。女孩的手伸進倪克的氣泡，搶過他的酒杯仰首喝乾，然後聽她叩叩叩的高跟鞋聲消失在門外。男人終於有動作，他喊著追出去。店內的人都看他們，一切靜止，應該期待些什麼。等門在男人身後掩上，才又恢復剛才說話、喝酒的動作。

而倪克左側的那對男女，兩顆頭已隨著酒精量的增加而愈靠愈近，男人的手攬上女人的肩。倪克老遠聞到女人的香水味，濃濃的。他們無視於其他人的存在，盡情探索對方的嘴唇，倪克的氣泡被他們扭擠在一起的身體壓成弦月狀，隨時可能爆炸。

最角落那桌的三個男人吵起架，聲音很大，一個煙灰缸飛至空中，摔不到倪克頭上，他有氣泡保護，像科幻電影裡的防護罩，沒有任何武器能射進防護罩——煙灰缸能，狠狠砸在倪克後腦，幸好是塑膠的。

原來寂寞這種東西可以隨時被別人打破。先是在寂寞的氣球裡自憐，被人打破之後，又覺得怎麼連一點點寂寞的權利也慘遭煙灰缸的蹂躪。更糟的是Joe不理會她的煙灰缸給客人砸了，卻坐到吧檯前，手中有杯酒，朝倪克的酒杯一碰，氣泡再破個洞。

「沒男人，覺得寂寞；有男人，怕沒空寂寞。」Joe晃晃她杯裡的冰塊說，「你的心情是不是也一樣？所以你才來我這裡，坐著發愣，像是等女人，也像希望女人別來。要不要來十個水餃，我跟你分，今天中午包的。」

她沒等倪克回答便起身進吧檯後面，瓦斯爐上的鍋子煮起開水，餃子在十分鐘後一個個浮出水面，白裡透紅，是蝦仁韭黃餡。

兩人一口餃子一口酒，倪克有點幸福的感覺，是酒的關係或餃子？

「沒男人的日子，輕鬆自在。你沒女人的日子裡卻有我，也輕鬆自在。你是不是因為餃子，不可自拔地愛上我？」

人在幾個情況下很容易想戀愛，難過的時候、快樂的時候、一個人喝悶酒的時候、不知該做什麼的時候，濕冷夜晚裡吃水餃的時候。

第六張照片也在五日抵達，照片上的女人穿蓬蓬的婚紗禮服，很古典，頭戴薄薄的圓弧狀白紗，露出羞澀的淺笑，手中捧的是一朵百合。奇怪，百合不是有影射同性戀的意思嗎？她手上的百合是白色多瓣狀，而且中央冒出幾株細長帶暗紅色澤的花蕊。

「我們婚前拍婚紗照，她試拍了兩次，其中一次她穿這套歐洲式的禮服，我媽嫌太素，說中國人結婚要花稍些，就換成有王冠的那種，而且改用玫瑰捧花，我媽說大好日子拿朵白花，觸霉頭。我記得，多少年前了，我在公司上班，她叫我非去看看不可，我塞車塞得一肚子氣，衝進攝影棚，怎麼說，驚豔吧，我第一次發現原來要娶的女人這麼美。正式的婚紗照片不是這些，倒是婚紗公司把試拍的也送給我們，她全留著，她說最喜歡的還是這套和這朵花。什麼花？對，百合。」

倪克在忠孝東路五段找到一家花店，他拿照片詢問，穿圍裙的小姐馬上告訴他：

「這是百合呀，百合有一千多種，梵蒂岡的國花，代表聖潔，天主教的教堂都用百合供奉瑪利亞。更早以前，以色列的所羅門王蓋宮殿，屋頂也用百合的圖案。我看看，這朵是香水百合，沒女人不愛，屬於配出來的新品種。先生，如果你要，得先訂，我幫你找貨。一打？好，請留電話號碼——那你三天後來拿好了。」

事情很明顯，寄件人用照片一步步誘使陽光先生進入他設定的情境內，前四張讓人好奇，焦急地想明白究竟怎麼回事，第五張開始展現企圖，用的是陽光先生熟悉的照片。這次的婚紗照，試拍的，理論上一般人不會留下，大家都喜歡正式拍的那種霧面、曝光些許過度、毫無景深、整張臉看起來像是粉餅的。

和陽光先生在他公司樓下的咖啡館碰面，新女朋友也在，很年輕，恐怕相差十來歲，不過小鳥依人，男人愛小女朋友，帶給他們青春？陽光先生先解釋，照片的事讓他很困惑，也對女朋友說了，她很關心，兩人都迫切想了解究竟誰寄來，因為陽光先生已經計畫再婚，擔心前妻的朋友從中破壞。

「我女朋友膽子小，她覺得這些照片陰森森，不舒服。」

才六個月，陽光先生凡事都以新女友為主了。愛情是個屁，倪克肚子裡套用老吳的口頭禪。多偉大的愛情也禁不起時間考驗，要是羅密歐和茱麗葉、梁山伯與祝英台，都成功結婚，誰敢保證羅密歐日後不外遇、梁山伯不討個三妻四妾？所有美麗、纏綿的愛情故事只能用「從此他們過著幸福快樂的日子」結束不可，因為大家清楚，要是再寫下去，愛情恐怕變成無情。

坐區間車回福隆，整個冬天都冷清的站前小街，隨天氣變暖而復活，開始擺出自行車、游泳衣、滑水板，幾個年輕人赤膊排隊買鄉野便當。省得麻煩，買個便當回去吧。

紅酒配便當，有點不對頭。沒其他選擇，老吳送的酒。冬天住在海邊，眺望彤雲密布的陰沉太平洋，傾聽窗戶被風搖得發出吭吭吭的顫抖聲，心情隨之鬱悶，總算熬到夏天，海終究屬於夏天。不知不覺酒瓶已空，倪克面對釘在牆上的六張照片問，妳到底安排了幾張照片幾封信？這麼做為了什麼？他看到第六張上的百合，香水百合？倪克的腦袋有如給撞了一下，他坐在電腦前上網去搜尋，找到香水百合，英文名字是Lilium Casa Blanca，Casa是家的意思，Blanca是白色，按照字面上解釋，白色房子般的百合，確和花的模樣很吻合。Casa Blanca 不也是個地名嗎？北非摩納哥的一個城市，現在改稱達爾貝達，不過大家還是叫它卡薩布蘭加，因為當地全是白色的房子。酒喝多了呢，還是網路上的資料太多，把倪克的頭搞得昏昏脹脹？他以前聽過摩洛哥這個國家，卻毫不了解，只知道卡薩布蘭加和那部電影有關，不對，電影的名字翻譯過來不叫卡薩布蘭加，是「北非諜影」❼，亨弗利．鮑嘉和英格

❼原名「Casablanca」，一九四二年美國拍的黑白片，改編自Murray Burnett和Joan Alison所寫的舞台劇「Everybody Comes to Rick's」。〈As Time Goes By〉是由Herman Hupfeld在一九三一年為一齣歌舞劇寫的，電影由Dooley Wilson主唱，不過因為當時美國音樂界罷工，而沒灌成唱片，目前最早的唱片版本是由Rudy Vallee在一九三一年灌錄的。

麗・褒曼主演，最有名的一句台詞是鮑嘉對酒吧裡彈鋼琴的黑人演員Dooley Wilson說：

「Play it, Sam.」

全想起來了，倪克買過這部電影的光碟，四十九元一片，錄影帶店拍賣時買的。他興奮地翻出ＤＶＤ，可能酒的關係，看得昏昏沉沉，當他猛然間醒過來時，鮑嘉正好走進酒吧，他對山姆說：

「Play it, Sam. Play〈As Time Goes By〉.」他氣呼呼地說：「You played it for her and you can play it for me. If she can stand it, I can. Play it!」

壞脾氣的鮑嘉，他非得山姆彈〈As Time Goes By〉不可。倪克以前也會彈，不過是用吉他，他哼：

A kiss is just a kiss, a sigh is just a sigh. 吻不過就是個吻，嘆息也不過是個嘆息。歌詞滄桑道出，沒什麼比當下更重要，至於未來，不重要，讓時間決定吧。

醒了，徹底地醒了。倪克從沙發裡彈跳起來，他抓起手機，老吳的聲音彷彿喉嚨內塞了直徑五公分的痰。

「我就知道是你，咳咳，看樣子晚上十一點以後，我得關掉所有對外的聯繫。你問百合？它是好東西，我們中醫認為它基本的功能是潤肺止咳，咳咳，等等，我起床去外面講話。」

「咳，咳——好，要是把老婆吵起，事情會很麻煩，她現在懷疑我外面有女人，否則三更半夜哪來這麼多電話，都託你的福。百合還有很多好處，像是你半夜不睡覺打電話來吵我，必然心浮氣躁，新鮮的百合能安定心情、養神。失眠啦，雖然睡著了卻淨是些追來跑去的夢，也要吃百合。凡是精神恍惚、鬱悶、想不開，百合都有用。你是幹嘛，睡不著覺想吃百合？有人說百合對治癌也有效，我保留，老實說中醫對癌症的看法太紛歧，常出現一大堆草藥、祕方，病人老拿來問是不是真有用，我該怎麼回答，沒根據呀，喂，喂，我才醒過來，你又要掛電話，你什麼意思？什麼，叫我起床尿尿？」

「百合？」陽光先生搔搔頭皮說，「拍結婚照時她很堅持，連婚禮她都要捧這種花，我媽快氣炸。想起來，有陣子我們家窗前花瓶常擺這種花——我沒問，大概她死前一個月的事吧。我家客廳有扇很大的落地窗，窗簾是淡綠的，早上她將窗簾拉開，花擺在牆角，讓太陽曬在花上，說花也要補充維他命C，一眼就看到。沒留意，好像是細細長頸的花瓶，裡面插支百合，對，一支而已。沒什麼好奇怪，女人呀，愛搞這些，說什麼要讓屋子換個心情，說什麼百合能引來天使。」

這天陽光先生的母親也在，很體面的老太太，一串彈珠大的珍珠項鍊掛在香奈兒套裝的領口處。十多年前她和丈夫離婚，取得所有產業包括這家旅行社的所有權，因此如今旅行社的董事長仍是她，陽光先生是總經理。

她始終沒說話，用幾乎要射穿牆壁的眼神盯倪克。

「我不喜歡百合。」老太太說話時嘴唇仍抿得很緊，沒有露出任何一顆牙齒。「花要熱鬧，擺一根白白的花，厝內又沒死人。」

原來陽光先生住的是棟大同區翻新的透天老厝，他和妻子住三樓，母親住五樓，姊姊和姊夫住四樓，二樓是會客室兼全家的客廳和餐廳，一樓是車庫。

「家裡不准有帶晦氣的東西。」老太太毫不妥協地說，「他們結婚這麼久還沒孩子，就是老把家搞得死氣沉沉。倪先生，你要趕快查出來，花點錢消災。」她用力看了兒子一眼。「對不起，不能留你吃飯，舊房子，水管老漏水，約好水電工來查管線。」

告辭出來，恰好遇到水電工，大約三十出頭、曬得黑黝黝，正架起機車後輪，沒和倪克照面，低頭走進大門，倪克喊他：

「你是連老闆吧。」

男人停住步子，不過沒回頭，繼續走進屋去。倪克看著他的背影，再看看留在門旁的機車，後座有個工具箱，上面用白漆塗著電話號碼。倪克掏出Sunny留下的手機，按了幾個鍵，沒錯。

「是我拍的，她老公每天忙，我妹很寂寞，我又沒結婚，所以有假期，我們常相招出去玩。」

倪克坐在銀行旁的星巴克內，沒想到居然賣的是虹吸式。他一度迷上虹吸煮出來的曼特寧，進台北去忠孝東路ＳＯＧＯ地下室的ＵＣＣ喝一杯成了某種儀式，再配個巧克力醬法國吐司。記得那時ＵＣＣ裡面隔了間很大的吸煙區，外面沒位子，就往吸煙區去，一定有位子。台北抽煙的人快速邊緣化之中，喝咖啡的人卻大幅增加。每逢週六下午四、五點左右，經常看到個長得很帥氣的中年男人，一邊喝咖啡一邊皺眉頭看報，彷彿對世界大事很不滿。看三份，可能要花他兩個小時吧。看完報喝完咖啡，他將一疊報紙信手摺在一起扔進垃圾桶，然後匆忙離去。某個週六，倪克又見到他，沒在吸煙區，也沒看報，他竟坐在外面的吧檯前，身旁多個熟女。男人有說有笑，和過去完全不同，只有曼特寧相同。

幾個星期後，再見到那男人，他恢復一個人，繼續喝咖啡皺眉頭看報。這時倪克也一個人坐在角落喝咖啡，他沒皺眉，沒看報，他看窗外來來往往忙碌的人群，其中一個女人走得扭了幾次高跟鞋的鞋跟。

陽光先生亡妻的姊姊在銀行上班，一身深藍色的套裝。她又扭了左腳鞋跟，不耐煩地跺了跺鞋才推門進來，她朝倪克對面坐下，好像倪克是她高中同學。

「我妹的信，你都帶來了？」

姊姊的個子比較大，有一六幾公分，可是仔細看，她們顯然都繼承了父親或母親的酒窩，小小淺淺，不留意會錯過。

「嗯，前四張都是我拍的，洗了給她。我休假沒事，和她到處玩。她怕晚上不回家，婆婆生氣罵人，所以都當天來回。其實她老公也很少回家吃飯，有時星期六星期日也上班，公司還是他媽作主，他是乖寶寶，只要他媽去公司，他一定也去。她說晚餐是她家晚點名時間，其實只點她的名。

「游泳？對，有陣子我們去學，中午十二點半到一點半，然後我再去上班。她老公不知道？游泳衣是她自己挑的，在新光三越試穿的時候一直問我會不會讓她老公嚇一跳，結果她沒穿給她老公看？

「很少去她家，我不喜歡她婆婆，更討厭她老公，每次都臭張臉，好像他家是財主，我是乞丐。」

「她應該不知道自己有病，要不然一定跟我講。我才不結婚，看過她老公，誰還想結婚。男人都一個樣，工作工作工作，再加上一個董事長婆婆，當媳婦的跟當人質也差不多。

「信不是我寄的。我妹喪禮以後，連電話也沒聯絡，這樣最好，省得見到他就氣。

「聽說他又有女朋友啦，一定是他媽替他找的。他媽要孫子，我妹為了懷孕不知吃了多少苦。我妹也想要小孩，一個人成天窩在家裡很難過。她老公的姊姊有兩個小孩，沒上班，所以我妹不喜歡待在家裡，中午他姊愛叫她上去一起吃飯，你說煩不煩。

「她沒有男朋友，人都死了，沒必要騙你。誰有她的照片？想不出耶，她婆婆管那麼嚴，連朋友同學都不敢找去家裡玩，還有誰去她家？」

「倪先生，」她把照片和信封推過來，「你也沒結婚對不對？我看得出來，單身的人身上沒有那種緊張感覺，卻也多了點不常換衣服的潮味。沒老婆沒關係，記得房子要除濕，衣服要曬。」

她踩起高跟鞋走了，在門口左腳又扭了一下。

倪克沒事，他再要杯咖啡，原想讓腦袋靜靜，如果不是她姊姊寄的信，又是誰？她姊並沒把照片給其他人，也沒貼上網，除非Sunny生前把照片和信封交給另一個沒人知道的朋友？

靜不下來，隔壁桌兩個女人講話大聲，兩個小孩更吵，可能上半天課，被媽媽帶來咖啡館吃中飯。

聽起來其中一個女人懷疑丈夫有外遇，講講就哭了，另一個女人，該是那兩個孩子的媽，一邊開導對方一邊罵動不停的小孩。

「沒事，不過就是下班晚、常出差，妳想太多，現在哪個男人準時下班回家吃晚飯。我家的麥可有時一個星期也見不到人。現在的夫妻呀，幸好有手機，不然幾天也說不上一句話。Albert，不要再弄你妹妹，乖乖寫功課，坐好，把鞋子穿上。

「抓姦也得抓到姦，妳東懷疑西懷疑，上次說他的祕書，這次又什麼大陸的助理，不會啦，我看安安不是那種男人，而且你們青梅竹馬，高中就在一起。我不相信，別聽別人的——Albert，馬麻說最後一次，坐好，要是你妹妹再哭，回去我告訴你把拔。

「別哭別哭，有孩子在。妳說幾個月？四個多月沒做啦？那又怎樣，生了小孩本來就愈來愈少做，誰家不這樣。男人說累，懶得做，哪天你們去宜蘭，我家麥可有住宿券，下次拿兩張給妳，兩個人去泡溫泉住民宿，沒有壓力自然想做。我呀，不做也好，搞半天又得再洗一次澡——Albert。

「聽我的沒錯，女人不做事在家帶孩子，最怕胡思亂想。好，妳先回去，我買單，我買——那謝囉，下次妳和安安來我家吃飯，烤肉，管他政府禁不禁止，天底下哪有禁止老百姓烤肉的道理。在我家院子裡烤，安安不是愛牛排，肥肥嫩嫩的菲力對不對。」

忽然安靜下來，倪克仍看向窗外，剛才哭泣的女人正經過他面前，提ＬＶ的大包、穿

Burberry的風衣，還有那副大得能遮住半張臉的香奈兒太陽眼鏡。

兩個孩子此刻跑到飲水架那裡去倒水，他們的媽媽呢？才轉過頭，倪克聽到輕微的抽泣聲，那位媽媽正趴在桌上，倪克悄悄遞去紙巾。媽媽受到驚嚇般伸直腰，她抹去淚，倪克再遞去一張紙巾，順便將原來那張從她指縫間抽回。女人朝他點點頭，倪克沒回禮，他將紙巾收進塑膠袋便起身離去，快到自動門前，他伸手摸摸Albert的頭，小傢伙竟縮起脖子躲開。

「你想怎樣？」連強生兩個拳頭握在胸前，鼓在T恤裡的肌肉微微跳動。他很年輕，頭髮從正面看像平頭，後腦勺卻留撮長長的像馬鬃，像龐克。

不怎樣。倪克一路尋來，是家小小的水電行，一張桌子、一個玻璃櫃，兩旁牆上掛滿各種水管、龍頭，雜亂的辦公桌上有本書，徐志摩全集。才開口問：「你常去五十四巷十八號？認識Sunny？」連強生已握起拳頭。

「你是他們家找來的那個偵探，媽的，你們這種狗仔專找人麻煩，當心老子揍你。」

倪克擺動兩個手掌試圖安撫連強生的脾氣：

「不找你麻煩，不找任何人麻煩，我只找第七張照片。巷口花店告訴我的，你前陣子每星期一必定去買花，百合。」

「那又怎樣，我買花犯法？什麼照片？」

倪克坐在桌前，面對憤怒的肌肉，他很想喝水，屋內卻不見水壺、飲水機或瓶裝水，倒是在玻璃櫃的角落有張全新小木桌，紅綠格子布的桌巾上面放著一台家用的義式咖啡機，倪克在郵購型錄上見過，小小的不佔空間，也不必接水管，裡面有小水槽可以添加水，缺點是沒有打牛奶泡的蒸氣管，是台專煮espresso的機器。他想買很久了，始終沒買，因為「想」的事情，大部分不會去做。

Sunny死前一個多月，他們家的外牆漏水，找連強生去抓漏。倪克仔細檢視過，可能前次颱風的風雨太大，五樓和三樓大玻璃窗下面的丁掛當初沒做好防水處理，雨水滲進去，窗簾遮住的牆角水漬仍在，可見當初漏得挺兇。

「你在外面牆縫打了幾層Silicon，看起來不再漏水，因為工作，你認識了Sunny，常聊天對不對？她愛百合，你店前面有花店，順便幫她買，或者你買了送她。」

「她要我幫她買，順路。你他媽的到底想幹嘛，買花又怎樣。」

「不關我的事。她的咖啡煮得不錯，義大利式的，用個小壺在瓦斯爐上煮，香，也很濃，每次你去修牆，她先幫你煮一杯，可能她也邊喝邊看你工作。你這台咖啡機，新買的吧。現在煮咖啡的技術如何，不請我喝一杯？」

連強生沒反應，拳頭卻已放下。

「你們天南地北聊天，因為她根本沒人可聊。一開始你們聊外牆怎麼回事，聊到窗簾下的百合，又聊窗檯上的那排照片，後來她拿收在客廳電視機矮櫃下的相片簿給你看。她送了你幾張？」

「她，」連強生連聲調也降低許多，「沒送，我自己拿的。」

不只拿照片，還有徐志摩。

「因為你知道照片放在哪裡，而且她死後，你繼續去修五樓她婆婆的外牆，很容易進三樓。我想，你拿照片原來想留作紀念而已。她是個可愛的女人，進她家，我能感受到她的用心，他們家很溫暖，全是女主人的氣味。大概你常去，聽到她婆婆、她先生對她的評語，你聽得很不舒服，就把照片寄去對不對？」

「犯法嗎？」

「不犯法，你既沒勒索，也沒恐嚇，只是把拿來的照片還回去而已。」

「那你要怎樣？」

「她先生最初雇我是想知道誰寄照片給他，現在他忙談戀愛，忙結婚，只要不再收到照片，幾個月以後也無所謂了吧。我幫他查出結果，如果能讓他以後不再收到照片，算是工作完成。」

「就這樣？」

「就這樣，而且雖然我不用再向她先生報告，還是好奇到底怎麼回事。」

「你不全都知道了。」

「還是有點疑問，例如信封上筆跡，你怎麼弄來的？你不肯說，我來猜猜。她可能在你的工作簽單上寫過些字，也可能你找到她的記事本。你用透明紙描上去，把透明紙放在信封上拿鉛筆用力描一次，把她的筆跡複製到信封上，再拿原子筆描一次印子，噹，完成。我們以前小學寫家庭聯絡簿，都這樣描家長簽名對不對。喔，你描的過程很慢，信封上她先生的名字有幾個不該停頓的地方，明顯停頓，那裡的色澤就特別重。」

「我沒意見。」

「你很喜歡她，才做這件事。她生前知不知道你喜歡她？我有個中醫朋友常說，有多一點人愛是好事，尤其偷偷地愛，對她雖沒有傷害，可是愛人的人有內傷。」

「你他媽要不要咖啡？」

「有一點不明白，信封上有她的指紋，你怎麼弄的？」

連強生走到咖啡機前，非常謹慎加進水、磨豆子、加進咖啡粉、壓平咖啡粉。

「不知道，我在隔壁文具店買的信封，她又沒碰過，寄出去時信封和照片都擦過，怎麼有她的指紋？」

他的視線專注在桌上的機器，不一會兒，咖啡香味竄進小店面的每個縫。

「好漂亮的杯子。」

「她送的。」連強生從小桌面下拿出兩組杯碟，「送我兩組，說給我和我女朋友用。她愛青花磁杯，很安靜的美。她說的。」

倪克捏起杯旁的耳朵，先小心嚐一口，香得濃、純得苦。

「你沒有女朋友，她問起的時候你說有，其實沒有。這組杯子很少用，盤上有層灰。你今年二十二歲，因為一個女人，跟我一樣，愛上espresso，我也想買台這種機器。」

連強生從抽屜拿出一張照片扔在雜亂的辦公桌上。

「最後一張。」他冷冷地說。

倪克收起照片，專心喝他的咖啡，其間他也抽出一張紙巾給連強生，粗壯的男人跪在咖啡機旁兩手抱頭發出擤鼻涕般的聲音，哼哼——不，比較像，恨恨，四聲。

喝完咖啡，倪克一腳快踏出店，身後傳來連強生的聲音：

「恨，恨恨，她死了，恨恨。」

倒是提醒倪克，他險些忘了將那張濕透的紙巾收回來。

「不要對人要求這麼高，小倪，可能她先生真的不再那麼愛她，現在他對亡妻的照片沒感情，除了因為感情上找到替代品，得到轉移，照片來得詭異，會怕。沒你說得那麼嚴重，什麼陳世美、薛仁貴，比喻失當。

「我念大學時有首歌叫〈Year of the cat〉❽，沒聽過？裝年輕。歌詞大意是某男人在貓年遇到個女人，她穿絲質的衣服，如同晶瑩剔透的水珠在雨中奔跑，男人愛上了她，於是他決定扔掉車票，留在此時此地，嗯，有點村上春樹的味道。男人心裡清楚，遲早他得離開這個不知什麼碗糕的貓年，不過此刻，他說什麼也要留下。

「聽不懂？我以前也不懂，到了四十歲時有天聽電台播這首歌，恍然大悟。你看，十二生肖裡沒有貓對吧，所以貓年代表不存在的虛幻，愛情只發生在貓年，它很深刻，可是不幸的，它也虛幻，遲早會消失。

「別搖頭，你告訴我，愛情能永遠存在嗎？要是永遠存在就不會鬧出這麼多人命。前幾個月不是有個星光大道紅起來的女孩為情自殺，原因單純，一方覺得愛情消失，另一方堅持還在，一傢伙便跳樓——不是跳樓？好啦，結果相同。愛情虛幻。我的意思不是叫你別去談戀愛，我的意思是要把握愛情，卻也得有它隨時消失的準備。

「我和我老婆呀，我們三十歲前的愛情，在四十歲時昇華為友情，五十歲再昇華為親情，預見六十歲會再昇華為他媽的電子琴。這樣你滿意了吧。

「徐志摩的看完了？再送你一本，朱自清的。沒辦法，我年紀大，有時沒辦法接受年輕作家寫的感情，翻呀翻又回到這幾個老作家身上。

「那個女人——哪個女人？那個發現老公舊電腦裡情書的女人，她會康復，時間夠長，她就挺得過去，說不定她逐漸忘記電腦中的女人，說不定她找到另一個男人。時間而已。你說『北非諜影』那首歌叫什麼來著？對，〈As Time Goes By〉，隨著時間，都會過去。當然，還需要我的藥和你找來的眼淚。下次你帶酒來，這樣喝法，我這間小醫院遲早被你喝垮。陽光先生付你酬勞沒，那你可以買瓶好酒，報答我一下，好歹我也幫你拉了不少生意。靠靠靠，這又是誰的眼淚？剛才那袋是連強生的，悲、痛，這個男孩有義氣，有感情，不像你，冷冰冰——什麼咖啡館女人？你喝杯咖啡沒事見著人掉淚就弄回來賣我？

「哦，她不是為丈夫有外遇的朋友流，為自己流的啊，又一袋自私的眼淚。小倪，我們合作一年多，你發現沒，凡是又悲又痛的眼淚必然和自私有關對不對，感情絕對自私，才流得出悲痛的眼淚。由此判斷，自私未必是壞事。

❽英國歌手Al Stewart在一九七六年的作品，單曲在翌年於美國告示牌排行榜拿到第八名。

「好好，要哭你回你的太平洋去哭，悶頭抱被子哭，搞不好你小子缺錢，一口氣切半打洋蔥，弄出五公斤的淚——開玩笑的，你不會哭，有時候人不知為什麼地陶醉在愛的假象中，你和那位找外婆的短褲大姊便如此，她正空虛和氣憤，你咧，因為外婆的死，搞出你肚皮裡莫名其妙的正義感，想去保護那一大家子的女人——不說就不說，我覺得你不該放棄那位大姊，聽你形容，有個性又性感，哪天找她出來吃飯？

「對了小倪，你猜猜咱們這個城市有多少人晚上不睡覺？猜呀，不猜哪來的樂趣。百分之二十以上，其中有夜晚上班的，少數，更多是睡不著、捨不得睡的——白天工作、學業、感情，事情很多很複雜，夜晚才完全屬於自己，怎麼捨得睡。這些人大多抽煙、喝酒、發呆、看星星、打電玩、上網。今晚台北至少多了三個人捨不得睡，連強生、你和你的大姊。

「大姊和安迪住在哪？淡水？正好，一個守著太平洋，一個在老公打呼後起床望台灣海峽，背對背地彼此思念。不過放心，這段掙扎期頂多六個月，接著大姊忘記你，或者大姊回家發現她跟安迪實在合不來，有天她忍不住撥你的手機，問說，倪克，你在哪裡。這時你怎麼回答？除非正躺在酒吧辣妹的床上，否則，你呀，我幫你說，你用酒精度六十的感情對她說：我在人生某個角落裡，縮頭彎腰，每個晚上盯著手機設法忘記妳。過去的就過去，留下點思念恰恰好。小倪，生命珍貴的地方在過程，不是結果。」

「唷，今天怎麼了，幹嘛送我花，香水百合咧。」Joe將花親密地捧在鼻前深深吸一口，「是不是道歉？下次你再提以前那個死肥Joe，拿菜刀剁了你。」

倪克沒回答，他坐下為自己倒了杯酒精度零、咖啡因零的ZERO。罐裝的可樂比寶特瓶裝的嗆，Joe的原則，她只買罐裝的。今晚一點酒意也沒，倒是騎車騎得腰幾乎挺不直。

「你找到寄照片的人了？」

第一杯可樂嗆，第二杯就得加點冰塊，再切片檸檬放進去，搖晃杯子，讓汽冒得更快更兇，仰起脖子，一口喝掉半杯，爽。

照片中是陽光先生和他的亡妻泡在溫泉裡，都很年輕，也許是他們蜜月時拍的，像是日本某處的溫泉。倪克望著照片中這對夫妻，男的咧大嘴笑，女的則一臉嬌羞，也笑。那時的他們多幸福呀，童話故事裡的「從此過著幸福快樂的日子」真實存在過。

那時的陽光先生多快樂，但快樂從什麼時候起變淡的呢？

倪克沒把第七張照片拿給陽光先生，他騎車由木柵進入深坑，找到那個郵筒，不過他沒把信投進去，繼續往裡騎到石碇，在東街吊腳樓旁找到另一個郵筒，寄出去。

「你很壞，這下子陽光先生又要提心吊膽了。他會不會找別的偵探去查？嗯，我也覺得其他人查不出來，只有倪克行，來，啵一個，愛的鼓勵。

「不親會後悔。你到底說不說，送我百合，今晚要跟我回去囉？抱歉，老娘那個來了，五天後你再送一把來，說不定有機會。」

「Play it, Sam.」倪克說。

「我是Joe，不是你的山姆。如果要找山姆，去羅斯福路的兔子酒吧。」

「Play〈As Time Goes By〉.」

「去死卡緊。」

逗點裡放的卻是周杰倫的歌：

幾番輪迴，你鎖眉，哭紅顏喚不回……

信封上為什麼有她的指紋？

倪克坐在陽台上，拿著酒面對太平洋，他想不通這點，不過他也沒告訴其他人，也許這該是他和Sunny間的祕密……

翻開Sunny的記事本，娟秀的字跡寫著：

我有一個破碎的魂靈，
像一堆破碎的水晶，
散布在荒野的枯草裡——
飽啜你一瞬瞬的殷勤。

人生的冰激與柔情，

我也曾嘗味，我也曾容忍；
有時階砌下蟋蟀的秋吟，
引起我心傷，逼迫我淚零。

我袒露我的坦白的胸襟，
獻愛與一天的明星；
任憑人生是幻是真，
地球存在或是消泯——
太空中永遠有不昧的明星

徐志摩，一九二五。

# 八千天

「一個人在家的時候，我都趴在沙發背上看窗戶外面的太平洋，長大才明白，他真的在太平洋那邊。」

——Lydia Chen（一九七九～）

「我九歲那年離開台灣，沒有哭，飛機上也沒哭，不過我下決心，一定要再見到他不可。星期一我到台北，正好生日，公司在晶華酒店包下總統套房為我慶生，喝了不少酒，半夜回房睡不著，對著窗外的中山北路，我算了算，倪克，do you know，我已經三十歲，找他找了整整八千天。人生有幾個八千天，所以help me，說什麼也得找到他不可。」

她看起來絲毫沒有三十歲的痕跡，短褲下的兩條白皙長腿斜斜收進沙發，白色T恤內沒穿內衣，兩顆小而尖挺的乳頭隨她起伏的呼吸不時頂撞倪克的眼神。倪克強迫自己把視線鎖定在她眼睛，右手四個指頭卻不知怎地失去控制，將茶几敲出豆豆、豆豆豆豆的聲音。

「恭喜我們小倪生意興隆。」老吳蹺起二郎腿說，「報上說她上部電影的片酬是多少？五百萬美金？那她付你多少酬勞？沒談？小倪，不早跟你說過，凡事得先談好價錢，不是教你貪財，而是先談好，免得到時候你嫌少，不高興，或者她見到你臭臉，得補你錢，她不爽。我看你壓根見色忘原則，連錢這麼重要的先決條件也不談。老要我加你薪，遇到美女，舌頭打結？這麼辦吧，我當你經紀人，明天我去找大明星談你的酬勞，學偵探小說，每天一萬，其他開銷憑單據追加。」

老吳的院長室剛重新粉刷過，他說醫院得白，把四面牆抹得刺眼。「仁心仁術」的匾額掛在老吳身後，他有次開玩笑說，如今的醫生都該改掛「有病無錢莫進來」。醫學院學生搶著搞皮膚科，畢業後好開業做小針美容、替女人裝假奶，內科也忙著開減肥門診，「醫生呀，立志賺大錢，不要做大事。」

「莉迪亞，她姓什麼？葉，Lydia Yeh，怎麼聽都像皮膚科診所的名字。我家茱麗是她大粉絲，龍口粉絲，冬天加進火鍋裡配酸菜白肉。喂，聽說他們演員那行晨昏顛倒，生活不正常，問她要不要健脾強肝，本院免費服務。」

晶華酒店的花園套房起碼有三、四十坪，倪克連續來了三天，第一次沒見到人，說是莉迪亞的行程臨時有變，去高雄加開一場影友會，倪克在一樓大廳枯坐三小時。本來他不願意再來，莉迪亞親自在電話裡求他，沒想到第二次仍談不到半小時又被打斷，莉迪亞兩手繞在倪克左臂上陪他出去等電梯，她說：

「對不起，倪克，明天你一定要再來一趟，我把所有雜事排開，等你。」

能不來？

「她才一六〇？電影上看起來不像，明明模特兒身材，我以為她有一七〇。臉上有雀斑？也看不出來。沒D罩杯？你騙我，海報上她胸前不擠出白花花的兩大坨，活像剛蒸出籠的山東饅頭，怎麼可能只有B。媽的小倪，人家大美女被你說得像芝麻燒餅。

「她的新片我還沒空看。喔，我們家茱麗有一大堆三姑六婆朋友，看電影從不找我，說我無聊，進了電影院不准她喝可樂、不准她吃爆米花。我是為她好，免得隔兩天她又臭張臉窮喊要減肥。男人命苦，每天待在醫院十個小時以上，拚老命賺錢——拚命救人？說的好，知我者小倪也。星期六想喝杯酒睡個覺，被罵沒生活情趣。你知道全世界我最羨慕誰？你。沒人管，既不用擔心兒女念私立學校的學費，也不會被老婆念得四十歲以後自動重聽。

「這叫什麼酒？貴腐酒？果然人家大明星送的酒有學問，貴又腐？到底是什麼？把感染黴菌的葡萄來釀酒？這不喝壞肚皮……還不錯，冰涼中帶點甜味，又不是很甜。配生蠔最好？我哪來的生蠔？小倪，你一不繳稅，二沒固定收入，三有美女煎不要錢的餃子請你吃，四還有美國大明星送你貴腐酒。講白了，根本屬於寄生蟲類生物，媽的，過得卻比我年收入五百萬的大院長愜意五百倍，太沒天理。別人想都不敢想的大美女套房，你跑進去坐著數腳趾頭。你怎麼確定她B罩杯，不是D？」

老吳狠狠把杯中的酒全倒進喉嚨。

「明天起，酒全你請。」

「要再來杯嗎？」莉迪亞說著已拿起桌上的紅酒瓶，「我不懂酒，但愛喝。」

原是電影公司一個叫薇薇安的女孩在網路上留言找他，很神祕，得先簽保密合約才能見到委託人。合約規定嚴格，不能對第三者透露委託者名字和任何工作內容。倪克當場回絕，他不喜歡被限制。後來對方妥協，要倪克口頭上承諾不得把委託的事情告訴媒體。媒體？倪克不常看報、家裡沒電視。何況，直到那時，他仍不知道莉迪亞是誰。

莉迪亞走到窗前拉開一小角窗簾。

「我在這附近住到九歲，下面巷子那棟老公寓的三樓，房子還在，外牆看起來改過。小時候我喜歡站在門口抬頭看晶華，覺得這房子好高好高，還跟流星許願，長大一定要進來住在最上面的房間。現在我真的站在這裡看下面以前的家。我家變得好小好矮，可是我仍想找顆流星許願，讓我能走進那間小房子。

「沒有流星，都是樓，有流星也看不到，而且公司不讓我出門，說記者全守在樓下，因為我是明星，star。是不是很荒謬？」

屋角的銅製立燈，將昏黃光線打在莉迪亞瘦弱的背面，她踮起赤腳將半張臉埋在深藍的窗簾和窗戶中間。

「走，我帶妳去。」

倪克站起身說。

牽著莉迪亞的手從安全門順樓梯一路下去，起先她老說，「沒跟Vivian講一聲，她找不到我怎麼辦？」下了幾層後，她沒再說話，變成嗤嗤的笑聲。

到一樓大廳，有幅兩個人高的電影海報，正中央是莉迪亞，長髮飄在風中，一串淚珠隨風由眼角飄成一顆顆閃亮的星星，而背景則是寶石般的星空。在淚珠下面，一行斗大字的片名：天使的眼淚。

果然有些記者七歪八扭坐在門外的花園前，他們完全沒留意這個短髮、短褲、人字拖、戴近視眼鏡，連粉底也沒上的女孩。

她三十歲？像才十七歲。

閃進旁邊的小巷弄，莉迪亞拉住倪克，她回頭看了看架在酒店門前的攝影機說：

「我和電影裡差這麼多呀。」

沒看過妳的電影。

巷子裡好幾家餐廳，傳出人聲音樂聲，依然沒人多看他們一眼。莉迪亞引倪克站在一戶鐵門前，倪克毫不猶豫逕自伸手按了三樓的門鈴。

「我是永樂房屋，來看房子。上午你們家有人打電話到公司。不知道耶，店長叫我來的，好像有客人出價四千萬，你們家二十五坪對不對？」

嗶，嗶嗶，門打開，倪克先進去，莉迪亞捶他的背。

「我沒要買房子，你說謊唷。」

走道堆了不少雜物，樓梯間上的日光燈一閃一滅。倪克在前，他牽住莉迪亞的手快步上樓。

禿了大半個頭的老先生站在門縫裡，探出半張臉孔，他摘下鼻梁上的老花眼鏡瞪倪克：

「我們家沒有要賣房子。」

「店長跟我說的。」

「真的有人出價四千萬？」

「也是我們店長說的，能不能先看一看？她是我妹妹，本來約好下班後要一起吃飯，店長臨時叩我，就一起來。」

屋內疊滿紙箱，勉強有張沙發能坐人，面對一台舊型大電視機，此時正播電視新聞，海報上的莉迪亞甩用她的長髮對几上幾十個麥克風說話，她說：

「我生在這裡，九歲才去美國。」

真實的莉迪亞則躲在倪克身後，眼珠子在屋內繞呀繞。廚房裡有位老太太，她在圍兜上擦著兩手對倪克說：

「好可愛的小妹妹，幾歲啦？你們是兄妹？來看房子？我早叫他賣，年紀大，這裡晚上吵死人，白天出門機車在巷子裡梭來梭去，坐捷運要到衣蝶，走太遠，買車，租停車位，一個月要六千元。」

他們沒有孩子，住在這裡快二十年，幾個月前老先生收掉他經營一輩子的雜貨進口生意，剩下尚未處理掉的貨暫時先搬回家裡。

裡面兩個房間，一間是臥室，舊式的大木床，上面罩著頂蚊帳，可能很久沒用，收成圓圓的如同一個灰白的飛碟。另一間是書房，兩側靠牆處有些大賣場的組合式書架，看不出有什麼書，因為也全給紙箱擋住。釘在牆上的玻璃櫃內貼著幾張從雜誌裁剪下來都已經變色的圖片，其中一張是瑪丹娜，她穿黑色蕾絲邊的胸罩和短褲，是她唱〈Like A Virgin〉的時期。倪克手裡的另一隻手突然用力地緊緊拴住倪克的手指。

「四千萬？我怎麼不知道價錢這麼高了。」老先生的興趣依然在價錢上。

「來這裡買房子的都想開店，還有人專門收購等幾年後都市更新的改建。」

「有好價錢就賣掉。」老太太捧兩杯茶過來。「沒地方坐，歹勢。早就叫他賣，我想搬回三芝，老家在那裡，還有棟厝，空了好多年。來，妹妹喔，真水，來，坐這裡。」

莉迪亞沒坐，倒是倪克老實不客氣一屁股坐下，他向老先生夫妻問些房屋狀況的問題，莉迪亞兩手背在腰後東瞧西看，一轉眼消失在書房。

「四千萬，肖仔。」

「本來就想賣，阮老仔說要自己賣，仲介要抽三趴不划算，我說仲介比較好啦，省麻煩又不會被騙。」

「出四千萬買這戶，台北人買房子買得頭殼壞去。」

電視機後面看起來有櫥櫃和飯桌，紙箱東一個西一個，連窗戶也被遮住，屋裡很悶。

莉迪亞兩手背在身後出現，她朝倪克伸出右手拇指比個手勢。他們告辭出來，倪克對老先生說，明天一早回報給店裡，也許過幾天店長親自來拜訪。

「攏肖仔，四千萬買這個地方。」

老先生正要關門，老太太忽然擠出門縫說：

「是你女朋友對不對，還說妹妹。」

走下樓梯時莉迪亞又嗤嗤嗤地笑：

「為什麼我要當你妹妹？我長得不好看，不能當你女朋友？」

「妳手裡拿什麼？不可以偷拿別人的東西。」

她伸出左手，那張瑪丹娜的圖片。

「本來就是我的。」

走出巷子，兩輛ＳＮＧ車仍停在酒店的側門前。

「欣欣百貨那裡的魷魚羹攤子還在不在？」莉迪亞挽起倪克的左臂問。

不知道。

「走，你請客吃魷魚羹，我身上沒錢。」

倪克的手機卻響起來，是老吳。

「親愛的小倪，你是不是到處把我醫院的電話留給別人，要不然怎麼有個叫什麼薇薇安的一直打來，口氣很不好，聽起來有人要報警，告你誘拐人家的大明星？」

都九點了，老吳還窩在醫院幹嘛，快下班回家培養生活情趣。

「廢話。把大明星還給他們，煩死人。」

欣欣電影院前大排長龍，仍沒人看他們。老闆，一碗魷魚羹，打包。

「有個男人愛上月亮裡的嫦娥——」

他叫后羿，要不然是吳剛。

「不要打岔。」Joe白了倪克一眼。

忙著應付莉迪亞，好幾天沒來逗點，怎曉得一進來沒見到酒，Joe倒講起故事。

「有個男人，他可以是張學友，可以是周杰倫，也他媽的可以是倪克，就是個男的。」

沒再答腔，倪克走進吧檯後面，取下酒架上的酒瓶，招紙上面用黑粗馬克筆寫：「克」。倒了酒，加進冰塊，乖乖聽故事。

「他愛上月亮裡的嫦娥，想盡辦法花幾百萬買到票，坐登月太空梭抵達月亮，並且費了許多工夫——」

送了很多名牌包包、海洋拉娜面霜給嫦娥，外加一枚蒂芬尼鑽戒。

「你存心搗蛋是不是，閉嘴。剛才說到哪裡，哦，這個男人終於贏得嫦娥的芳心，兩人甜蜜幸福，搭上太空梭回地球，男人在信義計畫區安排了棟一億兩千萬的豪宅當新房，頂樓，離月亮最近。本以為恩愛一輩子，你猜怎樣？」

后羿找上門，他用第十枝箭把這男人給射上大熊星座。

「沒想到嫦娥不能適應現代化的生活，」Joe邊擦酒杯，邊仰頭看天花板，兩眼眨呀眨的，像小女孩講昨晚的夢，「她不會用電腦，不會英文，也不會火星文，不喜歡看電視，討厭去百貨公司人擠人，卻會在屋裡點起火要做飯，搞得火災警報器哇哇響，大樓管委會提出嚴正警告。那個周星馳還是李宗盛的男人快瘋掉，更糟的是他訂不到太空梭票，不能把嫦娥送回月球。」她終於把視線移到倪克臉上，「你說怎麼辦？」

嫦娥就該嫁給后羿，嫁給伐木工人吳剛也不錯，誰叫她沒事——

Joe今天反常，脾氣比鄧麗君還好，表情沒變，仍露出一口閃亮的牙齒說：

「這個故事的意思是，不同世界的人不能勉強湊在一起。」

說完，她轉頭去整理背後的酒瓶，倪克一下子不知所措，Joe怎麼了？難道她的故事裡暗示些什麼？突然Joe又回過身，門牙仍閃著光。

「不是暗示，是我的反省，習慣每晚在復興北路賣酒的美女，跟躲在東北角打手槍的狗屎男，不合。你剛才說的后羿和嫦娥怎麼回事？」

后羿是嫦娥的老公，天生大力士，本來天上有十個太陽，地球幾乎被烤焦，被他射下九個，卑微的中國人才能靠冷氣活到今天。至於那個什麼周華健、成龍的，發病才敢得罪后羿坐太空梭去月球追嫦娥。

「后羿和嫦娥後來怎樣？」酒窩少了一個。

和嫦娥在一起太幸福，后羿想，萬一嫦娥先死，他一個人活下去豈不痛苦？最好能長生不老。他向西方的神仙王母娘娘求仙丹，雖然拿到，王母娘娘小氣，只給一人份，后羿不想自己吃，免得老得死不掉，嫦娥又先掛掉，甩下他當孤單老人，走在路上地球的美眉喊他北北、喊他爺爺，悶死，就把仙丹藏起來，沒想到嫦娥翻他威而鋼藥罐子找花生米，見裡面有顆特大號的，女人心眼不大，縫衣線勉強能穿過去，她覺得后羿私下偷偷吃ＸＸＬ的威而鋼，有出去亂搞的嫌疑，一氣之下自己吞了藥。

「結果是毒藥，像羅密歐與茱麗葉一樣？」

嫦娥吃了藥，發覺體重變輕，雙下巴消了，小肚子不見，腰旁兩塊五花肉也不見，整個人飄起來，而且愈飄愈高，飄到天空像顆小星星。后羿回來見到，想追也追不上，想拿箭射又捨不得，只好在地球上揮他的弓猛罵三字經。嫦娥繼續往上飛，花了三年兩個月成功飛到月亮上。

「然後呢？」

然後嫦娥孤零零在冰冷的月球，找到一隻兔子，抱進懷裡取暖，但兔子太小，使她無時無刻不想念地上有胸肌、腹肌的溫暖老公后羿，想說后羿雖然常常忙工作沒來喝杯酒，至少三兩天還能見得到人，這下子可好，得等到幾千年後美國太空人阿姆斯壯登陸月球才能捎信回家，苦。

「不是兩三天，是四天，你他媽四天四夜連通電話也沒——后羿呢？」牙齒全藏進嘴唇裡。

可憐的后羿，鬱悶呀，除了打獵，每天晚上在台北各家酒吧找酒喝，沒多少變成酒鬼。他的徒弟叫逢蒙，有天趁后羿酒醉，從後面一箭把他射死，奪走台北酒吧聯盟第一神射手的獎杯。

「要我是嫦娥，從月亮扔顆炸彈轟死王八蛋的后羿，居然敢去別家酒吧喝酒，死了活該。」

沒去酒吧，只是碗魷魚羹。

找陳國榮不難，糟的是他改過名字，一九九一年出國後，始終沒有返國資料，倪克猜測，說不定他拿了外國護照，用英文名字，即使回來也查不出。

幸好舊戶籍資料上記載他畢業於輔仁大學日文系。倪克跑去新莊的輔大圖書館查那年的畢業紀念冊，再去系辦公室試圖詢問畢業校友的聯絡電話。長髮束在腦後的女助教敲電腦鍵盤：

「你是我們系友？」

「對，我是陳國榮。」

「等等，你是第六屆的學長，大學長，看起來好年輕。」

「剛拉完皮、抽掉眼袋的油，也順便雷射去斑。」

「學長，你好愛說笑。你們班上的涼涼，籃球隊那個神射手黃武良，現在是系上日本語的教授，他常提到你，說以前鈴木修女最喜歡罵你，說你上課就睡覺對不對？鈴木老師當了很久的系主任，前年退休回日本。你沒騙我？你看起來才三十多歲，黃老師頭髮已經全白了咧。」

講話過程每個段落的停頓處，小助教習慣性擠擠鼻頭，她把逗點掛在臉上。

「黃老師說你以前有很多女朋友，從中文系到物理系，到處亂追，害日文系的男生名聲不好。」她又擠鼻頭。「他拿你和你們那屆校花的照片給我們看，哲學系的對不對，她好漂亮，頭髮又長又直又黑，我就留不出來。」又擠了。「鈴木修女也說，學長你的日文很爛很爛。這樣講你不會生氣喔。她說你追女生太忙，考試都忘記來。黃老師說你娶三個老婆？」

陳國榮有三個老婆？

「後來，黃老師到處找你，都聯絡不到，聽說你去新加坡做生意。他下午有課，學長要不要等他，他一定很高興。」

小助教的鼻頭上也有幾粒雀斑，倪克以前從沒發現，雀斑使女人更可愛，尤其皺起鼻頭時。

「我請你去文學院餐廳吃飯，黃老師兩點以前一定到學校。」

系辦公室的門被撞開，闖進來一個渾身汗水、穿ＸＸＬ籃球衣褲的高大男生，他喊：

「有沒有水？」

可愛的小助教用眼白瞄他：

「回宿舍沖完澡再來，噁心。」

濕籃球看見倪克，小助教擠擠鼻頭：

「他是黃老師那屆的陳國榮學長，等下我請他去吃飯。」

「我咧？」

「你給我回去洗澡。」

飯別吃了，倪克不想飯後被押到籃球場上去鬥牛。

系友聯絡冊很有用，倪克問了陳國榮三個同學，原來陳國榮的家境很好，父親做變壓器，筆記型電腦剛席捲市場時，他們家也躬逢其盛，研發出小型變壓器。三年之後公司到新加坡上市，他被派去當地擔任總經理，從此和同學斷了消息。

他並沒有三個老婆，一個而已。起碼戶籍資料上只有一個，這位妻子生了三個兒子，也隨父母離開台灣，可能到新加坡再轉去歐美念書。一位同學說，在校時陳國榮已經有個很固定的女朋友，不是哲學系的，而是新莊某家工廠的女會計，比陳國榮大兩歲。父母反對，這對情侶沒結婚，但關係一直維持，同學還去那個女孩家玩過好幾次。

「國榮找我們去打麻將，大四那年的冬天，在林森北路。那時他開輛美國的野馬敞篷進口車，載我們先去超市買兩大袋東西，全吃的，再去那個女孩家。小套房，有床、冰箱、小廚房、衣櫃、電視、餐桌。把毯子鋪上餐桌再蓋兩層麻將紙就開打。國榮厲害，剛進門他先親親女朋友，再把買的每樣東西放進冰箱，真的好像是夫妻。他私下告訴我，女朋友不會做菜，每次去他帶些火腿、起司、火鍋料，保證女人高興，讓她有家、有老公的感覺。我們二十一歲，三個人裡面兩個連女朋友都沒有，國榮對女人有一套。打牌的時候，他女朋友就坐在他旁邊看，國榮有事沒事摟摟她的腰，要是胡牌再親親她。現在回想，呵呵，氣死人。」

大學畢業後大家去當兵，陳國榮因為扁平足不必服役，朋友間沒有像以前那麼親密，只有一次，過年休假，三個人曾去他的新住處喝酒，會計女朋友還在，大個肚子，五、六個月了吧，已經辭了工作跟陳國榮同居，地點在中山北路三段一個巷子裡，德惠街旁。房子不小，有三間房，小的一間已佈置成嬰兒房，刷粉紅色的漆。

「看起來他們等待的是個女孩。」同學說。

了不起，倪克想，把所有的女人都安排在中山北路，一晚吃三次晚飯也方便點？

最後一次見面是陳國榮的婚禮，在國小操場上擺桌，快一百桌。新娘不是女會計，沒讓同學驚訝，因為大學時大家見過這個新娘，學醫的，聽說家世很好，不過國榮那時介紹她是親戚。酒宴上國榮很瘋，到處找人拚酒，新娘坐在主桌嘟張嘴。

那次之後，同學在《工商時報》上見過陳國榮和他們家公司的消息，但大家都忙，同學會開過幾次，陳國榮全沒出現。

沒人對莉迪亞的母親有印象。照莉迪亞的說法，她母親年輕時是歌星，在好幾個歌廳駐唱，陳國榮幫她買下中山北路那層公寓，沒多久生下莉迪亞，到五歲才報戶口，她跟母親，姓葉。算起來，女會計在莉迪亞母親之前。那麼，陳國榮究竟有幾個孩子？

「我問過他，為什麼他姓陳，我姓葉。他大笑，說姓什麼都沒關係，是他的就是他的。」莉迪亞點了根煙，順手將煙盒扔到倪克面前。

「有陣子他每星期五晚上來我家，一進門就伸開兩手，我跑去跳到他身上，他把我抱得好緊，再往上面拋，說讓我坐飛機。我愛上飛機，去年考到駕駛執照，買了架 Cessna Skyhawk SP，下次你來L.A.，我們飛去Vegas。別急著點頭，我才飛過五次，到時別不敢坐。」

莉迪亞嗤嗤笑起來。

「他抱我的時候，身上有種甜甜的氣味，我媽說是酒味，不喝完酒他不會來我們家。現在你知道我為什麼酒量好吧，遺傳，十三歲開始偷喝。我們搬去L.A.，有天晚上我媽喝醉回來，我扶她上床，忽然聞到陳國榮的味道，以前他身上就是這股味，仔細再聞我媽，原來真是酒味。我去酒櫃給自己倒了一杯，Wild Turkey，第一次喝酒就喝Wild Turkey，醉得兩天沒去上學。」

莉迪亞母親離開台灣的原因和另一個女人有關，她不在乎陳國榮已婚，可是受不了又出現別的女人。

「九歲那年跟我媽去美國，他開車送我們到機場，一路上他講個不停，房子替我們租好，學校也安排妥當。說加州天氣好，台灣人也多，還有和台灣一樣的超市，生活方便。我媽一句話也沒說。他對我說，我的小女人要去坐飛機了——他都叫我小女人——叫我在美國多喝牛奶，快快長大，陪他走遍世界。進海關時我媽就是不說話也不肯回頭，我回頭，他在外面又伸開兩手，害我差點跑出去讓他接住再把我抛上去坐飛機。」

他們坐在九份半山腰上喝茶，東方美人。同桌還有薇薇安與一個老戴墨鏡的男人。薇薇安不放心，說一定要有人陪，萬一狗仔追來，不至於被影射為緋聞。誰都怕記者，倪克也緊張起來，他藏了這麼多年，不希望被人拍到照片，萬一當年陷害父親的那夥人見到，恐怕不會放過他。不過聽薇薇安的口氣，該怕的是莉迪亞，好萊塢大明星的名字不能跟台灣騎機車的身分不明男掛在一起。

工作，工作而已。倪克低頭喝茶。

莉迪亞沒穿短褲和拖鞋，白襯衫配牛仔褲和亞瑟士球鞋，頭髮抹了定型液，平滑地貼在腦上，像六〇年代男人的西裝頭。她上了點妝，倪克在她臉上找不到雀斑。

「到美國以後我媽沒有再提過他的名字，他打過幾次電話來，我媽一聽到是他的聲音就把話筒交給我，他說，我的小女人，妳長多大了，長得夠大，可以跟我去環遊世界了嗎。不到一年，我媽交新男朋友，義大利裔的美國人，搬離L.A.，新房子比較大，在Orange county，窗外是沙灘和大海。我問媽，Daddy呢？她頭也沒回，伸手往窗外一指，太平洋——你沒去過美國？Disneyland就在我們那裡——你從沒離開過台灣？倪克，你是個奇怪的男人。

「他在太平洋的那頭。我一個人在家的時候，都趴在沙發背上看窗外的太平洋，長大才明白，他真的在太平洋那邊。

「等我進好萊塢拍了幾部電影，找過美國偵探社去打聽，他們家幾年前投資網路，賠得很慘，公司也賣掉。這次正好來亞洲宣傳，提醒自己一定要再找找看。想念一個人想了八千天，倪克，你無法想像吧。我曾經把我的故事講給一個導演聽，他認為很有意思，女人可以在十年內忘記任何男人，唯獨忘不了老爸。如今我人在台北，當然要再找找他。」

一天的雨加上遊客逐漸離去，黃昏的九份益發頹廢，遠處海面上的雲低得像掛在山頂忘記收的汗衫。薇薇安催促莉迪亞回台北，下部片子的導演特別從北京趕來，約好晚餐時見面聊劇本。說不出來為什麼，倪克有點怕這個男人婆的ＡＢＣ，她從一開始就提防倪克，那天提魷魚羹回酒店，薇薇安擺出臭臉用英文把倪克罵了好久，她為什麼不乾脆在莉迪亞腦門貼張「易碎品」的警告標示？

回程，車子在高速公路狂飆，莉迪亞若有所思地發呆，見到汐止日月光大樓，她才捏捏倪克的手說：

「這幾年來我交過三個男朋友，媒體上報導過，你知道？」

知道，倪克大概猜得出原因，但不方便問。三個男人都屬於老帥哥級，第一個是美國大財團的董事長，兩鬢灰白，愛在襯衫領口打個小糾糾，不過已婚。緋聞曝光後分手，莉迪亞為此一度成了酒鬼，住在療養院好幾個月躲媒體。第二個是阿根廷的名導演，年紀最大，快六十了，交往僅幾個月，男的在海灘被拍到和個穿丁字泳褲的模特兒搞親親遊戲。第三個最年輕，四十多，也是演員，應該是莉迪亞進行式中的男友。

莫非莉迪亞有戀父情結。

「我媽也這麼說，我無所謂，喜歡就喜歡，和我媽一樣，不打算結婚。你沒見過我媽，她才迷人，男朋友換不停。從小她就對我說，不要相信男人，相信自己。

「現在這個男朋友昨天晚上打電話來，吵著要我趕快回去結婚。他人很好，我過去所有男朋友裡最好的，但，倪克，我生命裡前半部分，他完全無法了解，老問我留在台灣這麼多天幹嘛，也說都失聯二十年，不必再找爸爸。他和我有點類似，先跟他媽嫁去繼父家，十五歲那年母親過世，繼父娶了新老婆，他再有個繼母。中學期間他明明有父有母，卻沒血源沒感情。念大學到紐約，再也沒和繼父母聯絡過，所以他想不通我為什麼要找陳國榮。這種事沒辦法對他說清楚，像那天晚上我們混進我舊家，我心臟跳得快從胸部炸出來，覺得陳國榮又站在那裡對我伸出雙手問我要不要飛。你走了，我一個人躺在浴缸裡吃魷魚羹，能吃一個小時，掉一個小時的眼淚。其他人沒辦法懂，沒辦法。」

莉迪亞轉過臉，倪克見到她兩眼濕濕的，聽到她細弱的聲音：

「我爸每次都要我快點長大，你認為是什麼意思？我去了美國，他還問我長多大了，是什麼意思？他真的愛我嗎？為什麼從來不到美國看我？搬到Orange county新家，我想告訴他，我們家換電話號碼了，可是我媽不肯把他的號碼告訴我，只說，妳爸死了。Daddy沒死，我一定要知道他當年對我講的話是真的、假的？倪克，你以為他記得我嗎？」

「愛，麻煩，用你們的英文講，heavy。」老吳抿著他尚未喝完的那杯威士忌說，「沒有人不愛兒女，何況女兒是大明星，小時候一定很可愛。他愛不愛那位葉小姐，我不敢說，但絕對愛葉小姐的女兒。愛只有一種，就是愛，如果表現出來，倒可能有五百萬種方式，唯當事人感受得到，其他人，別亂下結論。

「小倪，你不懂，拿我家茱麗來說，以前小診所，工作忙，她成天摔盤子扔碗，叫我乾脆睡診所別回家。這是不是愛，當然是，愛得很。我咧，每天到了下午六點邊看鐘邊流汗，擔心回家晚五分鐘又撞上五把筷子衝我飛來，這是不是愛，當然也是愛，不愛怎來的怕。這幾年醫院穩定，人手多，院長我老人家閒來沒事溜回家抱抱老婆，你知道茱麗怎麼反應？她說，滾一邊去，少煩人。別懷疑，這還是愛。

「多體會自然懂，勉強不來。」

老吳想起什麼重要事似的，朝倪克伸出兩隻手。

「別自作多情，我飛你？就算你是女的，我也飛不動你。我是說，難道你沒弄點大明星的眼淚回來？小倪呀小倪，生意歸生意——什麼叫忘記，你凡事過目不忘，開車帶你走趟重慶南路，兩邊的招牌你能背下來，誰相信你忘了拿大明星的眼淚。不好意思拿對不對？對我，你又好意思？小倪，千萬別愛上她，愛不起。」他又去翻抽屜，拎出一袋糖，「金門的竹葉貢糖，小金門的這家才道地，咱們下酒——咦，誰說甜的東西不下酒，愈是甜的愈得來點酒，免得太甜，人生喲，太甜會蛀了牙——我是酒鬼？

「我朋友的小孩，爺爺疼、奶奶愛、媽媽慣、爸爸寵，現在小學五年級，放學不回家，窩在學校打棒球，爺爺守在校門口等，天黑，好不容易等到孫子出來，叫也沒叫一聲，見到爺爺撒腿一個人先跑回家。你說，孫子不孝嗎？爺爺不愛他嗎？

「回過頭來說，你應該見過，常來看診扎針的劉太太，胖胖的有時牽她的狗一起來，她一個星期四天在牌桌上，兒子放學到家，她嫌吵，塞個一百塊過去，『到7-eleven買東西吃去。』這也不對，兒子不如狗。沒錯，愛的輕重難拿捏。

「你的女朋友，酒吧那個四十六D——好好，我愈說愈誇張，三十四D對吧。拿一般對戀愛的認知來說，你沒事在這裡陪我喝什麼乾酒，不是早該去逗點幫忙，陪她開店、陪她招呼客人。要是她露出丁字褲，你趕緊拿塊布遮住，恨不能要她穿上太空衣，外加一頂機車安全帽，封得密不通風。愛是絕對的佔有，對吧。既然你耗在這裡一心一意想嗑光我的竹葉貢糖，說明你不夠愛她。

「然後有天她跟別的男人說上兩句話，你氣急敗壞拉她回家，你一定這麼說：『妳知道我有多愛妳嗎，我用整個人生愛妳，而妳呢？』你把愛情用比較級來衡量，不知不覺，愛情就一天比一天重。十年後你再對她這麼說：『我放著老吳香噴噴的鈔票不去賺，成天跑來陪妳，妳呢？妳怎麼能一星期六天把咪咪露給別的男人看，對得起我嗎？』

「聽不懂？上次我們去吃那家四川小館子，菜單上起碼有一百道菜，半個小時你能全背下來，連價錢都記得，我說的，你哪可能不懂。小倪呀，咱的美人大明星，期待她爸爸二十年，八千天，夠heavy吧，如果你替她找到那位多情老爸，他卻根本不記得有這麼個女兒，怎麼辦？不是說陳國榮怎麼辦，我管他，是大明星怎麼辦？你怎麼辦？

「到時送她來我們醫院，給她兩副逍遙散配自己的眼淚，加上溫柔體貼的小倪陪著去逗點喝杯威士忌，嚐嚐三十四D的煎餃，兩個女人用眼神空中交鋒——

「酒沒喝多，是年紀大，話多，忍耐點。給小倪大哥上酒。

「說正經的，任何事都有解決的辦法，請大明星來小院，我替她把個脈、觀個氣，來兩副逍遙散，氣消神聚，把心頭壓了八千天的負擔卸下，人生不需要走得太重太累——嗯，你說的也對，難得小倪也吐兩句帶點哲理的話，愛喲，要不零，要不百分百，沒法用什麼打擊率三成八、投手防禦力一點八五來計算。講個讓我刻骨銘心的故事給你聽——急什麼急，去逗點你喝酒，在我這兒你也喝酒，我這兒還不收你酒錢。

「大學時除了茱麗，交過另一個女朋友，也不算交，我喜歡她，體會得出她也喜歡我，可是兩人都沒開口，如果那時我跟你們這群白癡世代一樣懂得談戀愛前得先告白，說不定——對，說不定早給茱麗宰了——你到底聽是不聽！

「很多年後我一個人去香港開亞洲中醫會議——我說過以前從沒出國過啊？香港算出國？好，就離開台灣過那麼一回。別老打岔。我走在彌敦道找三聯書店想買點大陸出版的中醫書籍，不料在書店前面給個女人叫住，大學那個女孩，叫她裘莉好了——莉迪亞的莉，不是茱麗的麗。我們都已經四十好幾，她保養有方，除了富態點，都沒變。她畢業後去美國考到針灸執照，留在什麼小鹽城成家立業，到香港不是開我們那個會，她被當地醫院邀請去講課。

「小倪，你真該見見裘莉，成熟的女人才美哪，尤其皮膚白得，嘖嘖。那天她穿條短裙，這把年紀的女人難免有些橘皮組織、成長紋什麼的，她一點也沒，兩條腿在陽光下白得刺眼。我的罩門就是白，受不了白的女人，茱麗夠白吧，裘莉更白——後面那句，收回。

「她剛下課，沒事，我有事也變得沒事。我們逛到尖沙咀海邊，那裡有家海景嘉福酒店，她說地下層的義大利麵好吃。我土豹子開洋葷，看不懂菜單，全憑裘莉作主。記得她要了道龍蝦麵，一大盤，兩人分，好吃，麵Q又扎實。當然有酒，也是她點的，義大利奇安提白酒，冰過，涼透心肝脾肺腎——別又打岔，我涼你的大小腸。

「帶著酒意，我們從餐廳出來，一路散步到海邊碼頭，我住在尖沙咀，她住在港島的灣仔，一家有名的老酒店叫六國的。眼看得在天星輪碼頭前分手，她捨不得，欲言又止的，我更捨不得。那是我這生唯一一次外遇，精神外遇。別滿腦子金瓶梅、Playboy，我們發乎情，止乎禮。送她上船，我再散步回酒店。愁悵、沮喪，有點想搭下班船去敲她房門的衝動。

「回到酒店洗冷水澡，把髮尖到腳底板發的燒全澆熄，打電話回台北問候茱麗，以為至此心平氣和、海闊天空，不行，熬到十一點，我竟然撥裘莉名片上的手機。小倪，快把酒瓶還我，不見的感覺全回來啦。」

酒瓶空了，倪克把自己杯裡的酒倒一半過去，以前從沒見過老吳失控，女人果然是所有男人的罩門。

「才響一聲她就接起來，好像她正等我電話。小倪，你知道嘛，我在海峽的北邊，尖沙咀酒店的房間裡對著那一岸的香港島，她則在香港島灣仔的六國酒店對著北邊的我。我們之間明明是海，卻好像那麼點朦朦朧朧的能看得見彼此。我邊講手機邊拿香港地圖找她住的酒店在哪裡。小倪，那時我很確定自己戀愛了，愛得如癡如狂，愛得捶胸頓足。

「然後？戀愛有什麼然後不然後。我們聊到太陽出來，電話突然斷線，我那時想，如果她沒打來，我也不該再打去，到底都結婚有家，不能再發展下去。如果她打來，嘿，我告訴自己，管不了囉，讓它自然地繼續發展下去唄。倪克，你說我該不該打去？這麼多年後，我曾經想過，我他媽是呆子，為什麼不打去，誰都知道她不會打來，我笨，豬，怎麼能讓她又溜走？

「結果呀？結果我強迫自己上床睡覺，睡得翻來覆去，也不知什麼時候睡著的。中午醒來，恰好茱麗來電話，要我帶榮華雙黃月餅回去，原來想打電話給裘莉道個別什麼的，也別打了。以後我們沒再聯絡過，就這樣，完、the end、全劇終，我的外遇是免洗筷、一次性外遇，用完即扔，在垃圾桶等善心人士回收。」

老吳這才發現他杯子空了，低頭去翻抽屜，沒酒，因為故事也講完了。

倪克恍然明白他為什麼沒有緣由的做起「尋找」的這行工作，拿莉迪亞來說，和她在一起聽她說話，倪克覺得自己飄在空中，客觀地看地面上掙扎的人生。那是個他搆不著、摸不到的世界，僅是旁觀者，偶爾陪著難過、陪著傷心，如此而已，沒有負擔。

「我明天的飛機去Tokyo，在那裡待到星期天，要是你有消息，我可以飛回來。」

「今天呢？」倪克站在晶華酒店對面新鋪的人行道上握著手機，「運氣好，能碰得上。」

「碰得上什麼？」

倪克由三十九巷的酒店咖啡廳大門進去，見到從電梯閃躲出來的莉迪亞，把手中的安全帽往她頭上一戴。莉迪亞沒化妝，穿著白T恤與牛仔短褲，大半張臉藏在防H1N1的大口罩裡。

踩動老野狼，呼地，由林森北路轉上往南京西路的方向。

找到陳國榮算運氣。上午他突發奇想，男人會變，女人不容易變。他上網駭進內政部資料庫，找到陳國榮妻子的娘家地址，跑去直接按門鈴問，果然她娘家仍住在那裡，給了倪克電話號碼，他用黃武良的名字打去，接的恰好是她。

「我記得你，婚禮你有來參加，幾年前也來過幾次電話，我媽轉告我，你們要國榮參加同學會。我們離婚了，沒什麼好遺憾的，又不是美國人，講I'm sorry跟Good Morning一樣，一點也沒誠意。你們當然找不到，他在台灣，不做台灣人，改用美國護照，Steve Chen。又結婚了，這次找了比他年輕三十歲的，幼齒補目睭，你們男人不都這麼說。要不要他的地址？」

「他太太不恨他？」莉迪亞在倪克的耳邊問。

有不恨的女人嗎？

「他的三個兒子呢？」

天底下的男人不是在逗點喝酒，就在老吳那裡吃藥！

轉上延平北路，靠近迪化街附近，倪克在棟新建的褐色大樓前停下。

「他住在這裡？」

「十一樓，妳可以進去，跟警衛說要找Steve Chen，他們會用大樓裡的住戶通話器讓妳跟陳國榮講話，如果他記得妳，搭警衛櫃台旁的電梯上去。」

莉迪亞沒回答也沒下車，兩人有如被時間凍結，兩旁的車輛、行人快速地來來去去，唯有野狼上的兩個人一動也不動。

「如果妳暫時不想上去，」倪克等了幾分鐘才開口，「我把車停到旁邊巷子等一等，他該出來了。」

「你怎麼確定他在家，會下來？」

「一個多小時前我打電話去過，假裝是他老同學。他在，不過他說下午有事，要接小女兒放學。」

「他又有一個女兒？」

陳國榮有三個兒子和三個女兒，女會計幫他生的是女兒，葉小姐幫她生下莉迪亞，加現在這個，至於還有沒有別的，不重要。倪克沒回答，他緩緩把車駛至巷口。

倪克脫下安全帽點起一根煙。

「給我一根。」

他們抽煙、吐煙，和整條街上排放的所有廢氣混在一起。

「他的新老婆幾歲？」

沒回答。

「他女兒幾歲？」

沒回答。

「你為什麼不說？」

自己看吧。倪克能說什麼？他是餐廳裡彈鋼琴的琴師，和菜色無關，和天氣無關，和每個客人無關，和你們是不是彼此看不順眼而拔槍決鬥無關。Don't shoot me, I'm just a piano player❾。

「那再給我一根。」

只有這件事有關，最後一根，給了莉迪亞，倪克就沒煙了。

他們等了很久，快四點半，是陳國榮，除了頭髮略少、肚皮挺出來，和畢業紀念冊的模樣沒有太大改變，而莉迪亞的指甲掐進倪克的胳膊，整張臉貼在倪克左耳旁，她的呼吸急促，吹著倪克的耳朵。

陳國榮站在路邊張望，莉迪亞愈來愈熱的身體黏在倪克後背，感覺得到她的心跳，老吳說的，躁熱。

一分多鐘，一輛黑色賓士駛到大樓前，陳國榮露出笑容迎上去。車內先下來一個身材纖細的女人，墨鏡遮住她大半張臉。陳國榮在她臉頰上親了親，馬上再轉向車門，下來的是小女孩，穿蕾絲邊短裙的小女孩。陳國榮張開雙手，小女孩跑上前，陳國榮抱住女孩朝上舉，他轉呀轉，轉了好幾圈，將女孩朝天空扔上去，一串風鈴般清脆的笑聲，小女孩落進他懷裡，他才用另一手摟著女人肩膀。女人摘下眼鏡，轉頭向巷口看了看，她有張厚厚，突起在人中下的嘴唇。

他們進了樓，賓士也開走，馬路上的公車、摩托車沒有停，人行道上匆忙的行人也沒停。莉迪亞戴回安全帽，她平靜地說：

❾Elton John一九七三年的專輯，所有歌詞皆由他和Bernie Taupin合作，其中最著名的單曲有〈Daniel〉和〈Crocodile Rock〉，此張專輯在英美兩國的銷售排行榜都名列第一。

「倪克，我們走吧。不要回酒店，帶我去別的地方。」

去哪裡？倪克加了加油門，朝水門駛去。

「快一點，愈快愈好。」

簡單，昨天加滿的油。倪克右手肘往下沉，老野狼沒打嗝，轟地往前衝。

「帶我去太平洋。」

更簡單，倪克沒理會身後閃起路中央分隔島上的超速照相機燈光。

「在台灣的時候我從沒離開過台北，沒見過太平洋，到了美國才見到。好奇怪，這裡明明離加州很遠，太平洋的感覺卻一樣。」

他們停在東北角的三貂角的燈塔下。

「十七世紀的明朝，有艘西班牙船從菲律賓開來台灣，不知道這是哪裡，就取了個名字，San Diego，聖地牙哥，我們祖先聽不懂，照著西班牙文的發音用閩南話翻譯成『三貂』。」倪克說。

「加州也有個地方叫San Diego，好巧。」

「這裡有很多魚，我有時趕著漁船返港時去買魚，回去可以蒸可以煎可以烤，我媽說，小孩多吃魚，能變聰明。」

「你媽呢？」

「死了。」

「喔。你很想你媽？」

「想。」

「你爸呢？」

「也死了。」

「喔，我老問不該問的事。」

「幸好我還活著。」

「上帝要你活著認識我。」

「認識妳不錯，妳是美國人，明天回去，不用再來，跟妳，我隨便講什麼也沒關係。」

「那你現在想講什麼？」

「要回台北嗎？不然薇薇安又要罵我。」

「不請我吃魚？我太笨，想變聰明一點。」

「到我家去吃。」

「你家在哪裡？」

「不遠，也看得到太平洋。」

他們重新上車，倪克不再飆速度，慢慢地騎，讓海風吹開他們每個毛孔，easy，very easy，不再heavy。

先到大溪漁港，倪克挑了條馬頭魚和幾尾竹筴。莉迪亞很興奮，在個小攤子前用湯匙吃起新鮮海膽。野狼折回頭往北回福隆。阿嬤的釣具生意不好，她坐在店裡打瞌睡，見到倪克很高興，於是倪克又有了蔥、有了蛋。阿嬤伸手搶去魚，進廚房幫倪克清理。

「她是你的？」莉迪亞好奇地問。

「我阿嬤。」

「她對你好好。」

人的關係未必和血緣成正比。

阿嬤出來，塑膠袋裡多了薑、醬油，她一手拉倪克，一手牽莉迪亞，嘴裡念個不停。倪克和莉迪亞重新上車，朝阿嬤揮手。

「她不是我真的阿嬤，」倪克說，「可是她是我阿嬤。」

莉迪亞沒問，可能風太大，她問了，倪克也沒聽見。野狼穿過一群騎自行車的年輕男女，彎進防風林。

「你家好棒，就在海旁邊。」

「也好破。」

「嗯，這倒是，terrible and horrible。」

莉迪亞去沖個澡，倪克在水槽前為魚抹鹽。有什麼事情不對勁？對，這是倪克搬來海邊後，第一次回家沒馬上放音樂。他走到電腦前，從 i-tunes裡挑了首歌，在天母圓環跳蚤市場買的，那天有個祕魯來的街頭藝人表演笛子，他的音樂裡有風沙的感覺，倪克便買了兩張CD。

阿嬤交代，竹筴魚抹了鹽用烤的，馬頭魚加點醬油紅燒，三星蔥炒蛋。

「浴室裡的木桶是做什麼的？我用來泡澡沒關係吧。泡了多久，快一個鐘頭？好舒服，出了一身大汗。」

圍著浴巾的莉迪亞，很難和電影海報上那個性感的女人聯想在一起。白白瘦瘦，不過她是亮的，儘管已傍晚，沒有陽光照射進來，她仍然刺眼的亮。

「你沒什麼家具，也沒電視。我喜歡。你也有朱自清和徐志摩的書唷？我媽買給我過，她希望我不要忘記中文。書挺多的耶。」

一個人關在東北角，首先學會的是看書。打開窗讓海風透進來，吃魚，每個吃魚的人變聰明。吃完飯得再騎回台北，或是坐火車？

「我今天不回去，等下我會告訴Vivian，飛機是明天下午，早上回去也來得及，反正晚上沒行程。倪克，我走了，你會不會想我？」

想。

「除了你，台灣沒人想我，大家想的是我的電影。魚好吃，小時候的味道，我外婆也用醬油煮魚，好懷念。你到底要不要來美國？台灣有人讓你離不開嗎？」

美國？美國的莉迪亞應該是另一個莉迪亞。

「你不會去對不對？不敢坐我的飛機？放心，都有教練陪。」

不是飛機，是另一個莉迪亞。

「那我休假來找你玩。我住在你這裡每天看太平洋，我們再去買魚，還要去台東，你說台東有飛魚。」

酒店打烊的時候，我就離去。

「手機響你不接呀——哦，為什麼全世界只有一個人會找你？老吳是誰？中醫？你身體不好？」

老吳，快回家抱茱麗唄。

「你這樣不健康，有沒有女朋友？要找個女人，你們才可以躲在這個海邊吃魚喝酒。一個人太寂寞，我媽說的，海邊不適合一個人。」

習慣了。

「倪克，你是好人，該有好女人陪你。」

從此過著幸福快樂的日子。

「我媽加州的房子還在，另外一棟在舊金山，也能看到太平洋。來嘛，小時候跟我媽東西兩岸到處跑，演戲以後全世界跑，都沒朋友。pity，pity me。」

被人pity也是件很累的事。

「我知道了，你是不是被通緝？殺人？搶銀行？老吳是掩護你的shadow man？對不起，問太多，以前我從不問別人的隱私，也討厭被問。」

沒關係，反正妳明天離開台灣。

「每拍完一部電影，我都會生一場大病，全身虛脫，醫生又說沒病，休息就好。那時我總想老了以後一定要回到海邊，我喜歡冬天的海邊，很冷，風吹進大衣裡，好像從心臟的微血管開始發抖起。感冒好幾次，可是到冬天我又忍不住去海邊散步，冷得過癮。回去沖熱水，很燙的那種熱水，像我剛才泡的澡一樣，身體裡流出很多東西，等到它們流光，有復元的感覺。再泡杯茶，縮在沙發裡看老電影，黑白的最好，你看過『金玉盟』沒，『An Affair to Remember』，Cary Grant和Deborah Kerr演的。我媽在台北帶我去看過，她床頭有中文翻譯的小說，我看了好多好多次，看完哭，哭完睡覺。人生這樣就很滿足，好幾年沒再看『金玉盟』。」

看過，有DVD，要放嗎？

「還有一部『藍與黑』，林黛和關山演的，我媽愛死，拿手帕邊擦邊看，我跟她一起看，也哭。你不知道，我很愛哭，DNA的關係。」

也有「藍與黑」。

「我話很多喔，大概喝醉了。我的ex說我喝醉和做夢的時候都講中文，哈，你看，我喝醉了一定要有說中文的朋友才行，不然萬一我身體不舒服，喊半天中文也沒人懂。到美國來嘛。」

再開一瓶酒，上回老吳送的Chateau什麼的怎麼找不到。不能再喝，莉迪亞沒有聲音，她在椅子上睡著。倪克小心地起身收拾餐具，明天再洗，送走莉迪亞後，明天沒事，後天沒事，天天沒事。他走到窗前看星光下偶爾閃現的浪頭，點根煙，把霧一般的煙吐進夜裡。濕的頭髮、女人的香味。兩隻手繞到前面抱住倪克的胸，暖和的體溫貼在他的背上，水也滴在他背上。不是水，他聽到輕輕的啜泣聲，淚水染濕他的汗衫。

「她走了？還好我沒告訴茱麗，否則她要莉迪亞的簽名，我豈不又挨罵。喂，我以性命擔保絕不對其他人說，別搖頭，相信中醫的人格。昨天晚上她真的睡你那裡？你那裡有八間房十七張床？我才不相信你睡地板——你一夜沒睡？

「豔福呀，為什麼我吳大國手一生救人無數，別說明星，連流星、紅毛猩猩也沒見過。你家破破爛爛，怎麼不請她來我家？少胡想，我家茱麗，一婦當關，我老吳莫敵，我是說茱麗一定高興到免我十年業績。

「沒怎樣也好，剛才我開玩笑。你們活在不同的世界，牛郎和織女，中間隔條銀河，還沒喜鵲幫你們每年搭鵲橋。

「她公司的車來接她？你載她到福隆火車站，賓士等在那裡？聽起來挺無趣的，沒生離死別又抱又哭呀，她連親也沒親你？我說嘛，怎麼可能沒親，她親你哪裡？不說算了，想也知道，那你打算三年不刷牙？小倪呀小倪，我老人家橫看豎看，怎麼也看不出大明星為什麼看上你。說帥，你是言承旭的五分之一；說酷，你是金城武的十八分之一；說有錢，你是比爾．蓋茲的九百億分之一；說忠厚老實，你是吳大醫師的九牛一毛。莉迪亞為什麼偏去你家？沒道理。念在你帶來福隆便當的分上，不跟你計較。下次要排骨的，要兩塊排骨。

「看了今天報紙沒？忘記你家沒報紙。她男朋友從紐約飛去東京，聽說去求婚。我有兩個假設，一，她當場接受，鐵定是全球大新聞，證明我們小倪是個屁。假設二，她居然拒絕，那事情就有點蹊蹺了，說不定她芳心鎖在你身上，這樣我有機會帶茱麗去喝你們喜酒，出現在各大報紙頭版上。也是個屁，純屬虛構的屁。

「很快，說不定明天就有結果，要不要賭一賭，基於朋友的立場，我賭假設二。我輸了，請你去國賓飯店吃牛排，要是你輸了，請我去你家吃烤魚，順便同意我拍一張你那張破床的照片。

「小倪，你不夠意思，從頭到尾講給我聽聽行嘛，好歹我是你朋友。你是不是簽了保密合約？沒關係，我也跟你簽，保證不對外宣揚，更不說給病人聽。

「媽的，要是還不講，斷絕關係，從此不來往。求求你小倪，倪大哥，倪祖宗，你他媽泥巴捏的狗屎蛋。

「用眼淚交換？你把人家漂亮的女明星弄哭了？你噢。

「給我件汗衫幹嘛？她的眼淚全在上面？小倪，你什麼時候變幽默了？為什麼不裝在塑膠袋裡？沒那麼大的塑膠袋？你不會連夜送來，你看，都快乾了。

「什麼，上面可能還有她的鼻涕？」

「看你今天氣色不錯，喝過酒才來對不對？又是老吳，那個老酒鬼。好，別拿你的威士忌，我先幫你調一杯雞尾酒喝看看，絕對配你今天的心情。」

Joe拿出一瓶伏特加和個高腳杯，她倒著酒念道：

「先來點伏特加當基酒，加進新鮮的葡萄汁，你運氣好，我愛吃葡萄，下午才去市場買的。」

如世界末日的天地變色般，杯子裡逐漸由下往上變成紫色。

「它叫Purple Mask，紫色面具。這幾天你一定有鬼，沒事裝張笑臉進來，就像這酒，浪漫的紫色液體裡面是嗆人的伏特加。」

Joe將杯子摜在倪克面前，兩肘倚著吧檯，兩手掌撐住下巴，兩眼望著倪克。說也奇怪，倪克背心有點冰涼。移開視線，趕緊喝酒。

「酒好喝嗎？失戀的人都愛Purple Mask，不過，」Joe伸出她右手食指刮著倪克的臉頰，「你失戀了嗎？」

Joe的食指刮過臉頰，畫在倪克的鼻頭上，再移到他的額頭，

「要怎樣才能讓你愛上我，很瘋狂瘋狂的那種愛上我。每天晚上來我這裡喝酒只能說你是酒鬼，和愛不愛上我無關。」Joe輕輕地說。

「我把胸部再露多一點，像這樣，你不是喜歡白淨的女人，討厭烤肉妹——眼珠子轉回來，仔細看。」

看，用力看。

「還是你希望我去韓國做一下臉，鼻子這麼挺，額頭這麼平。皺什麼眉，你們男人都愛立體女人。

「我的腿怎麼樣？如果我穿高跟鞋，我踮起腳這樣差不多，你看，男人愛女人的小腿有點線條，非穿高跟鞋不可，再去把這塊疤給美容掉，不錯吧。

「想不想我的屁股再翹一點，像這樣，多翹一點點，裡面穿條丁字褲，外面穿很短很短，往上削的牛仔短褲，屁股露出一截，裡面連丁字褲也脫了，你會不會愛死我？要不要下

次我穿給你看？

「小肚子也要小點對不對？你喜歡平平的小腹，還是有點肉的？騙人，你們男人全是騙子，愛平的就說，說什麼有點小肚子也不錯的全是騙子。好吧，我花點工夫，以後晚上你沒有煎餃吃，陪我減肥，每天下午進健身房，一二三四，二二三四，他們說仰臥起坐一天得要三千個，為男人這麼拚命，也不知道划不划算。

「你還想怎樣？說，你對我的性幻想內容到底是什麼？說不定我能滿足你一下。

「我趴在床上，翹起屁股對你？伸出舌頭，這樣，你看，我伸出舌頭舔上唇舔下唇，瞇起兩眼兩手握住咪咪——不行，我沒大到可以舔到自己乳頭。

「你一進房，我把你壓在牆上，用我的咪咪把你壓得透不過氣，然後我抽掉你的皮帶，剝下你的褲子，兩隻手伸進你內褲裡面，熱烘烘包住、握住，喔，倪克，你一定當場爽死，然後我變成寡婦。

「洗過泰國浴沒？我把肥皂泡沫抹在咪咪上，朝你的胸部又揉又摩，再往下，再往下，把你的眼睛閉起來——不是現在，是說我摩你的時候——你想像我摩到你什麼地方，接下來再摩哪裡？兩隻豬蹄攤平擺在旁邊不准碰我，任我擺布。是不是很想我蒙起你眼睛，綁住你兩手？

「換你。帶瓶十二年蘇格蘭威士忌回去，倒點在我的咪咪中間，倒點在我的肚臍裡，倒點在我兩腿中間，倒點在我的嘴裡，你從上面開始吸開始舔，有沒有酒香味？有沒有我的香水味？有沒有我的汗滲進酒裡的鹹味？媽的，別流口水，噁心。

「讓你的性幻想全部在我身上實現，不過你得先準備好戒指，不一定要鑽石的，白金的就可以，拿戒指從我的眼睛開始一路往下，很輕很輕撫摸我的全身，我這樣，嗯嗯。來，你也嗯嗯給我聽聽……倪克，要嗯好聽點，不是大便那種嗯。

「你娶我那天晚上，只准喝兩杯酒，要有酒意，可是不能有醉意。我穿那天在中山北路看到的緊身白紗禮服，裡面什麼也不穿——不，留一條腰鏈，金色發亮粗粗的鏈子，繫在腰上，一截垂在屁股中央，你脫下我的禮服看到的是鏈子，你想解開鏈子還是讓鏈子留著？

「你喜歡我穿黑色高跟鞋躺在床上嗎？全身什麼也沒，只有那條鏈子和高跟鞋。我把兩條腿舉得高高，留一點床頭燈，光線反射在鏈子上，我把鞋跟頂在你胸口。

「媽的，天氣熱，人都跑去哪裡？今天生意真是差到斃，你的Purple Mask付現金。收攤，記得拔掉製冰機插頭。」

「嗨，倪克，還是不接電話……是我。你家沒電視，也沒報紙，說不定你根本窩在東北角不出門，所以我只好打電話告訴你——我是第二個會打你手機的人，偏偏你不接……紐約男人今天在東京向我求婚，沒答應，他氣得馬上回機場，又多了個ex。謝謝你幫我，八千天，不想再從男人身上找陳國榮的影子了，呼，too goddamned tired。記得來美國玩，你總得走出那間破屋吧……我的電話號碼留在你電腦裡，永遠都通，要是沒人接，也可以留話。……by the way，如果你真的來美國，見到我的時候能不能伸出雙手把我舉起來飛……

開玩笑，別當真……你願意讓我飛起來？要轉呀轉的，要拋上去再接住，要摟得緊緊的……bye，take care……我已經開始餐餐吃魚，變聰明……」

倪克打開電腦，桌面上有Microsoft Office Word的檔案夾，裡面只有一串阿拉伯數字，和，Lydia。

關上電腦走到樓頂，倪克縮起身子拉起襯衫領口擋住風地點上煙，眼前是太平洋，莉迪亞看的是同一個海，她在海的哪一邊？太平洋究竟有多寬？

# 九件事

「我相信如果真有叫做運氣的東西，希望我運氣好到沒錯過它。」

——「人生的十三個轉折點」❿

❿美國電影「人生的十三個轉折點」（13 conversations about one thing），由Jill Sprecher導演，Karen Sprecher和Jill Sprecher編劇，二〇〇一年在美國上映。

■一九九七年三月二十日，台灣爆發豬隻的口蹄疫，其後一年，大約三百八十萬頭豬被有計畫地屠殺。

■一九九七年四月十四日，白冰冰的獨生女兒白曉燕遭綁架。四月二十八日，發現白曉燕屍體。

■一九九七年七月一日，香港主權移轉，董建華當選第一任特區首長。

■一九九七年七月，泰銖在一個月內下跌百分之四十，亞洲金融風暴爆發。

■一九九七年八月三十一日，英國黛安娜王妃和男友在法國巴黎因汽車失控而喪生，當時她三十六歲又兩個月。

■一九九七年九月五日，一生致力於救助印度加爾各答貧民的德瑞莎修女病逝，享年八十七。

■一九九七年十一月十二日，台灣的音樂人與偶像歌手張雨生，車禍後昏迷許久，於這天不幸過世，三十一歲。

■一九九七年十二月十九日，由詹姆斯·卡麥隆導演、李奧納多·狄卡皮歐和凱特·溫絲蕾主演的好萊塢電影「鐵達尼號」全球上映。

當然，一九九七這一年，發生的事不只這些，例如八月三日星期日晚上，台北市興隆路一條小巷子出現一起兇殺案，幾名酒醉的男人不明原因地起了衝突，其中一人被棒球棍擊中頭部而喪生，經過警方查證，死者名為倪固樂。

根據現場目擊者的描述，倪固樂帶著可能是他女兒，大約三歲的小女孩在陳家麵店吃飯，不知什麼原因另一桌的一名青年男子提腳踹他的桌子，倪固樂用身體護住小女孩的頭，因此屍體背部呈現很大一塊被桌角撞擊的瘀青，隨即他抱起女孩跑出館子，但撞上門外另兩名男子，再被強行攔下，形成三人毆打他的局面，其中一個手中有球棒，釀成悲劇。

法醫鑑定，倪固樂死於頭部的重擊，腹部和腿部也有刀傷，但現場沒人見到刀子類的兇器。警方向周圍店家查問，他們都說以前沒見過倪固樂，可能不住在這個社區，事實上死者和他的家人住在中山北路，離興隆路很遠。三名行兇者也無人認得，確定並非附近的住戶。至於小女孩則因事發時一片混亂，被倪固樂推到路邊後，沒有人留意她，隨即下落不明。警方表示，事後追查，並無失蹤人口的報案紀錄。

這則新聞出現在各大報社會版的一個角落，應該引不起讀者的注意。八月八日父親節這天，台北市刑警大隊宣告偵破此案，兇手是二十七歲的黑道分子屎面，接受警方偵訊時，他承認犯案，至於動機，某報引用他的話：

「誰叫他先撞我，我是自衛。伊喲，搖擺（台語音譯，有囂張之意）。」

當時倪固樂四十二歲，一個在市政府建管處上班的中年公務員怎麼沒緣由地在小麵館內搖擺？沒有媒體再追蹤下去，更沒人記得新聞發生時的小女孩。

月底，英國黛安娜王妃車禍死亡，倪固樂的新聞更早已進了資料庫，十二年後才被署名「泥客」的電腦駭客從資料庫裡翻出來。在螢幕上它所佔的空間，僅僅三分之二頁，十二行——不，三分之一頁，因為新聞的右邊是佔去不少空間的直式動畫廣告：

最便宜最親切的方式，陪父母走完人生最後之旅。

畫面上一個中年男子摟著白髮老婦人的肩膀走在山路上，而山頂高處是座蓋得有如北京天壇般的靈骨塔。

如果點進部落格，可以發現大約一千多個網友就此廣告做了回應，大部分的意見是：

這是什麼「送死」廣告！

倪固樂的新聞，點閱者共十二，平均一年有一人點閱，而回應，零。

老吳有病人，倪克坐在候診室內找了份報紙看，頭版斗大的標題：

「目睹父舉槍轟腦，稚女驚嚇失憶。」

大同區一位父親因為生計困難，欠下三百多萬元的債務，債主來要錢，沒想到他一句話也沒說，取出土製手槍，當場朝自己太陽穴打了一槍。鄰居聽到槍聲，原以為是鞭炮，不過還是有人打一一〇。當警察趕到現場，除了一具屍體外，意外地在廚房洗碗槽下找出才五歲的女孩，她兩眼發直，什麼話也說不出來。到了警局，女警、醫生和社會局人員想安撫女孩的情緒，花了幾個小時，直到將近傍晚，小女孩忽然回過神，她發出尖叫，又高又細的尖叫聲持續了將近二十分鐘。這個家庭原來四口，不久前媽媽帶兒子離家，下落不明，到截稿前警方都沒聯絡上她。父親失業好幾年，和小女兒日子過得很辛苦，不料再發生這樁慘劇。

倪克翻其他的版面，找找還有沒有相關報導，他關心女孩後來怎樣了，不料才抬起頭，撞上對面一雙烏黑大眼珠子，那是個頭上綁條白底紅花頭巾的女孩，可能介於國三與高一之間，手上捧著像是課本的書。收起報紙，倪克朝她笑笑，少女沒表情地轉開臉。

「妳一個人來看病啊。」

沒得到回答。

少女長得很乾淨，頭巾下沒有露出任何一根頭髮，臉中央戴著口罩，這使她的耳朵分外顯眼，除了略微招風外，形狀其實普通，不過色彩特別，半透明的，在側曬進來的陽光中，可以清楚看見耳垂邊黃金般的寒毛。倪克面對口罩與頭巾間的眼珠子，以為女孩要對他講，便擠出微笑說：「要考試囉？喝不喝可樂？」

醫院旁有家便利超商，倪克站起身，他沒吃早飯，弄枚茶葉蛋去。

沒回應。

少女看的是課外補充教材，厚厚一大本，倪克站起身偷眼瞧，好像是宋詞，他不禁順口念出：「鴛鴦翡翠，小小思珍偶。眉黛斂秋波，盡湖南，山明水秀。娉娉嫋嫋，恰似十三餘。春未遂，花枝瘦，正是愁時候。」⓫

⓫黃庭堅的〈驀山溪〉，副題「贈衡陽妓陳湘」。全文為：「鴛鴦翡翠，小小思珍偶。眉黛斂秋波，盡湖南，山明水秀。娉娉嫋嫋，恰似十三餘。春未遂，花枝瘦，正是愁時候。尋芳載酒，肯落他人後？只恐遠歸來，綠成蔭，青梅如豆。心期得處，每自不由人，長亭柳，君知否？千里猶回首。」

有了點回應，少女故意用力翻到下一頁。倪克沒放棄：

「宋朝黃庭堅寫的詞，你們學校教的唷？這首寫的就是妳這個年紀，娉娉嫋嫋，不過，可惜春未遂，花枝瘦，要多吃飯。」

失敗。少女更用力發出碰聲地闔上書，轉眼看電視，理也不理倪克。搞不定女人，包括女孩在內。

啃著包子進來，少女正要離去，牽她手的應該是她媽媽，釣魚帽遮住半張臉，不過身材細長，比少女高出大半個頭，裙下露出白皙細長的小腿，不過腳上的涼鞋乜塌乜塌地響，像結婚十幾年的歐巴桑。她走得很快，腰如旗杆般挺直。倪克向少女揮手，她裝作沒看見。

「她們住在南部鄉下，單親家庭，漂亮小妹妹是她女兒，每次見到我都心疼。你聽過幼童癌症吧，前陣子看到報導，大陸的中國抗癌協會統計，這是僅次於意外死亡，中國兒童死亡的第二大原因，一百個死亡的兒童裡面，十點七個死於癌症。台灣也好不到哪裡，幸好也沒那麼絕望，注意調養和醫療，治癒率已經提升到六成以上。小妹妹大致上熬過來，這些年苦了她媽媽，最近不知從哪裡弄來個治癌的祕方，拿來問我看有沒有用。」

老吳攤開手中的列印紙。

「網路上說是大陸某個死刑犯在行刑前覺得良心不安，把傳子不傳女的祖傳祕方留下作為懺悔，如今成了海峽兩岸紅得不得了的偏方。」他戴上老花眼鏡，「生五靈脂，嗯，能止痛；生黑牽牛，能解毒；香附子，能理氣解鬱，湊在一起能治癌？我想不通。哎，那些藥材煮成一鍋，雖吃不死人，要救重病患者，我看不出其中奧妙處。中醫的學問大，我不懂的未必沒效，所以，教我從何回答起。」

老吳癱在他新買的多功能健康椅裡，倪克遞枚茶葉蛋過去，老吳搖頭。

「她丈夫十多年前過世，一個女人家既要工作，還得照顧久病的女兒，辛苦，誰料到老天硬是閉眼打瞌睡。女兒啊，十五歲，骨髓製造白血球的功能仍不正常，經常頭暈，四肢無力，沒什麼食欲，晚上也睡不好，又容易感染，一個小感冒能折騰幾個月，搞得她連夏天上課都要戴口罩。

「我幫她另外開了藥，著重調養。對付慢性病，得打消耗戰、心理戰，沒有哪副藥喝下肚就能藥到病除。茱麗認識她們，哭著要我想辦法，她說醫不好這女孩，我以後別回家。像話嗎？救人的事，吳太白上刀山下油鍋，怎麼可能不盡力？我恨不能替她生病。我爺說的，醫生要好學不倦，免得病人需要我們的時候，徒然束手無策，枉費上天交在我們手裡的才能，可是，偏偏學無止境。

「我開了黨參、陳皮、白朮、生地、熟地、當歸十幾種藥材，幫她補氣補血，不過重要的還是她們的信心和耐心。女兒還好，媽媽快挺不住，氣色很差，我也幫她開些補品。女人四十是關鍵，氣血調得好，受益下半生。她們特地從南部上來，待會兒再趕巴士回去。他媽的，老天無眼。」

桌上沒酒，也不見老吳翻抽屜找酒，倪克晃晃手中的報紙，老吳點頭。

「老爸在家舉槍自殺？那則新聞，看了，昨晚電視新聞每個小時報一次，早不是新聞。我送你一台電視，幾年前我們醫院全換液晶的，倉庫裡堆了好幾台舊式的，你去挑。彆扭，一台電視機能輻射過量要你那條爛命。

「你問的是心理狀況，沒見到病人，我無從回答起。三百萬賭債會不會把人逼上絕路，拿把槍轟腦門，我不知道，倒是，問題可能不只那三百萬，例如妻兒不肯回來，恨與悲也能形成很大的壓力。失業多年，被周邊的人看不起，自尊心被扔進馬桶，也是壓力。以前不有則新聞，某個男人跑到變心的女友家公共樓梯間上吊。他恨，想報仇，以為自殺能把壓力轉嫁到女友身上。還有個男人被女友甩了，不是把他們親熱的照片全掛上網，沒想到行為過於偏激，搞得女友跳樓斷了條腿，他後悔也來不及。

「感情上的挫折，如果有轉移的對象，比較好。你看我們這位偉大的媽媽，從沒聽她怨天尤人，也沒見她有反社會行為，因為她所有的不幸都轉移到對女兒的愛上面，找到必須努力活下去的動力。女兒是她心情的平衡點。報上那位舉槍轟自己腦袋的爸爸可能沒想通這點，以為一槍能解除所有的痛苦。他媽的，根本把痛苦擲到女兒頭上。

「新規定，下午三點前不喝酒，我老人家膽固醇兩百五，茱麗下禁酒令，經我再三懇求，改成天黑前不准碰酒。小倪，你也少喝點，要是真難過，飛去美國找大明星，別想那麼多，有愛就愛，萬一被甩，來找我，我擤把鼻涕當藥引送你帖逍遙散。

「以前聽過個故事，有位老先生搞外遇，死在女朋友的床上，老太太去醫院認屍，見到這個狐狸精，居然抱著她哭，一個勁地謝謝她，說什麼如果不是她，老公卯起來淒涼地死在街頭垃圾桶旁三天也沒人理。有意思吧。愛與恨，像撲克牌裡的A，可以最大，也可以最小，全看我們賭梭哈還是玩十點半而已。

「哦，我家茱麗？她不會抱我的二奶說感謝，她會把我從棺材揪出來扔在沙發上罵，死鬼，說，我到底哪裡對不起你。哈，我又開始毀謗茱麗，遲早給她聽見，到時，小倪，說好，你得收容我。」

分機響，老吳對話筒大吼：不是說了五萬次嘛，不收她的錢，一毛也不收。

「你看看，那位媽媽走到公車站又轉回來，非付掛號費藥錢不可。我扯離題了？前陣子有個病人，七十三歲的老大爺，從沒生過大病，卻成天膽戰心驚過日子，沒事跑去醫院隨便說個心痛、肚子痛，要求照X光、驗血。要是血糖高了點，膽固醇超過兩百，不得了，馬上掛急診。找西醫不過癮，來我這兒再看，總算找出個毛病，關節炎。扎幾次針、熱敷、拿藥，和我也熟了，昨天表情嚴肅地問我：『吳院長，關節炎會不會要人命？』我說，不要開玩笑好不好。哈哈，哈哈哈。

「意思？我沒意思。我的意思是說看病是老太爺自我平衡的一種方式，每次檢查結果都正常，可以讓他快樂上幾個月。我的意思是女兒得癌症，沒打垮那位勇敢的媽媽，使她更珍惜每一天的日子。我的意思是，人生無須逃避，拿槍轟腦袋是不負責任的行為。」

老吳彎腰翻抽屜，一臉茫然再坐回身：

「我的救命花生米、花生糖怎麼不見了？難道茱麗來搜過？不准我喝酒，不准吃甜食，這不是要我老命。老婆好、子女好、同事好，不代表我的人生沒有壓力，零食是我平衡靈魂的砝碼，講破嘴皮，茱麗永遠不理，說我得保養身體，別想比她早死。

「小倪，茶葉蛋呢？拿來。」

冷清清的酒吧，Joe叫倪克幫她照顧一下，她得去買樣東西。來不及問，已剩倪克一人，幸好喬志推門進來，他問，Joe 呢？天曉得。要什麼酒？

喬志是comma.com的常客，倪克記得他帶來過的五個女孩。沒錯，五個，其中一個叫波波，人長得甜甜，笑起來眼睛瞇成橫擺的上括弧號。誰說眼珠大的女人才迷人？那天她穿條短裙，紅色的短裙。倪克聽到她對喬志說，不，她的聲音高亢，應該對著喬志說給全酒吧的人聽：

「我喜歡男人看我看得眼珠子掉出來的模樣。」

那晚Joe反常，波波的話她當沒聽見，把帽T的拉鍊一拉，拉到下巴，直到打烊。閒著也閒著吧，喬志挪呀挪地坐到倪克身旁來鬼扯。一身酒味。

「走遍全台北的酒吧，女酒保裡，就屬Joe最夠味。」喬志大著舌頭，露出兩枚給煙燻得黃黃黑黑的門牙說。

夠什麼味？鮮血味？大蒜味？要點個番茄汁不？

「男人呀男人，一輩子逃不開女人。喂，倪克，別老酷張臉，你也想追Joe對不對？紳士點，除非她公開宣布死會，而且這個死會得拿管火箭筒站在她後面，否則，窈窕淑女君子好逑。」

倪克東張西望，該問問Joe為什麼不訂幾份報紙、雜誌？酒吧要是像早餐店，各看各的報，多好。

「我交過不少女朋友，你猜我最喜歡哪個？」喬志快把他的鼻毛伸到倪克臉上來。「最喜歡第一個，最想念的是追不到的那個，走路怕碰到和她差點結婚的那個，最對不起每一個，最恨的是甩掉我的那三個，最愛下一個，最頭痛的是現在這個。」

酒吧裡可以有作家，可以有藝術家，可以有水電專家，最讓人討厭的是哲學家。倪克找衛生紙，他摸出老吳的寶貝紙巾往臉上抹，喬志根本威士忌透（台語，「摻」的意思）口水，拿他的臉當開心農場，澆花種菜。

「本人正式進入適婚期，計畫安定下來，Joe是我的下一個，來，兄弟登山，各自努力。」喬志舉起杯子。

倪克是窩在牆角，期待所有人當他是空啤酒箱的那一個。

「二十歲時急著結婚，」喬志摳摳鼻孔說。「三十歲時後悔結婚，四十歲沒人要和我結婚，五十歲打死也不結婚，六十歲根本不記得這世界上有結婚這碼子事，七十歲隨便找到哪個女人就結婚，八十歲回頭看看自己一生，哎，結什麼婚。」

Joe不知什麼時候回來，她突然出現在吧檯後面說：

「男人最可愛是二十歲，最令人討厭是三十歲，最不值錢是四十歲，最可靠是五十歲，最煩人是六十歲，所以我有個結論，要是二十歲沒找到好男人，就要等到男人四十歲，隨便我挑，再維持幾年進入完美的五十歲，然後，對，六十歲前趁男人快退休，趕緊離婚。」

「我正好二十九。」喬志的鼻毛轉向Joe。

「我最喜歡的男人已經娶了別人，最討厭的那個十年來煩我從不間斷，最愛的在我八歲時過世，最恨的則娶了我最不屑的女人，最可愛的是來開酒還請我喝酒的，最不要臉的是在別的地方喝飽卻跑來我這裡打屁的。最想跟他上床的是布萊德．彼特，最想嫁的人還沒出現，會不顧一切愛到死的是我那尚未出生的寶貝兒子。滿意了嗎，要不要再來杯酒？」

「妳不想結婚？還是妳在等誰？再想想，妳等待的搞不好是我？」喬志仍不甘心。

「想，十八歲起就想，那時不知道男人是什麼東西。到了二十二歲就不太想，因為開始明白男人不是個東西。二十五歲又想，想找個老公養我，不必賺錢賺得長魚尾紋，管他是不是東西。三十歲再次不想，男人全瞎眼沒長眼睛，分不出東西。對了，那年起我買了丁字褲、集中型胸罩，不是為男人，為自己。如今三十二，別問我想不想，我，可想，可不想。你，到底，喝，不喝。」

今晚怎麼了？小辮子這陣子常來？他油嘴滑舌，一天不打五小時的屁會精神失常，難道Joe被他毒化？

Joe脫下外套，今晚她依然穿小可愛。晃晃上半身，她說：

「好看吧，你繼續看，再看下去，我可能今年底結婚。」

「為什麼？」喬志說。

「因為旁邊有個男人想拿酒瓶子敲你腦袋，所以你繼續看下去，他不是敲破你腦袋，就是跪在地上求我嫁給他免得我再拋頭露面下去。兩者機率，五十五十。倪克，先提醒你，今天我還沒空拖地。」

「為什麼是他？」喬志斜眼瞄倪克。

「因為，男人呀，」Joe單手喬喬奶，「永遠不知道自己身邊的女人好不好，卻很清楚別的男人盯上的女人一定好。」

倪克什麼也沒說，他等個叫米羅的傢伙。什麼樣的老爸給兒子取米羅的名字？米糠、米粉、米蘇里、米田共都好點。正想著，一個冒失的男人推門進來，把門推得幾乎撞到脫鏈，他喊：

「你是倪克？我是米羅，網路上跟你聯絡過，有急事得請你幫忙。」

幫忙，可以，不過不找——

「女人，請你幫我找個女人。」

酒，需要酒，每個男人都需要酒。

「愛不愛？」老吳夾起一粒餃子，「我爺說的，人生由一連串選擇組成。」他嚼了嚼，猛地一掌朝大腿上拍，「果然好，韭黃豬肉餡，雖然簡單，卻是餃子中的王道。小倪，你那個馬子叫什麼來著，像男人的名字，Joe，對，Joe的餃子好。」

「喔，說到選擇。沒錯，人生由選擇串起來。小時候第一個選擇，拿壓歲錢站在衡陽路上，買日本模型車呢，還是東方出版社的福爾摩斯全集？要是選擇前者，如今我可能是車神舒馬克第二，吱——用我的車輪寫交響樂。不過我選擇書，埋下日後當醫生的種子——為什麼？笨，和福爾摩斯同居的那個華生做什麼的？」

又一枚餃子落進老吳口中，這是韭黃魚餡。

「依舊好，好薄的皮，薄得恰到好處，下鍋不破，筷子夾住不漏湯汁。」老吳吃相難看，誰說湯汁沒漏，漏在他嘴角，滴滴答答。「魚肉細，細得像我女兒剛出生時候的臉蛋兒，牙齒才咬下去，餡便化得滿嘴。」老吳灌進一大口黃標台啤。他得意地搖頭晃腦，「啤酒絕對配餃子，但得夠冰。」

「我爺愛講故事，他說本來科學家認為宇宙由三個空間維度和一個時間維度構成，可是他認為宇宙不僅這四維，應該是四以上的多個維度。拿我的選擇來說，明明選擇福爾摩斯全集，可是另一個選擇，舒馬克那個，也同時在另一個空間裡被選擇，兩者平行進行，但主角不是我這個吳太白，可能叫吳子美。聽不懂是吧，沒關係，來枚餃子。餃子要趁熱，才香。」

倪克來不及伸筷子，倒是老吳又夾走一個。

「我和我那夥兄弟也聽不懂，直到四十好幾，有天看我爺留下的札記，高山仰止，景行行止，哪天拿給你瞧瞧，全用毛筆、文言文寫的，現在小朋友別說看明白，恐怕看個三行就給噎著。我腦中靈光一閃，懂啦，我爺的意思，人一生有的是選擇機會，既然選了，別後悔，別懊惱，因為我沒選的，別人會選。怎麼，還是不懂？小倪唷，你才看了我家的《祖傳祕方》一遍，就全背進腦袋瓜子，一副存心要搞盜版的模樣，這點道理你可能不懂？」

老吳吃餃子不配醬油、醋，他配剝皮辣椒。一枚餃子一口酒，兩枚餃子來口辣椒。

「吃不慣辣？拿剝皮辣椒來打比方，你以為辣椒辣，豈不壓掉餃子的味道？錯，辣是一下子，額頭上冒幾滴汗，口腔在辣之後，變得一片晴朗，陽光普照，餃子更帶味。」

Joe不知發什麼癲，星期天在家包了一百多枚水餃，拿了三十枚要倪克送給老吳嚐嚐。

老吳進廚房，猶如張飛抓老鼠，乒裡乓啷，除了砸了鍋、摔了碗，什麼事也做不成，幸好他的護士兼祕書羅絲出手幫忙，水餃才熟。

「再說你我關係，你是我們美麗小護士羅絲在網路上挑的，她幹嘛不挑別人偏挑上你？這是她的選擇，至於沒被她選著的，說不定如今當了議員、電腦工程師，交了電影明星女友，娶了電子新貴的女兒，不像你，成天在酒吧、旋轉床裡鑽來鑽去，啥個屁也沒搞成。

「再看，要是沒有你，別說找不找得到眼淚，起碼我喝酒沒伴，半夜沒人來電話叫我起床尿尿。小倪，你帶給我新的世界，以前從沒見過的。或者，嘿，因為不認識你，我沒酒伴，說不定被其他人帶去酒廊，搞外遇，從此家破人亡。別高興，選你，我們家茱麗相當相當不高興，她老以為你的眼淚故事裡面太多大咪咪美女，她懷疑我老人家老老實實幾十年忽然給你勾引得心癢起來。

「緣分？是種說法，不過因為選了你，是有了眼淚，讓多少病人也在他們的人生中結出新的緣。多好。我的意思呀，我沒別的意思，人生不必後悔。」

廢話。三十個餃子，倪克算了算，他只吃到五個，哪夠。捧起碗喝餃子湯聊勝於無，錯在自己的選擇，當初可以選擇不送餃子給老吳，或者選擇只送二十個，因為選擇錯誤，他空肚子，倒也造就出老吳吃得血糖上升、體重增加的緣分。

倪克很早到家，打開一樓鐵門，將野狼推進去。海邊潮濕，而且他根本沒整理，一樓的牆壁到處可見壁癌，地磚上也不知從哪裡冒出一層水氣，不小心可能滑倒。

這棟透天厝三層樓，左邊是很陡的水泥梯，直通三樓。他打開一樓與樓梯間的木門，踏上表面由磨石子機打成的階梯。在二樓木門前有較大、當成玄關的空間，倪克摸出鑰匙打開這扇門，一股潮味撲鼻而來，門後結了蜘蛛網，幾隻蟑螂在燈光下驚慌地逃命。搬來漁港，他將大部分大型的物品堆放在二樓，有母親的化妝檯、拆解後父母的大木床、紅木圓桌、裝滿母親衣服的紙箱、三口大木箱，他從未整理過。

移開一些小物件，倪克將上面用粗黑筆寫著「3」的木箱推到正中央的燈下，鎖早生鏽，用腳跟踹幾下，它便彈開，裡面裝的是父親的遺物，倪克小心取出一個印著愛之味脆瓜的瓦楞紙箱，雖不重，中間卻突起，顯然塞得很滿很實。他沒刀子，用鑰匙費力地戳進綁滿紙箱的膠帶中間，再硬扯，箱面上那層紙隨膠帶被撕下，他想起母親的話：

「別開那個紙箱，我打開過，快給嚇死，看也不敢看又蓋上。你能不開就別開，一把火燒了最好。」

父親死後一年多，母親也染病身亡，臨終前她已陷入精神恍惚的狀態，卻牢牢抓住倪克的手，用微弱的聲音重複地說：

「搬到人家找不到的地方去，誰也別相信，你爸就毀在他好朋友手上。」

還有，她再次提醒倪克，別打開那個紙箱。

他打開了，裡面是一疊疊用透明塑膠袋包住的千元新台幣，十幾疊，倪克對錢沒有概念，他一張張數，三千二百二十六萬，老爸哪裡搞來這麼多錢——不對，這鈔票不對，是舊版的千元鈔。倪克記得以前用過這種正面是蔣介石人像，背面是總統府圖樣的千元鈔，一九九九年起才換成小學生看地球儀。這麼多的錢，父親為什麼沒交給母親或存進銀行？倪克將裝鈔票的塑膠袋全拎出來，底層有張左下角印著「台北市政府」字樣的便條紙，潦草筆跡寫著一個人名，「給甯絲」。

有了一個名字。

一晚上，對倪克而言，心情起伏到如同連喝了五杯double espresso般，心悸、顫抖、嘔心。一大早決定去太白中醫院，能講話的只有老吳，偏他不在。閒著便坐在候診室內翻報紙，原想看看父親舉槍自轟那則新聞有沒有後續報導，他關心那個小女孩怎麼了。找不到，一個字也沒，倒是看到倪固樂的名字，一個他熟悉卻幾乎遺忘的名字。

倪固樂的再出現，和建管處幾名官員集體貪瀆案有關，他們十多年來接受廠商性招待和上億現金的賄賂，私下對特定的公司放寬建築執照的申請，其中一人退休後搬進林口一處新蓋的豪宅，也買了輛雙B轎車，不曉得早被調查局釘上，而銀行內來路不明的鉅款與電話監聽成為檢方的證據，使整起事件曝光。

一個司法記者提到當年倪固樂的命案，認為倪固樂的被殺，應該和他不肯妥協有關，收賄與行賄集團擔心他把事實真相往上呈報，才急著下毒手。兇手屎面是人頭，出面頂下案子。官司打了兩年，判有期徒刑十八年，不過屎面一年前已假釋出獄。如今案情是否因此出現新的證據，足以重啟調查，得看這幾名已被收押的官員肯不肯吐實。報導的文字很少，三百字左右，卻將倪固樂描寫成充滿正義感的優秀公務員，甚至把他與尹清楓相比。

屎面背後還有真正的兇手，這會是倪克等了十二年的復仇時刻？母親生前每次想起丈夫便哭著對他說，天理，一定有天理，事情怎麼會這樣？臨終前她對兒子再說了一次：

「躲起來，誰也別相信。」

母親從未提過父親的朋友，倪克倒記得幾個，最常來家裡的是建管處的劉伯伯、汪叔叔，他們拉父親出去喝酒，喝到父親一路吐著回來。倪固樂死後，他們也繼續來，問母親需不需要什麼幫助，但母親始終只謝謝他們而已。母親說他們想來拿父親的遺物，講話愈來愈兇狠。「我不怕他們，難道殺了我？」可是母親卻一再提醒倪克，「躲起來。」倪克每次問原因，母親則說他什麼都不知道最好。

回東北角的路上，倪克很鬱悶，難道父親果然和弊案有關而被殺人滅口？他們找的是紙箱裡的錢？母親要他躲的人，就是劉伯伯、汪叔叔？

把鈔票扔回紙箱，他將便條紙塞入口袋，鎖上門，爬上三樓。不需要茶，因為他不要同情；不需要咖啡，因為也不要陪伴。他找酒，不要威士忌，此刻的他不在乎心情；不要波本，他更不需要酒精的麻痺。好，還有OUZO，來點孤獨。

咳，那股八角味，咳咳……

台灣叫甯絲的人不多，一個在台北市，大約八十歲了，她和倪固樂有關係？老太太搖頭，她沒聽過倪固樂的名字。一個在台東，一個在淡水，一個在新竹，另一個在雲林北港。

倪克由北往南，花了三天毫無所獲後，坐台鐵到嘉義站，下車後走到中山路換嘉義客運往北港，恰好二點十五分有一班，他在車上掏出筆記本，台南和高雄還有甯絲，不管怎樣他都得試試。

北港站旁也有一條中山路，難道全台灣大小城市都有中山路？他逛到路底的朝天宮，向媽祖上香。廟前是市集，路兩旁全是商店，一部分仍維持老街的氣氛。右手邊有旅社，世一賓館，倪克進去問價錢，一晚上六百元，他立刻住下。

按照地址找去，中山路的一個巷子裡，都是兩層樓式的舊式水泥公寓，朝裡走，見到一家沒招牌的小店，倪克肚子餓，他進店內，只有兩張小方桌，一位阿媽見到他，趕緊起身收拾桌上塑膠菜板上已切成絲的洋蔥，原來小店做的是洋蔥炒鱔魚，吃起來帶點甜味，老闆用炒鱔魚鍋子裡的醬料再替倪克炒上一盤飯。倪克和老闆聊了幾句，老闆說，這一帶以前叫「老鼠衛生」，奇怪的地名。

「古早北港發生鼠疫，生病的人都抬到這裡來治療。」

不是老鼠講究衛生，是人。倪克低頭吃魚，一雙細長白皙的小腿闖進他眼角，竟然是老吳醫院裡那個念國文少女的中年媽媽？一個人，沒見到少女。她穿很窄的格子裙和粉紅襯衫，腰上紮條黑色假皮發亮的寬腰帶，襯衫最上面兩顆釦子敞著，頭髮上了膠，由前往後梳成飛揚的形狀，卻沒上妝，兩側的顴骨上布滿斑點。

她買炒鱔外帶，外加一碗白飯。倪克擦嘴付帳，跟在女人後面，保持約十來步的距離。中山路往西三條巷子，女人閃入間小小的服裝店，玻璃櫥窗僅擺出一具穿裙子卻光著上身的模特兒。店裡沒其他人，她在左後方貼美耐板的櫃台內坐下吃飯。倪克在對街張望，店門上方有塊招牌：SILK。

離開中山路，小鎮變得冷清，很少行人。到六點半關燈為止，SILK僅僅兩個客人。倪克跟在女人身後，回到中山路，再鑽進東勢街的小巷弄，女人停在一戶獨立的小屋前敲門，是她女兒來開門，仍綁著頭巾，不過沒戴口罩，天已黑，看不清她的臉孔。

可能是抽地下水使地層下陷，也可能是巷道的柏油路面鋪了很多次，使路面比較高，相對的，房子如下沉般的矮了截，瓦片屋簷幾乎觸到倪克頭頂。他看見門旁的窗戶上有張紅紙條：租，限女性單身。

倪克毫不考慮舉手敲門，SILK應門，她沒換衣服，眼神警戒地看倪克。

「這裡有房間要出租？」

「只租單身女性。」

「能不能通融一下，我是記者，沒有公司，自由撰稿那種，對，freelancer，要寫一本關於彰化、雲林、嘉義地區媽祖廟的書，可能待一兩個月。」

「我家只有兩個女人，不方便。」

「我不是壞人，太白中醫吳院長介紹我來的。」

說出口，倪克很後悔，把老吳扯進來，日後跟他解釋要費番工夫。

「吳院長？」

女人拉開門，倪克邁步進去。

屋內果然比路面低了大約二、三十公分，剛進門時若不當心會踩空摔跤。門開在屋子正中央，左邊是客廳，有張三人座的塑膠皮面沙發，貼牆是電視。右手邊則用三夾板隔間，門開著，裡面有張大床，上面有幾件女裝散亂地堆著，大概早上出門急，沒空收拾，看來是母女的臥室。

再往裡格局則相反，換成左手邊是三夾板隔成的房間，門緊閉，右手是廚房和餐廳，少女坐在桌旁一邊吃紙盒裝的便當一邊看書，還是國文課本。她抬頭看看倪克，又低下去。廚房裡留著以前燒炭和柴的灶，由紅磚砌成，上面鋪塊用了很久分不清是黑是綠的大理石板，兩個出火口的瓦斯爐安置在大理石板上。灶旁有洗手槽，四四方方水泥砌的，貼了白、藍二色的小方磁磚，不過缺了好幾個，乍看之下，像缺了牙的大嘴。

「吳院長沒跟我說過。」女人推開關著的那扇門，裡面有張單人木床、一張學生用的書桌，桌前的木窗看上去很久沒開過，六個格，上面兩格是透明玻璃，下面四格是毛玻璃。

「要出租的是這間，一個月五千元。」

女人再引倪克往廚房後走，她拉開門，外面是加蓋出去的違建，浴室，沒有浴缸，只有蓮蓬頭、洗臉檯和電光牌馬桶。

「規定先講清楚，早上我和我女兒忙上班上學，七點到八點你最好不要用浴室，晚上我們時間不一定，大概九點到十點我們要用。你不用廚房吧。」

倪克來不及開口，女人已走回飯桌旁。

「我女兒的身體不好，功課又重，請你在家的時候動作小聲點。」沒有表情一口氣說完，女人才開冰箱取出一個已拉開的紙盒果汁灌下一大口。

「房租先付一個月，如果要續租，請早點講，我好找房客。你什麼時候搬來？」

「我住在朝天宮前面的世一賓館，明天早上搬來，請問幾點方便？」

「八點半好了。我打個電話問吳院長，你等一下。」

女人走去客廳，倪克無聊地又瞄到少女的課本，諸葛亮的〈出師表〉，臣本布衣，躬耕於南陽，苟全性命於亂世，不求聞達於諸侯。先帝不以臣卑鄙，猥自枉屈，三顧臣於草廬之中，諮臣以當世之事，由是感激，遂許先帝以驅馳。後值傾覆，受任於敗軍之際，奉命於危難之間，爾來二十有一年矣。

「我記得你。」少女忽然抬起頭，「你是那個很會背書的大哥哥。」

倪克微笑點頭，高一念〈出師表〉，很辛苦。

「你會背嗎？」

「會。要前出師表還是後出師表？」

背書對倪克而言是直覺，不需要思考。

「你好厲害，怎麼能背起來？」

看一遍就記得。倪克說：

「前因後果，先看懂內容，把諸葛亮講的話分成幾個重點，再前因後果，一個接一個，很容易串起來，就背起來了。高中以前背的書，一輩子不忘，進大學就不背書，怎麼背也會忘記。」

「倪先生，你電話。」女人在客廳喊。

「媽，他是我在台北吳院長那裡遇到的那個——」

倪克接過電話，老吳先一串咳嗽：

「剛才還奇怪你這幾天怎麼不見人，跑去北港做什麼？喂，小倪，人家孤女寡母，你別打什麼壞主意。你不像謀財害命那種人，那你對那位媽媽有興趣啦？她比你大十多歲吧，沒關係，現在流行姊弟戀——不是媽媽？你想追她女兒？也不是？你他媽到底想什麼？沒錯，她叫甯絲，幹嘛？為什麼要等你回台北才說？好，晚點你打來。北港有什麼好吃的，哦，黑白麻油、狀元喜餅、醱酵餅、鴨肉羹、花生、北港飴，且慢，什麼是青蛙湯，是不是夜市賣的青蛙下蛋那種冷飲？兩隻青蛙燉在湯裡面，那怎麼吃？法國人也吃青蛙？等下，你要住一個月？喂，小倪，你知道我是講人性本善儒家思想的忠誠龍口粉絲，不擔心你有壞心眼，可是我猜你是不是想幫那對母女？錢給我，替你捐給她們，也不用硬去住，付房租——」

女人已換上睡衣，條紋兩件式的，褲腳拖在地磚上。她收下倪克的五千元，「吳院長替你擔保，那我明天早上等你搬來。這是我店裡的名片，上面有手機，來之前先打給我。我女兒叫，你叫她艾艾就可以，艾草的艾，不是愛情的愛。」

倪克告辭離去，艾艾朝他揮手。

回賓館打電話給老吳，怎麼對他說呢？

去了新港奉天宮，去了大甲鎮瀾宮，去了鹿港天后宮，去了彰化市南瑤宮、去了朴子配天宮，倪克每天上午帶著電腦、筆記本和數位相機，選定一處媽祖廟便出發，東看看西走走，將近傍晚回到北港，他在華南路的麥當勞上網消磨到七點才回去。

甯絲大約都在九點熬中藥，一瓦罐，艾艾早晚各喝一碗，屋內始終瀰漫藥草的香味。倪克沒看電視的習慣，有時坐在桌旁翻艾艾的課本，幾天下來，倪克把國文、歷史課文全記住，艾艾覺得太神奇，什麼問題都拿來問倪克，其實他高中的成績很差，還好網路上找得到每一課程的教學內容。

星期三中午一點他回到北港巴士站，沒去麥當勞，提著雞肉飯便當走到SILK，甯絲剛送走一個女客人，倪克晃晃手裡的紅白塑膠袋，將便當放在櫃台上。

「順便帶來。」

「你去嘉義？」

甯絲僵硬的臉孔這幾天緩和許多，而且她居然笑了。

「我帶的衣服不多，不知道妳這裡有沒有便宜的男裝？」

「我是女裝店，小店，衣服很少，大多幫客人修改衣服，或是訂做。你要什麼衣服，街上都是成衣店，自己去買。」她打開便當吃起來。「吳院長說你住在東北角的海邊，好享受。在嘉義市買了什麼一大堆的？」她伸筷子指倪克手裡的另一個塑膠袋。

「番茄、起司、火腿、義大利麵。」倪克摸出個鮮紅的番茄。「艾艾說要交家政作業，她不知道怎麼辦，正好我想自己做麵吃。還買瓶酒，義大利的白酒，冰過後很好喝。」

「自己做？」

熬番茄醬。倪克和艾艾一起動手，今天的番茄小又細嫩，烤吧。將番茄擺在平底烤盤裡，撒上羅勒葉和大蒜末，再倒點橄欖油在上面，下午用低溫先烤一個小時，表面淨是縐摺，再烤個半小時吧。

「我們家的小烤箱都用來烤麵包，也能烤番茄喔。」艾艾剛放學回來，見到倪克在瓦斯爐前，她高興地說。

能烤，不過，艾艾，幫我把番茄翻翻面。清新的香味隨著烤箱門打開，無聲地喧譁開。得找個鍋子。

「這裡有鍋子，以前我媽去夜市買湯買麵用的。」

行，煮麵，艾艾來煮。

「水煮開，加點鹽，麵這樣放進去，放在中間，它自動向外面散開，像扇子，麵慢慢煮軟自然全部浸入水中，拿筷子攪一下，高興就滴點橄欖油下去，香。」倪克說。

「要煮多久？」艾艾拿著數位相機邊做邊拍。

「煮到外軟內硬。」倪克挑出根麵截下一小段送進艾艾嘴裡，「咬下去中間要有點硬，不能全軟掉，煮過頭不好吃。如果要好玩點，把麵貼到玻璃上，看到中間有根細細白線，表示麵熟了。」

烤好的番茄一一放進，唉，沒平底鍋，中華炒鍋也行。

「好，看艾艾的。」倪克手持相機當攝影，嘴中念起網站上的食譜內容，「先倒橄欖油，油熱了加剛才妳切好的蒜片，火小點。嗯，可以，烤箱裡的番茄一個一個放進鍋。妳看，番茄烤軟，再進鍋很容易變成醬。對，要攪，輕輕攪。」

廚房內的溫度上升，艾艾扯下她的頭巾，倪克心裡雖有準備，仍吃了一驚，頭髮長出來不少，比起一般女孩仍顯得稀疏，倪克眼眶熱熱的。

番茄逐漸化成汁，再收成醬。

「瀝乾麵條，下鍋。」

艾艾將麵條倒進炒鍋，她認真地攪拌。

「好像拌炸醬麵。」

倪克倒是沒想過，義大利麵果然像拌麵。

甯絲下班回來，才開門便喊香，艾艾大叫她今天晚上做飯，明天可以交作業。

麵裝盤，擺幾片羅勒葉上去。對，烤些麵包，鋪上火腿和起司，大家吃飯。

艾艾拿叉子按照倪克教的方式捲起麵，大口大口送進嘴，倪克發現甯絲坐著沒動，她的眼睛濕濕的。從冰箱拿出酒，倒兩杯，一杯送到甯絲手前，來，喝點酒，放鬆心情。

飯後倪克回房間捧起新買的書，明天該去哪裡的媽祖廟？全台有上萬處媽祖廟，夠他走的。敲門聲，門打開一條縫，甯絲的半張臉。

「我能進來嗎？」

請。

「艾艾吃的藥太多，不喜歡吃飯，吳院長說她的胃不好，要用中藥調養，可是她也不喜歡喝藥，有時候全吐出來，連青菜也不吃，說有藥味，我不知道怎麼辦。今天是她吃最多的一次，我從沒見她吃那麼多過——」

甯絲的臉藏進手掌裡，倪克摸口袋，紙巾呢？她勉強止住淚，再強行拉開兩頰枯乾的皮膚。

「對不起，我以為不會哭了，沒想到還是哭。你很會做菜？」

食譜全在網路上，網頁上的食譜全在腦子裡，照著做就是了。

「吳院長說你是好人，一開始我很不放心，所以態度有點差，不要在意。你真的是記者？我覺得你不像，記者愛挖人隱私，你到我們家來什麼都不問。」

想問，又覺得不該問。

「艾艾從小就得白血病，做過骨髓穿刺，還做過化學治療，醫生說熬過十五歲身體會愈來愈好。醫學院一定有教說謊的課，他們說謊臉不會紅，不過也是好心。」倪克在後口袋摸到一張宣紙手巾，遞給甯絲，「她現在固定每個月去做檢查，吳院長對我們好，介紹去台中五權路的中國醫藥大學附設醫院，那裡的設備和醫生都很好，也省不少錢，可是她不吃東西，那麼瘦——」

甯絲將紙巾摀住臉，老吳有眼淚，能繼續賣逍遙散了。

「是不是吳院長請你來照顧我們，要不然怎麼會一下子艾艾變了，我也好久沒看她笑這麼多。倪先生，好，我叫你倪克，你比我小十幾歲吧。剛才我打電話給吳院長，問你是不是他派來的，他一直笑，他說你很神奇，能找到別人找不到的東西。倪克，你都找什麼？」

倪克很想說，我找的是自己。

「三歲的時候，艾艾爸爸就死了。」甯絲又把紙巾送到眼皮下，「她爸帶她去吃飯，她最愛跟她爸吃飯，因為她爸會教她麵怎麼煮出來，飯怎麼炒出來，可是那天，」倪克送上第二張紙巾，「那天她爸不知為什麼跟人吵架，被球棒活活打死，艾艾看到整個經過——」

老吳用不到這麼多淚，而倪克，那晚見到飯桌前的艾艾，他有預感，也猜到，但仍難接受。他扶住甯絲的肩膀，將哭得蹲到地上的甯絲扶起來。

「別說，別再難過，艾艾都長這麼大，妳該高興熬過那些日子。我不是吳院長派來的，不過我喜歡做菜，明天我去台南，買條海魚回來蒸，再炒個菠菜，老吳——吳院長說菠菜補血。」

十一點多，甯絲和艾艾的屋內已熄燈，倪克悄悄掩上門向朝天宮走去，他需要整理一下，包括倪固樂的資料和倪固樂兒子的情緒。才接近中山路，手機響起，是老吳。

「小倪，你在修道德學分是吧，甯絲打電話來猛哭，說你是天使。嘿，你是天使，那我是天使長麥可。再問你一次，到底為什麼去北港？天底下沒那麼巧的事，你躲你們的大咪咪酒保，可以回東北角，可以去台東，怎麼挑到北港？到北港是你和媽祖婆的緣分？也罷，怎麼可能遇到甯絲和艾艾，還住進她們家？我問過護士，她說你沒問過甯絲的事，奇怪，那你怎麼知道她住在北港？見艾艾可憐，於是決定去她們家當天使？當我老人家眼不明、耳不聰，沒辦法幫她們？記者，寫媽祖廟的書？哈，小倪，不騙明眼人，你肚子裡打什麼主意？不說清，我明天坐高鐵去北港找你。高鐵不到北港？你當我宅男，不會坐到嘉義換計程車。小倪，有件事我不能不問了，你爸是不是叫倪固樂？這幾天地檢署重啟調查，電視新聞天天播，喂，喂，甯絲她們母女跟你老爸的死無關，你別疑神疑鬼，想替父報仇可以去找建設公司——什麼，什麼？別又搞收訊不良那套，喂，話說清楚點。什麼？歡迎我去北港，請我吃魷魚羹？」

倪克每晚做飯，他為了準備材料，有時跑去台南、台中買菜，上網查食譜，打電話問福隆阿嬤，反正媽祖廟他逛得夠多，換點新鮮的事做。再說，人禁不起誇，禁不起期待。

魚清理、菜洗好、牛排醃妥，等艾艾放學回來一起做，連甯絲也都在六點以前趕著打烊回來。沒想到做個飯創造如此大的樂趣，小矮房內冒出的菜香味取代原來的中藥味。老吳沒來，他當然不會來，連淡水都不能自己去的老宅醫，怎可能一個人坐高鐵到北港。可是倪克什麼也沒整理好，雖然他的情緒一天比一天平靜，倪固樂的事情也愈來愈清楚，倪克仍找不到結果，或者，他想要什麼樣的結果？

做完功課，艾艾先回房睡覺，倪克泡了壺茶，和甯絲坐在飯桌旁，這已經演變成他們的習慣，聽甯絲聊她的心事，倪克不是天使，他是小偷，偷甯絲和倪固樂的故事，一天一點，他拼湊出整個經過，偷走甯絲心底深處連她女兒也不知道的祕密。

「她爸死了以後，我不知道怎麼活下去。跟你提過我沒和她爸結婚吧，這把年紀也沒什麼好害羞的，我是情婦，可是她爸對我很好，他一死，接連好幾個晚上夢到我在國外一個大城市，很像紐約還是巴黎，帶我去的人忽然不見，我站在街頭，到處都是人，卻沒一個認識的，該往哪個方向走？有次我在夢裡告訴自己，沒關係，攔計程車，去機場回台灣，不過第二天回到夢裡，我記得招計程車，但摸口袋，沒有錢，一塊錢美元也沒有。我站在一棟很高很高像帝國大廈那樣的大樓門口哭，一群一群的人經過我身邊，沒人理我，醒來枕頭都濕了。」

倪克能體會，父親剛死的那幾天，母親每天哭，他也夢到在路上遇見父親，用力吼叫喚他，跑步追上去，父親沒回頭，他走得更快，倪克始終追不上，然後他一身大汗醒來，半夜，他仍聽到隔壁房裡母親的哭聲。

「正好有個小學同學在北港開服裝店，她嫁人不做了，找我來接，也教我裁縫，我才留在北港。他們家一年後搬去台南，接著艾艾病情嚴重，要檢查，要動手術，要化療，那時我不知怎麼辦，有天晚上又夢到紐約，我嚇醒後不敢再睡，坐在這裡喝茶，突然有自殺的衝動，拿了紙筆想留遺書給我在台北的父母，要他們好好照顧艾艾，倪克，絕望很可怕，人變成空的。」

空的，倪克記得有天睡到半夜被吵醒，母親不知什麼時候睡到他身邊，緊緊抱著他哭。倪克動也不敢動，他彷彿知道母親想離開他，又捨不得。後來母親回房去，倪克坐起身，他不敢睡，找個杯子貼在牆上聽隔壁房的動靜。直到第二天早上聽到廚房有開瓦斯的卡卡聲音，母親在熱牛奶替他做早飯，倪克才忽然全身一點力氣也不剩地躺上床睡得母親叫他幾次都沒醒來。那陣子母親是空的，每天做例行的事，熱牛奶、買菜、做飯，卻什麼表情也沒有。

空的，當人空了，是什麼感覺？

一點感覺都沒有又是什麼感覺？

「在紙上我寫了很多，寫到早上四點十七分，我在信尾留下日期和時間，然後重新再看一遍，沒想到那不像遺書，反而像是我要去做的事，一共九件，我請我爸媽星期三記得帶艾艾去做檢查，那天醫生要決定什麼時候做骨髓穿刺。我請我爸媽幫艾艾安排進幼稚園的事，離暑假結束還有五天，我搬到北港很忙，忘記去找幼稚園，我自殺以後，她得回台北去，在那裡念幼稚園。我請爸媽幫我還朋友麗麗五萬元，離開台北那天她借我的，我從不欠人錢。我請我哥去艾艾爸爸的喪禮行個禮，就說是她爸的朋友。我請爸媽處理掉興隆路的公寓，才二十坪，貸款還有三百萬。我請爸媽騙艾艾，說我出國去工作，三個月後回來。得把我和她爸的事情寫下來，留給艾艾，她不了解她老爸是什麼樣的人，是好人。再把銀行存摺、所有證件找齊，裝進一個箱子交給我爸媽。請艾艾原諒，一把火燒了我，要是她願意，留點骨灰也就夠了。

「我請——人要交代的事情真多。一共寫了九件事，好像是我人生中最重要的九件事，也是我最後的願望。看完信後像被閃電打到，這九件事我都能自己做呀，為什麼不先做完再死呢？所以第二天馬上找幼稚園，星期三帶艾艾去醫院檢查，打電話給麗麗，請她幫我把房子交給仲介公司，賣的錢先還她的五萬。

「其中最難做的，我去參加她爸的告別式，帶艾艾到台北，麗麗幫忙照顧她，我一個人去三軍總醫院後面的禮堂，我穿黑色套裝和高跟鞋走山路上去，她爸愛看我穿高跟鞋。送了奠儀，她爸以前常跟我提到在美國有個好朋友叫林維民，我想林維民不可能回台灣，就說是替林維民來致哀的。」

對父親最後的儀式，倪克只有模糊的印象，他一直陪伴母親，因為她不僅悲傷，還不時東張西望，擔心些什麼，倪克也沒注意到場的親友有些什麼人。喪禮由父親建管處同事劉伯伯、汪叔叔辦的，理論上該謝謝他們，母親卻一句話也不對他們說。事後才告訴倪克：搬到人家找不到的地方去，別相信任何人。

「九件事都做完，接著我又有九件事，得帶艾艾去動手術，得去台北簽約賣房子，得還掉銀行貸款和麗麗的錢，得送艾艾上學，得把艾艾的健康情形告訴幼稚園老師，得把答應客人的衣服趕出來。倪克，十二年，我不停地趕著完成九件事，然後艾艾長大，然後我忘記要自殺，然後我又活下去。」

母親有沒有九件事？沒有九件也有四、五件，他想到母親常掛在嘴邊的，等你考上大學，等房子貸款還清，等送走你外婆，等存點錢搬到鄉下，我才能輕鬆喲。人似乎是為一些事才活著，這些事又幾乎和自己本身無關，人是為了其他人才活下去，為子女、為父母，為自己關心的人。老吳說的有道理，上帝在每個人身上都種下天使的ＤＮＡ，有的人掌握住，成為天使；有些錯過，不過在下一世、下下一世，總會掌握住。母親是天使，甯絲也是天使，母親掌握住她的孩子，甯絲也掌握住艾艾。

「活著，不難，可是，謝謝你倪克，你教我另一種活的方式，可以更快樂、更放得開些。」

有嗎？倪克來北港、住甯絲家、做飯，都沒有計畫，碰到，他便做了而已，果真帶給她們快樂？

「可是你仍然沒回答我，你是吳院長派來的，還是，你是天使？」

不是天使，否則他不會窩在東北角，也不會怕和任何人發生關係，在北港，他只是覺得離原來的生活圈很遠，應該不可能和人發生關係，也就比較輕鬆而已。

回房打開電腦，白天收到的一封信已經抓到桌面，此刻他很平靜，可以打開來看。

Re: RE：where are you?

寄件者: "Lydia Yeh" <lydiayeh02k5@gmail.com>

收件者: "mudcarrier" <mudcarrier77143@yahoo.com.tw>

hello, dear, how are you? i'm in san diego right now.
> actually, i'm planning to move here. the house i'm staying
> at is on a cliff overlooking the pacific ocean. i feel like
> i have the whole ocean to myself. remember the date we made
> in taipei? won't you come fly with me? ;-)
>
> drop me a line every now and then to let me know how you're
> doing or whatever.
>
> miss you!
>
>
> lydia

刪除　　回信　　轉寄　　垃圾信件　　移至

螢幕的桌面上有個「文件一」的Microsoft Office Word檔案夾，打開，倪克按照莉迪亞留下的號碼撥出去，嘟嘟嘟，響了三聲他便掛斷，他對自己說：

「沒人接。」

倪克沒想到竟做起便當來，他按照食譜加進高湯煎了日式蛋捲，水煮青豆、紅蘿蔔、菠菜，再煎牛排切成薄片鋪在撒了芝麻的白飯上，還有保溫瓶內，福隆阿嬤拿手的排骨海帶湯。

先到學校。中午響起鈴，艾艾跑步到校門，臉紅通通的。別跑，不用急。

「你替我送便當來喲。」艾艾拉著倪克的手說，「我跟同學說你是我大哥，要不然很不好意思。」

「我是妳大哥。」倪克把便當交給艾艾，「我下午要回台北一趟，去交稿，明天回來。」

「你不會不回來吧，」艾艾的笑容不見了。「你一定要回來。」

當然回來，交了稿，明天早上坐高鐵回來。倪克擬了一整頁的採購單，他得替艾艾買件外套，帶牛角釦的那種，她穿了好看。得去微風的超市買麵包、布利起司、兩大塊沙朗牛排，不知道有沒有比目魚，用奶油燴。老吳說，艾艾要多吃奶類、牛排和魚，增強她的抵抗力。

「一定要。」艾艾拉下臉說。

漂亮的女孩不適合拉長臉。

再轉去SILK，另一個便當放在櫃台，甯絲好奇地看倪克。

「大姊，我下午要回台北一趟，去交稿，明天回來。」倪克說。

「你不會不回來吧，」甯絲緊張地離開她的縫紉機，「你一定要回來。」

「交了稿再去看看老吳，吳院長，明天下午坐高鐵回來。」

「一定？」

倪克點頭。

他得回去整理一下在北港始終無法整理的情緒，還有那個紙箱裡的東西，他是不是該替倪固樂完成來不及完成的事？那整箱過期的千元鈔票能換新嗎？

「有意思，他媽的，小倪，你這個人真有意思。甯絲也有意思，她的九件事，有意思，比起我的逍遙散更有意思。來，我兩個星期前特別去買的日本單麥蘇格蘭威士忌，二十年的余市，世界冠軍，連蘇格蘭道地的酒都被它打敗。恰似我這個老牌天使，被你山寨版小天使搶去風頭一樣。這酒聽說台灣缺貨，我等了十幾天才拿到，一瓶四千台幣，不是划不划算的問題，既是好酒，總得嚐嚐。破茱麗定下的規矩，嘿嘿，我守家規一輩子，偶爾也得突破一下。一人只能一杯，與小氣無關，好酒慢慢喝才喝得出味道，又不是啤酒。

「要整理什麼？情緒？什麼情緒？我看你根本不需要情緒。前陣子北港送來快遞，五張宣紙手巾，面對你老爸當年外遇的女人，理應你流淚，怎麼全是那女人的，你說，你有什麼情緒？人家甯絲才有情緒。

「我沒告訴她你是誰，要是她知道，我看她的情緒更複雜。」

倪克忘記老吳的交代，仰起脖子喝乾杯中的酒。

「不是說慢慢喝嘛，好，看你在北港這陣子沒喝酒的分上，再賞你一杯。醜話說前頭，這杯喝完，沒啦。

「酒喝足，來，該回答最初我的問題，你去北港幹嘛？狀元喜餅味道不錯，古早的感覺，倒是配起余市威士忌，有點怪。說呀。喜餅是送我的禮物，你一個勁吃不停，我呢？」

不是沒有情緒，倪克想對老吳說，是不知拿情緒怎麼辦。

「嗯，你爸留了三千兩百萬給甯絲，可是你爸除了政府後來補發的退休金、你媽替他保的保險金，一毛也沒留給你們，所以你想去找找這個憑什麼分到三千兩百萬的人？無聊，錢在你那兒，收進口袋就成，去找人家又能怎樣，讓甯絲告你侵佔——嗯，你找的是那女人憑什麼分走你爸對你們的愛吧。

「你媽見過那箱錢，她知道錢下面寫著『甯絲』的紙條嗎？我覺得應該知道，女人天生敏感，起碼她猜到，可是老公死了，不如眼不見為淨，她才用膠帶捆起紙箱，也叫你燒了它。哎，你媽才情緒複雜。好，我同意，母子連心，你替你媽感到委屈，這算情緒。

「找你爸在小麵店裡的那個小女孩？你爸忙工作，連回家吃飯的次數都不多——什麼，你不記得你爸是不是帶你出去吃過飯？懂，你對小女孩的嫉妒，對你爸的憤怒，懂你講的情緒。同意，這也是情緒。

「你爸死得不明不白，對。想知道你爸是不是真的收過賄款，不對。我這麼說，即使你倪大神探追出真相，你爸，先考倪公固樂君，果然是收賄集團的成員之一，因分贓不均或者他後來覺悟想退出這個集團才被殺，又怎樣，他是你爸耶，把他從棺材裡拖出來鞭屍，問他為什麼讓你媽成天提心吊膽過日子，讓兒子蒙羞？不通。喔，你凡事非得曉得真相的個性是遺傳自你爸的ＤＮＡ？硬扯。我只能勉強同意你的仇恨，你認為那些人拖你爸下水，害死他，好吧，也算個情緒。

「我問問你，現在你大致上知道真相了，又如何？父親的偶像神話破滅，打算請我開帖逍遙散，撫慰你受創的心靈，再送你瓶威士忌當藥引？都幾歲了，長大點。

「我爺，又提到我爺，他說過，人在四十歲以前要抱持好奇的精神，遇困惑非找出答案不可，但是，四十以後，很多事別太深究，承受不起答案。他的意思是做人得寬容，睜一隻，閉一隻眼。雖然你不到四十，我還是得說，追出答案又如何？替你媽去告甯絲通姦？」

老吳抿口酒閉起眼，好像酒令他陶醉。

「等會兒，讓我想想。嗯，如果是我，可能也恨甯絲，她分走我爸對我媽的愛，要是倪固樂沒死，搞婚外情經常擦槍走火變成離婚，法院外我媽抱著我哭，我爸卻和另一個女人、另一個孩子上計程車走了……老爸做錯的事，光恨老爸還不能滿足，得恨那個搶走老爸的女人，才能讓仇恨升級到喜瑪拉雅山。同意，算情緒。」

老吳再抿了一小口酒，從倪克送他的紙袋裡找出花生米，扔了兩顆到嘴裡，喀滋喀滋咬著。

「不過，」他繼續咬花生米，「咳，到現在為止你有四個情緒，要不要再往下算，也許能湊成九個，甯絲的九件事理論，你也有九個情緒，不過，到你說的、我吳大國手勉強同意的第四個情緒為止，小倪，還有其他情緒嗎？我的意思是你還有波濤起伏、無法抑制的情緒嗎？如果還有，你他媽的是頭豬。」

兩人沒再說話，院長室內剩下喀滋喀滋的聲音，老吳死命咬，倪克跟著咬，也沒人再理會酒瓶裡剩多少酒。倪克拿起酒瓶看上面的貼紙，酒精度五十二，有人說過，喝酒和心情有關，與酒精度無關。

「人生和人有關，人與人之間發生關係，才有生。」老吳冒出一句。「你一直不敢和人發生關係，遵照你母親的遺訓，逃避，這回事情有了結果，你那幾個伯伯叔叔全被抓，你也不得不和人發生關係，這回可是你跑去北港自己找的。當天使，哼，爽吧。」

老吳又沉默下來，再咬花生米，直到杯中酒喝完，他才醒覺，酒哩？

「他媽的，我的酒——喝光也好，喝光就沒什麼好想，人生也就單純。

「小倪，同意情緒已經結束，已經過去了吧，你對甯絲和艾艾還有恨嗎？還想追究什麼嗎？沒有恨、不追究不代表你和她們的關係隨你的情緒一起消失，新的關係已經存在，接下來你打算怎麼辦，怎麼寫這個故事的『劇終』？撒腿跑回東北角，躲進你的太平洋？小倪，你在她們心目中是天使，知道嘛。

「咱們講點嚴肅的。當天使，很好，不過你給了她們快樂，到時她們少了你怎麼辦？快樂，很容易習慣。沒了快樂，很難適應。尤其艾艾，她從小只有媽媽，不管她將來會不會或該不該知道她還有個哥哥，至少這幾個星期她有了哥哥，絕不能因為有個真哥哥，而使她突然又喪失了你扮演的假哥哥。懂我意思嗎？我的意思是，我的意思很簡單，我他媽的意思就是，如果你救了一條命，就得一輩子替這條命負責，否則當初別去裝天使。噁心！

「小倪，這才是你真正搞不明白的情緒，對不對？」

逗點門開著，人聲嘈雜，什麼時候生意變得如此興隆。倪克踏進去，最先看到喬志整個人快爬到吧檯上，周圍兩個穿西裝的男人想把他抓下來。喬志的右手舉在空氣裡畫圓，畫了一個又一個。

「她說她愛死我，愛得一想到我就發燒、發抖。」

喬志講的絕不是波波，穿短裙的波波不會發燒，倒是喝多酒，變嗨，有可能發抖。倪克在擁擠的吧檯找空位，連廁所前都坐了人，而且，Joe呢？

「Joe今天請假，不過酒店照開門。」吧檯下冒出一張熟悉的臉，「由我美麗性感的Ruby代班，兩個規矩，一律付現，而且有什麼酒喝什麼酒，今晚不賣雞尾酒，調半天弄壞我指甲。」

露比朝倪克勾勾右手食指，倪克不自覺地從吧檯前兩個人中間將臉擠上去。

「親愛的倪克，」露比收起她所有的零件，藏進粉色POLO衫——不，仍然有零件擱在外面，下半身是牛仔裙，吧檯後的玻璃映出她的背影，要提醒她光兩條腿容易感冒嗎？

「雖然Joe不在，不過她要我見到你得講下面這句話：死倪克，風騷到哪裡去啦——好吧好吧，不是原文，經過我的修改，意思一樣。」

喬志仍在發癲，露比把酒瓶擱在吧檯，轉身過去兩手捧住喬志的臉，嘀嘀咕咕幾句，他終於好好坐下。

「千錯萬錯，錯在我們前幾天喝多酒，沒事告白起來。」喬志沒畫圓，他手指沾酒在檯面寫字。「露比，妳以前跟男人告白過沒？想起來是不是很可怕？什麼事都跟對方講，兩個人講得淚流滿面，相互擁抱，好像在戈壁沙漠迷路三個月終於見到一個人類。」

「還是個迷人的大美女。」Ruby說。

「我大腦被酒精麻痺，跟她說不久之前剛和女朋友分手——不是波波，另一個，模特兒。明明跟她說模特兒是前任，早不來往，她照樣發起抖。喂，倪克，你見過女人發抖沒，就這樣，她每根手指頭都抖，眼皮抖，連臉上的皮膚都抖。幾天後她跟我說，她去見了我的前任，她有個同學在雜誌社工作，拍商品找了我的ex，她假裝記者，在攝影棚裡看了一下午，兩個人還講上幾句話。然後她回家痛哭一場，叫我給她點時間。你們說，她是不是發神經、沒事折磨人？」

「她愛你。死豬頭。」露比的口氣怎地和Joe很像？冰塊般，砸在人身上，痛。

「她要哭要鬧是她的事，我可沒劈腿，難道她不明白每個人都有前任，她又沒和我指腹為婚，斷奶以後就得為她守貞操。」喬志再恢復畫圓。「我得到一個啟示，戀愛對女人會產生副作用，叫，叫，叫神—經—病。」

「Joe呢？」倪克問露比。

「她有事，要不然你打她手機，也可以去她家等呀。」露比的食指畫過倪克的臉。「今晚你得多喝幾杯酒，一杯兩百，就喝五杯吧，我得做做業績，讓Joe對我有信心，請我入股——你這陣子跑到哪裡去，大消息，偷偷告訴你，Joe好像有男朋友，前兩天她在店裡接到一通電話，蹲下身躲到吧檯下講話咧。奇怪，你沒感覺呀？」

「我的女朋友還哭著說，」喬志又喊，「說呀，她說，『我就是小氣，怎麼樣。』我能怎樣，誰叫我玩什麼告白的遊戲。男人可憐，像岳飛，沒弄清十二道金牌是鍍金、K金、馬桶裡的一坨黃金，先揹上叛國的罪名。剛才，倪克，我來這裡喝酒，她打我手機，你猜她怎麼說？她說，『我就知道你忘不了她。』」

露比拉下喬志舉在空中的手，放在酒杯上。

「不爽，就喝酒，你今天晚上的目標是十杯。」

發生什麼事，Joe有男朋友？

倪克趕到學校，晚了點，已經放學，不過艾艾在校門前等他。她仍紮著頭巾，蘇格蘭大格子外套和到膝蓋的裙子，下面是白襪子黑皮鞋。她低頭，兩手抓著垂在大腿前書包上的提把，左腳尖在地上踩弄一顆石子。倪克喊了聲，艾艾受驚似的抬起臉，倪克看見所有黃昏的光線都集中在她嘴角的笑容上，黃金的光澤。她沒有動，等倪克到她身旁，艾艾才將書包移到右手，前後甩了幾下說：

「你回來囉，沒有說謊。」

沒說謊，當天使不能說謊。

倪克取出牛角釦夾克，米黃色，艾艾興奮地穿上。他們並肩走著，街上比往常熱鬧，媽祖聖誕的慶典快到了，朝天宮前已有八家將在預演。

「我同學說你很帥，跟我很像。」

「男生說的對不對，他們是想打聽我到底是不是妳哥哥，免得有情敵。」

「才不是咧。我媽說我有個哥哥，可是從沒見過面。」

「那等於沒有。」

「你呢？你算我的哥哥吧。」

「算。」

「晚上吃什麼？」

回家就知道。

兩顆羅曼生菜切成四份，澆上凱撒醬、剛煎過的培根碎片、麵包粒，艾艾好奇地轉動透明的胡椒研磨罐，替四個盤子的生菜加點味道。

「為什麼有四個盤子？」

「因為天使長可能會來，機率不是很高，這年頭的天使長都很懶很宅。聖經故事裡說，天使分三個階級，最上面的是天使長，有的說天使長共七位，有的說只有三位，聖麥可、聖加百列和聖拉菲爾。我最喜歡的一個故事是說還有個天使長叫路西弗，對，後來他才變成撒旦，就是魔鬼。他本來很愛上帝，也在天堂裡，可是上帝用泥土創造了人類，亞當和夏娃，因為是祂的心血結晶，上帝要天使對人類行禮，路西弗不肯，也許他覺得上帝對他的愛被人類奪走，很氣。聖麥可見路西弗不服從上帝的命令，火大，揮起拳頭就打，聖麥可的力量大，把路西弗從天堂打到地獄。」

「那後來呢？」

「後來變成魔鬼的路西弗就到北港來做飯給妳吃。」

「你很討厭耶。」

「我是說吳院長說他要來，不過根據我的了解，他只是說說而已。」

「來就好了，才熱鬧，我家以前很少有客人。」

打開鍋蓋，下午燉起的紅酒牛肉已香味四溢。

「後來呢？」Joe問。

老吳沒去，那個老傢伙說他沒坐過捷運，說他搞不清怎麼找高鐵站，他呀，他還說：「外面的世界誘惑太多，我還是每晚回家當茱麗的寵物比較好。」

在電話裡老吳把倪克的身分對甯絲說了，花了點老吳的唇舌。

「那甯絲怎麼反應？」Joe手上沒停，不知這次調什麼酒。

艾艾睡覺後，甯絲和倪克出去，在中山路上散步，半夜照樣很熱鬧。倪克多個阿姨和妹妹，甯絲也多個像乾兒子像姪子的朋友，至於其他的，要怪就怪倪固樂，和其他人無關了。

「所以老吳是對的，」Joe說，「外面的世界誘惑太多，男人闖的禍總要有人收拾。」

甯絲思考很久，她不想讓艾艾知道倪克是她的親哥哥，倪克同意，都是大人把世界搞複雜，不必再把小孩也牽扯進去，再說，艾艾不已經有哥哥了。

「你在北港又住了一個星期，每天做飯給你妹妹吃，很不像你的為人。那個紙箱呢？」

交給甯絲，她本來不肯收，倪克說艾艾的病很花錢，再說這是倪固樂的原意。

「那是賄賂的贓款，交給政府呀。」Joe將一杯黑乎乎的酒放在倪克面前。

「我從來都不是好國民。」倪克嚐了一口，伏特加和咖啡的味道混在一起，「這是什麼？」

「給壞國民喝的黑心酒。」

八點半，又是逗點最安靜的時候，缺了餃子，有點可惜。

「死肥Joe回來了。」Joe又開始調另一杯酒，她沒抬頭。「那天你來我不在，是他約我去見面。」

這酒不錯喝，甜甜的。

「你不吃醋，不問然後呢。」

然後呢？

「早兩天他便打電話來，不過我的心情很亂，想了一晚上，決定把店頂給別人，正好露比以前就有興趣，她存了點錢，想收山，學你，逃到沒人找得到我的地方去。見過死肥Joe，我鬆了口氣，以前所有的氣呀悶的，全不見，就改變主意，回來繼續賣酒。」

她調的是龍舌蘭日出，一層層由淡至濃的金黃色彩，不過調給她自己。端起杯走出吧檯，她到倪克旁邊坐下。

「以前把逗點撐下去，坦白說，我有點等他回來的意思。門鈴一響我就期待進來的是他，可是進來的都是陌生人。慢慢陌生人成了熟人，靠他們，我的心情沉穩下來。來，喝一口，要謝謝你們這些朋友。這一年多，我已經忘記期待，以前每個月一日期待老喬，我還在月曆上把一年的每個月一號都用紅筆圈起來，那天絕不離開台北。很久以後才忘記老喬，不過又開始期待死肥Joe，等我忘記期待，死傢伙真回來，但是，我一點感覺也沒了。」

Joe將杯子往倪克的杯子上碰了下：

「他沒機會開口。你想，他會講什麼？說他想我，能不能重新來過？說他對不起我，已經結婚生子了？他約我在星巴克見，一進去看到他的臉，我半點感覺也沒，連老朋友的感覺都沒有，知道我認識他，卻什麼也不想說。然後？然後我上前跟他握手，他很緊張，手心濕濕的，死肥豬，還是噁心樣。我對他說，歡迎回台北，不管他怎麼樣，都祝福他，我還有事，掰掰。

「倪克，我也不懂為什麼最後會這樣，一點感情也沒，連過去有的感情也連影子也沒留下。」

「我們的心變成柏油了。」倪克直覺地說出。

長。

老吳說的，人的心若是碎了，得補，可是補過的心會變老變硬，不再透明。這叫成

「什麼柏油？」

「聽起來成長是件挺無聊的事。」

也不是，甯絲得做九件事，倪克也有四種情緒得整理，Joe有莫小在、有喬喬看、有逗點，當然還有死肥Joe，不能算無聊，應該說——

「我來說，」Joe將日出全倒進喉嚨，「這叫過程緊湊，內容空洞。」

人生追求的不就是過程？

有人推門進來，是唐北，他依舊在衣領處打條綠綠紅紅的領巾，高高舉起一盒小籠包，來，熱著。澎澎摟個女孩也進來，他喊：

「好久不見，我是澎澎，職業是戀愛，剛找到工作。」女孩踢他一腳。

高高瘦瘦的福山雅治·彼得夾本雜誌坐到唐北旁。

「女朋友打麻將去喲。」Joe送上水杯。

「沒，我想喝酒而已。」

九點過後，夜行動物才陸續爬出他們的洞穴。台北人必須在夜晚找個很嘈雜的地方，把自己藏進去。

露比突然出現，她穿低胸小可愛，金色的細摺閃閃發光卻也遮不住快蹦出來的胸部。她兩手分別搭在唐北和彼得肩膀，硬把乳房往兩人中間擠，還不忘朝倪克眨眼睛，她說：

「死倪克，以後要常來，我從今晚起是逗點的股東。」

所有人都發出「啊」的聲音。

一個威士忌杯飛到倪克面前。

「喝酒，」Joe說，「今晚你很有機會，要不要陪我打烊？老規矩打死不變，要一家家酒吧喝到我家樓下。」

然後，然後說對不起，我那個來了？管他，老吳說的，人生，別在乎酒精度，單純點，喝就是了。

## 張國立的兩性散文

### 女人讓我缺氧

女人幹嘛欠包養？被要求獨立自主又萬般柔情，被要求出得廳堂又下得廚房，先生，你以為包養的十八般武藝那麼容易學的啊！

男人幹嘛胯下癢？妳沒聽過嗎？「敷」人＝敷面膜嚇人，「欺」子＝欺負老子，要不是胯下癢，我怎麼會找一個敷面膜的人來欺負老子？天知道女人總是讓我缺氧啊！

---

### 我真的熱愛女人

**女人看了想找菜刀！**
**男人看了想抱作者！**

幾千年來，男人女人一直這麼想了解對方，卻一直誤解對方，永遠像兩平行線。但根據作者深入研究、觀察、剖析，發現那是因為沒有人跳出來講真話。為了讓兩條平行線能靠近一點，再靠近一點，本書作者決定犧牲小我，完成大我，把所有的真心話都說出來，即使冒著被打被揍的危險也不在乎，因為，他是這麼熱愛女人啊！

---

### 亞當和那根他媽的肋骨

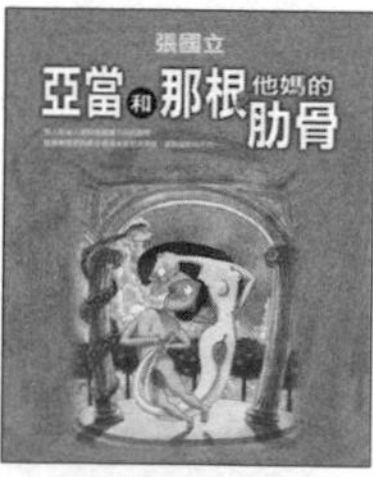


**男人想了解女人，不如去吃屎！**

從黃金單身漢到成為全天下最幸福的已婚男人，張國立很認真、努力的去嘗試了解女人，本書收錄的即是他嘔心瀝血的心得和跌跌撞撞的傷單，不時透露出「男人真命苦」的感慨。43篇可愛的、可恨的、可笑的、可怕的男、女「過招」，想了解「異類」的你怎能錯過。

# 張國立的歷史小說

## 清明上河圖

不知多少個沒日沒夜的比擬、描繪，張擇端終於完成這幅驚世傑作—「清明上河圖」！從小習畫的他，仗著自己的才氣和苦功，原本一心想在京師出人頭地，卻沒料到如今最想要得到的，竟是一親名妓李師師的芳澤。張擇端贏得了佳人的賞識，從此平步青雲，但卻也因此被捲進了梁山泊英雄與朝廷間的恩恩怨怨中。種種矛盾與紛擾有如烈火般迎面撲來，他找不到出路，只能靜待命運的安排……

---

## 匈奴

一望無際的滾滾黃沙，是漢人與匈奴無休止的戰場，也是論英雄、定成敗的絕地。為了愛情，為了縹緲的功名與父執輩的恩恩怨怨，李力披上戰袍，開始連年爭戰異邦的生涯。然而，當勝利與敗仗不斷易位，當功成名就與披髮囚服懸於一線，李力這才恍然明白，在時代洪流中左右命運的不是自己，而是塞外陌生匈奴的生與死……

國家圖書館出版品預行編目資料

偷眼淚的天使 / 張國立著.--初版.--臺北市：皇冠文化. 2010〔民99〕.5
面；公分（皇冠叢書；第3974種）
（JOY；116）

ISBN 978-957-33-2660-1（平裝）

857.7 99006733

皇冠叢書第3974種
**JOY 116**
# 偷眼淚的天使
作　　者—張國立
發 行 人—平雲
出版發行—皇冠文化出版有限公司
台北市敦化北路120巷50號
電話◎02-27168888
郵撥帳號◎15261516號
皇冠出版社(香港)有限公司
香港上環文咸東街50號寶恒商業中心
23樓2301-3室
電話◎2529-1778　傳真◎2527-0904
出版統籌—盧春旭
責任編輯—許婷婷
美術設計—吳欣潔
行銷企劃—李嘉琪
印　　務—林佳燕
校　　對—黃素芬・洪正鳳・許婷婷
著作完成日期—2010年2月
初版一刷日期—2010年5月
法律顧問—王惠光律師

讀者服務傳真專線◎02-27150507
電腦編號◎406116
ISBN◎978-957-33-2660-1
Printed in Taiwan
本書定價◎新台幣280元/港幣93元